Der kleine Luftgeiger

von

Rudi-Philipp Opper

Roman

Adlerstein Verlag

Foto: Martina Opper-Pino

Rudi-Philipp Opper, Jahrgang 1950, geboren in Trebur/Hessen. Studium der Fotografik, Illustration und Malerei.
Nach zahlreichen Reisen rund um den Globus und längeren Aufenthalten in Australien hat der Autor seine Eindrücke in den Büchern „Gesichter Australiens, „Südafrika - Das Regenbogenvolk", „Der Traum der roten Buschmänner", „Columbus und die Sklaverei", „Soo, ein Mädchen aus Korea" und „Feenjas Zauberkiste" niedergeschrieben.

Danksagung

Wenn ein Buch erscheint, so steht immer der Autor im Vordergrund. Das finde ich nicht besonders fair, weil es immer vieler Menschen bedarf, die eine solche Publikation erst ermöglichen. Das war natürlich auch bei mir der Fall. Deshalb möchte ich all' die lieben Menschen erwähnen, die mir während des Schreibens eine große Hilfe waren.
Ich danke meiner Lektorin Mari Leladze, meiner Frau Martina, meiner Tochter Fee und meinem Verleger Herrn Sträter. Ein ganz besonderer Dank gilt meiner Lektorin und Verlagsassistentin Nantje Weerda, die einen großen Anteil zum Gelingen des Buches beitrug.
Vielen Dank an alle. Ich weiß Eure Hilfe sehr zu schätzen.

Zu diesem Buch

Die australischen Ureinwohner leben schätzungsweise seit mehr als 50 000 Jahren auf dem fünften Kontinent. Im Englischen wurden sie zunächst als Aborigines *bezeichnet. Dies leitet sich vom Lateinischen* ab origine *ab und bedeutet so viel wie* von Beginn an. *Diese Bezeichnung wird jedoch als problematisch angesehen, da sie vor dem Hintergrund der Kolonialgeschichte Australiens entstanden ist; sie wurde in der Vergangenheit im Kontext rassistisch motivierter Ausgrenzung gebraucht und bezieht die Heterogenität der aus verschiedenen Regionen stammenden Ureinwohner nicht mit ein. Der Abwertung wurde entgegengetreten, indem sich die Ureinwohner Australiens entsprechend ihres Lebensraumes gemäß ihrer eigenen Sprache Namen gaben: Im Norden* Yolngu, *im Osten* Murri, *im Südosten* Koori, *im Süden* Nanga, *im Südwesten* Nyungar *und im Westen* Wonghi. *Daneben gibt es jedoch auch Stimmen, die eine allgemeine alternative Bezeichnung, wie etwa* Aboriginal people *oder* Indigenous people, *fordern sowie Stimmen, die eine neue Identifikation mit dem Begriff* Aborigine *anstreben – unter der Voraussetzung einer positiven Bewertung und eines respektvollen Umgangs.*

Die negative Besetzung des Begriffs hat im englischsprachigen Raum zu einer Diskussion geführt, die aktuell noch keinen Konsens hervorgebracht hat. So intensiv die Auseinandersetzung mit der begrifflichen Fassung dort ausfällt, so wenig wird sie im deutschsprachigen Raum fortgeführt und resultiert in dem Problem, dass im deutschen

Sprachgebrauch keine Alternativen zur Bezeichnung derjenigen bestehen, die sich selbst als Ureinwohner beziehungsweise Nachkommen von Ureinwohnern Australiens verstehen. Daher wird im Folgenden die aktuell im deutschsprachigen Raum korrekte Bezeichnung der/die Aborigine/die Aborigines *genutzt.*

Jeder Roman ist ein Werk der Phantasie.
Dies gilt auch für diese Geschichte. Alle Personen sind frei erfunden. Eine Übereinstimmung mit Lebenden oder Toten ist nicht beabsichtigt.
Der Autor wurde inspiriert vom Australien der Jahre 1971 - 1973. An manchen Stellen wurde jedoch das Erscheinungsbild realer Schauplätze, die Zeitrechnung oder andere Umstände an die erzählerischen Abläufe angepasst.

Als Fotograf durfte Phillip Amsel in den letzten Jahrzehnten von Ostfriesland aus die Welt bereisen und durch seine Kamera die faszinierendsten Orte und die schillerndsten Menschen kennenlernen.
Doch das Einzige, was er zurzeit zu Gesicht bekommt, sind geschmacklos eingerichtete Wartezimmer in diversen Arztpraxen.
Eines Tages lernt er bei einem dieser Arztbesuche den kleinen Phillip und seine Mutter Rose kennen. Verblüfft muss er feststellen, dass sein Namensvetter so ausschaut wie er vor 65 Jahren.
Zudem spielt der kleine Lockenkopf auch noch Luftgeige auf zwei Kochlöffeln. Das erinnert ihn an ein Kinderfoto von ihm aus dem Jahr 1955, als er am Silvesterabend seinen ersten Auftritt als Luftgeiger bei der Silvesterparty der Werschnicks feiern konnte.
Der kleine Doppelgänger und das grüne Fotoalbum aus vergangenen Tagen bringen den alten Mann auf eine Reise zurück in die Vergangenheit zwischen Deutschland und Australien. Seine Erinnerungen an die Metropole Sydney mit ihren paradiesischen Stränden wie Bondi Beach sowie an spannende Erlebnisse bei den Ureinwohnern Australiens lassen ihn noch einmal der Faszination des fünften Kontinents erliegen.

Für meinen Freund Chick

KAPITELÜBERSICHT **Seite**

Phillip spielt Geige auf zwei Kochlöffeln

Seit seiner Pensionierung saß er mehr in tristen, geschmacklos eingerichteten Wartezimmern herum als zu Hause. Natürlich hatte man ihn schon vor langer Zeit vorgewarnt. Doch mittlerweile gab es mindestens fünf ernsthafte Diagnosen von Spezialisten, die sich nicht mehr verleugnen ließen. Er schaute sich um und seine Augen trafen nur auf traurige, genervte Gesichter.

Waren die alle schwer krank? *Nur den Leuten keine Fragen stellen,* dachte er. *Nur kein Gespräch anfangen. Keines der Graugesichter ansprechen. Das ist das Schlimmste, was man machen kann.* Solch eine laut ausgesprochene Dummheit konnte zu ungewollten Ratschlägen, Behauptungen und noch größerer Unsicherheit bei ihm selbst führen. Fast schon verzweifelt suchte er nach der viel gepriesenen Ausnahme. Einer musste doch hier sein, einer mit etwas mehr Lebensmut.

Da ... dahinten, da war er doch! Und was für einer. Er hörte ihn zuerst nur lachen. Ein helles, klares und freches Kinderlachen. Gut versteckt saß er in der rechten, hinteren Wartezimmerecke, direkt hinter dem voll beladenen Kleiderständer.

Ein drolliger Lockenkopf, dachte er, *mit seiner gut gelaunten Mama.*

Vor ihm, auf einem runden, mahagonifarbenen

Couchtisch türmten sich die obligatorischen, abgegriffenen Wochenblätter und Magazine. Versonnen und gleichzeitig wehmütig schaute er dem kleinen Kerl beim Spielen zu und dachte dabei an seine eigene Kindheit zurück. *Phillip, der Lockenkopf* oder noch schlimmer, *Phillip, die Locke.* So hatten ihn seine Kumpel hämisch die ganze, lange Kindheit über genannt. Bis er anfing, jedem Schläge anzudrohen, der es noch einmal wagte, ihn so zu nennen. Er fand es nie so lustig wie die anderen.
„Was ist das eigentlich für ein Lied, dass du so wunderschön auf deiner Geige spielst, Phillip?", fragte die Mama. Phillip hieß der Bursche also. Phillip, so wie er. Wie verrückt war das denn?
Das war doch jetzt kein Zufall. Je länger er sich den kleinen Kerl ansah, desto erschrockener stellte er immer mehr Ähnlichkeit mit sich selbst im Knabenalter fest. *Das glaubt dir kein Mensch,* dachte er.
Na gut, heute war keine Ähnlichkeit mehr zu erkennen, aber wenn er länger darüber nachdachte ...! Natürlich gab es eindeutige Beweise, wie Kinderfotos von ihm. Eingeklebt in ein grünes Lederalbum. Das stand bei ihm zu Hause seit geschätzten zweihundert Jahren unberührt im Bücherregal. Daran musste er jetzt mit einer heftigen Unruhe im Bauch denken.
Am liebsten hätte er seinen nutzlosen, blöden Termin bei Frau Dr. Katzmarik abgesagt und wäre stattdessen viel lieber nach Hause geeilt, um das Album als ganz klares Beweismittel zu holen.
Nur, wem wollte er denn etwas beweisen? Was war denn plötzlich los mit ihm?
Die Graugesichter um ihn herum starrten allesamt an die Decke, auf den Boden, oder stierten Löcher in die Wände. Sie hatten von ihm keine Notiz ge-

nommen. Sie interessierten sich nur für ihre eigenen Krankheiten.
Sein Kopf hatte sich längst selbständig gemacht. Seine Gedanken waren viel schneller als er. Seine Hirngeister standen schon längst zu Hause nervös vor seinem weißen, hohen Bücherregal und waren dabei, das kleine, grüne Fotoalbum fieberhaft durchzublättern. Was war das für ein Wahnsinn? Auf einmal konnte er sich wieder an jede einzelne Seite, an jedes einzelne Bild erinnern. Die nächste Frage war aber noch viel wichtiger für ihn. Wer war der kleine Kerl in der Ecke? Eine Antwort konnte sein, dass sie einfach Seelenverwandte waren. Oder war es ein Versehen und er wurde zu seinen Lebzeiten noch einmal geboren? *Alter Mann,* dachte er, *das kannst du niemanden erzählen. Bleib ruhig Phillip Amsel, ganz ruhig, schau in Gedanken einfach nur in dein grünes Fotoalbum und atme dabei dreimal ganz tief durch.*
Sein kleiner Doppelgänger in der Ecke hingegen ließ sich von nichts und niemandem aus der Ruhe bringen. Im Gegenteil, er hatte sein Lieblingsspielzeug mitgebracht: zwei verschieden große Holzkochlöffel. *Er ist ein Künstler,* dachte er. Das konnte man leicht an jeder seiner spielerischen Bewegungen erkennen.
Er spielte mit den alten Kochlöffeln die Kochlöffelluftgeige wie ein großer Meister auf seiner Stradivari. Immerhin spielte er vor einem nicht so anspruchsvollen Publikum. Die grauen Dumpfbacken ringsherum im Wartezimmer erwachten trotzdem erstaunlich schnell aus ihrer augenscheinlichen Lethargie und öffneten erstaunt Augen und Münder. Der Kleine war zweifellos im Mittelpunkt.
Seine lockigen Haare flogen hin und her, vor und

zurück und tatsächlich schwebte wie ein zarter, zerbrechlicher Schmetterling eine kleine, liebliche Melodie durch den Raum. Doch die, da war er sich ganz sicher, konnten nur er und der kleine Junge hören. Es war seine Melodie. Er hatte sie vor langer, langer Zeit selbst gespielt, selbst erfunden zu seinem ersten Auftritt als Luftgeiger an Silvesterabend im Jahr 1955.
Phillip spielt Geige auf zwei Kochlöffeln. So hatte es seine Mutter unter ein kleines Schwarz-Weiß-Foto mit dem welligen Rand in sein grünes Fotoalbum geschrieben. *Neujahr 1955* stand da. Ganz genau. Damals war er knapp fünf Jahre alt. Ganz plötzlich war er wieder da, in der Zeit seiner Kindheit.

Zusammen mit seinem Großvater ging er Hand in Hand in ihrem neuen Haus die Treppe hinauf in den dritten Stock zu den Werschnicks. Die Werschnicks waren Flüchtlinge aus Schlesien.
„Es hätte auch schlimmer kommen können“, war damals der Kommentar seiner Mutter über die Fremden. Sein Großvater war ein bekannter Mann in der aufstrebenden Automobilstadt, in der sie wohnten. Die Leute nannten ihn kurz und bündig Jo, aber sein voller Name war Johannes Gentsch.
„Großvater ist weitsichtig.“ Das sagte seine Mutter nicht ohne Stolz.
Er war im Stadtparlament und er vertrat an Urlaubs- und Krankheitstagen Dr. Walter Urban, den Leiter der Rechtsabteilung in der Stadtverwaltung. Seine absolut größte Leistung, man könnte sagen, sein Lebenswerk, war die Gründung einer Selbsthilfe. Das klang vielleicht simpel, war es aber nicht.
Großvater hatte die Idee, 104 Handwerker zu finden, die sich in gegenseitiger Hilfe 104 Dreifamilienhäuser bau-

ten. Nach dem zweiten Weltkrieg herrschte in ganz Deutschland Wohnungsnotstand. Es ging darum, schnell Wohnraum für die obdachlosen Menschen zu schaffen. Jeder Selbsthilfehandwerker wurde Hausbesitzer, musste aber zehn Jahre lang zwei seiner Wohnungen vermieten. Danach standen den Bauherren ihre Häuser zur freien Verfügung.
Sie hatten die Werschnicks als Mieter bekommen und da gingen er und Opa Silvester 1955 hin, um ein gutes neues Jahr zu wünschen. Die Werschnicks hatten Besuch. Ihre zwei Söhne mit ihren Ehefrauen waren gekommen. Frau Werschnick hatte das Wohnzimmer festlich mit Luftschlangen und allen möglichen Dingen geschmückt. Er kam aus dem Staunen gar nicht mehr heraus. Es gab kleine Schornsteinfeger, Glücksschweine, Schneemänner, und so vieles mehr. So etwas hatte er noch nie gesehen. Opa sagte zu ihnen, sie wären gekommen, um ein gutes neues Jahr zu wünschen und deutete mit einem kleinen Klaps auf seinen Hinterkopf an, er möge einen Diener machen. Er war viel zu verdattert, um zu reagieren. Im Gegenteil, ihm stand der Mund offen. Mein Gott, dachte er, haben die in Schlesien tolle Sachen. Einer der Werschnick-Söhne, der mit dem runden Fußballkopf und den roten Backen, sprach aus, was wohl alle dachten, als er sagte: „Schaut doch mal, der kleine Lockenkopf ist sprachlos."
Opa ergriff die Gelegenheit und hielt eine kleine Rede. Dass er froh sei, die Werschnicks als Mieter zu haben, dass der schlimme Krieg endlich vorbei sei und dass das neue Jahr für jeden eine neue Chance bedeuten könne. Alle hatten Tränen in den Augen und applaudierten. Opa hielt gerne solche Reden, bei denen alle sofort weinen mussten.
Der Werschnick-Sohn mit dem Fußballkopf meinte: „Jetzt fehlt nur noch die richtige Musik."
Irgendetwas muss ihn damals geritten haben, denn er

sagte, ohne dass er es wirklich wollte: „Ich kann ja Geige spielen."

Opa sah ihn fragend an. Die Werschnicks applaudierten erneut und Opa schüttelte nur mit dem Kopf. „Der kann keine Geige spielen, das muss er geträumt haben."

Er schaute nun seinen Opa entgeistert an, wie er so etwas einfach behaupten konnte und sagte aus voller Überzeugung: „Ich brauche doch nur zwei Kochlöffel."

Die Werschnicks applaudierten schon wieder wie wild und der Sohn mit dem Fußballkopf eilte zur Küche. In Nullkommanichts hielt Phillip sein Instrument, die zwei Kochlöffel, in den Händen und irgendjemand stellte ihn auf den Tisch. Sein Kopf bewegte sich hin und her, vor und zurück. Immer im Gleichklang mit seiner rechten Hand, die die Melodie und den Rhythmus vorgab. Es war einfach wunderbar, ein großer Geiger zu sein.

Die Werschnicks und Opa waren begeistert. Heute würde man sagen, er bekam Standing Ovations. *Danach gab es noch Silvesterbowle und für ihn eine Flasche Bluna. Opa zwinkerte ihm ab und zu grinsend zu, als wollte er sagen:* Alle Achtung mein Junge, das hätte ich nie von dir gedacht. *Er war der Star des Silvesterabends.*

Die Sprechstundenhilfe riss ihn brutal aus seinen Träumen zurück in die Wirklichkeit. Sie hatte natürlich keine Ahnung, wohin seine Gedanken ständig schweiften, als sie das Wartezimmer betrat. So, als wäre er sich nicht ganz sicher, schaute er die Dame in Weiß ganz unschuldig an und wischte sich dabei einen imaginären Fussel vom Knie.

Die Sprechstundenhilfe beachtete ihn gar nicht und blickte suchend in die traurigen Gesichter, bis zur linken Zimmerecke hin, wo der volle Kleiderständer die Sicht auf die gut gelaunte Mutter und den

kleinen Phillip fast verstellte.
„Frau Redfern, bitte!“
Alle schauten nach links. Alle schauten so, als würde jetzt in diesem Moment etwas ganz Großes passieren.
Was soll denn passieren?, dachte er.
Die Wand hinter dem Kleiderständer würde wohl nicht einstürzen, einzig und allein Frau Redfern stand auf, lächelte, nickte der Sprechstundenhilfe zu und strich dem kleinen Geiger schnell eine Locke aus der Stirn.
„Ich bin gleich wieder zurück“, hörte er sie zu dem Jungen sagen. Der Geigenkünstler strahlte seine Mutter an, ohne das Spielen zu unterbrechen und spitzte dabei seine Lippen zu einem witzigen Kussmund.
Frau Redfern heißt sie, dachte er, *wie der Stadtteil in Sydney.* Ihm blieb aber keine Zeit, um weiter nachzudenken, da die junge Frau auf dem Weg ins Sprechzimmer direkt vor ihm stehen blieb. „Entschuldigen Sie bitte.“
Ihm war, als würden sie sich schon ewig kennen. Oder waren es nur ihre Augen, die er zu kennen glaubte?
„Entschuldigung, darf ich Sie bitten, ab und zu nach meinem Sohn in der Ecke zu sehen?“ sagte sie. „Ich bin bestimmt gleich wieder zurück. Nur vorsichtshalber, wenn Sie verstehen, was ich meine. Er ist bestimmt ganz lieb und heißt Phillip.“
Er war sprachlos – was sonst gar nicht seine Art war. Er nickte kurz und bemerkte aus dem Augenwinkel, dass der kleine Geiger sie beobachtete.
„Ich setze mich auf Ihren Platz, bis Sie zurück sind“, rief er ihr noch schnell hinterher, als sie schon dabei war, die Wartezimmertür von außen zu schließen.

Als er hinüber zu dem Jungen in die Ecke ging, war es für ihn fast so, als würde er neues Terrain betreten, als würde sein Leben nun eine andere Wendung nehmen.

Ein neuer Lebensabschnitt

Wie kann denn so etwas nur sein, dachte er, als er in seiner Schusseligkeit fast den Garderobenständer umgeworfen hätte. Das Wartezimmer zeigte keine Reaktion auf sein Missgeschick. Die Graugesichter blieben unbeweglich und emotionslos, fast wie Mumien.

„Hallo, du bist also der Phillip“, sagte er schnell, um die doofe Situation zu überspielen. „Genau“, entgegnete der Geigenkünstler, „und wer bist du?“

„Ich heiße auch Phillip, genauer gesagt, Phillip Amsel, so wie der Vogel.“

Der Kleine schaute in neugierig an und meinte verschmitzt: „Fast wärst du hingefallen“.

Phillip Amsel musste über das schadenfreudige Gesicht des Lockenkopfes lachen, antwortete aber ganz gelassen: „Ich nicht, aber der Garderobenständer.“

„Du hast es aber noch ganz gut hingekriegt.“

„Na ja, gerade so“, sagte der alte Mann. Der kleine Kerl war recht pfiffig. Das fiel ihm sofort auf. „Ist dir auch schon einmal so etwas Dummes passiert?“

Der Pfiffikus richtete die Augen zur Decke, holte tief Luft und meinte dann ganz cool: „Früher, als Mama und ich noch in Australien lebten, waren solche dummen Sachen an der Tagesordnung. Ich bin ständig hingefallen. Jetzt wo ich größer bin, fast fünf, hab' ich alles besser im Griff. Kennst du Australien?"

Der alte Mann war von den Geschehnissen überwältigt. Er wusste nicht mehr, was er sagen, geschweige denn, was er denken sollte. Der kleine Geiger redete wie ein Erwachsener. Doch was noch viel verrückter schien, war das, wovon er redete. Australien war einmal seine große Liebe gewesen, Sydney seine Stadt. Das unbeschwerte Leben in Bondi Beach, wo er einst gewohnt hatte. Das riesige Land, das Outback, die wilden Strände, die Menschen und nicht zuletzt seine Freunde, die Aborigines.

Lange war es her, aber er konnte es nie vergessen.

„Kennst du Australien?" fragte ihn der Kleine zum zweiten Mal.

„Sehr gut sogar, aber es ist schon sehr, sehr lange her. Ich war noch ein junger Mann, gerade einundzwanzig Jahre alt, und wollte ganz weit weg von Deutschland."

„Hat dir Deutschland nicht mehr gefallen, oder warum wolltest du nach Aussiland?"

„Du fragst Sachen", fand der alte Mann. „Es gab damals eine ganze Menge junger Leute, die genauso dachten wie ich. Die wollten nicht alle nach Australien, aber sie wollten hinaus in die Welt. Deutschland war uns zu spießig, zu engstirnig, zu altbacken eben. Manche von uns jungen Menschen fanden es sogar schrecklich, nach dem schlimmen Krieg, Deutsche zu sein. Heute nennen sie uns *die Achtundsechziger*."

Der Junge hatte ihm wie gebannt zugehört, doch der Alte glaubte nicht, das er alles verstanden hatte. Seine nächste Frage kam aber wie aus der Pistole geschossen. „Wo hast du denn in Bondi Beach ge-

wohnt?“ Das interessierte ihn also.
Phillip Amsel kam 1971 zusammen mit seinem besten Freund Chick als Einwanderer nach Australien. Solange sie noch keine Arbeit hatten, kamen alle *Migrants* zuerst einmal nach Redfern in ein Einwanderungslager. Das Lager durften sie erst wieder verlassen, nachdem sie den Einwanderungsbehörden einen Arbeitsnachweis vorlegen konnten. „Unsere erste Wohnung, nach der du gefragt hast, war in der Francis Street 11, in Bondi Beach.“
Schon längst hatte der kleine Geiger sein Instrument weggelegt. Halb stehend, halb auf dem Zeitungstisch sitzend hörte er ihm gebannt zu. Doch in diesem Moment schien ihn etwas besonders interessiert zu haben. Er schoss in die Höhe, riss seine Hände über seinen Kopf und pustete kaum verständlich die Worte „Die kenne ich.“
Der alte Mann fing ihn auf und strich ihm über seinen Lockenkopf, gespannt, was er meinte. „Ich kenne die Francis Street, ich kenne die. Mama und ich haben auch in Bondi, in der Hall Street, gewohnt. Ganz vorne, Nummer Drei, weißt du? Fast am Strand. Alex, mein bester Freund, wohnt in der Francis Street.“

Unbemerkt von beiden, war mittlerweile die Mutter des kleinen Geigers zurückgekommen und hatte offenbar neben dem Garderobenständer stehend einen Teil ihrer regen Unterhaltung mitbekommen. Irgendwie kam er sich ertappt vor. Warum, konnte er nicht sagen. Aber für einen kurzen Moment war ihm die Situation etwas peinlich. Er stand sofort auf und schob den Jungen nach vorne, mit den wenig geistreichen Worten: „Schau, da ist deine Mama wieder zurück.“

Der kleine Geiger hingegen war begeistert, was er unbedingt durch erneutes Hüpfen äußern musste. Frau Redfern reichte dem alten Mann zum Dank die Hand und fügte hinzu: „Ich habe gerade mitbekommen, dass Sie anscheinend Australien ganz gut kennen."
Der alte Mann gab ihr recht und lobte anschließend den kleinen Luftgeiger in den höchsten Tönen: „Phillip ist ein ganz aufgeweckter Junge, wenn ich das so sagen darf. Man sollte nicht glauben, dass er erst knapp fünf Jahre alt ist. Aber zu Ihrer Frage: Ich bin als junger Kunststudent 1971 zusammen mit meinem besten Freund nach Australien ausgewandert und landete wie die meisten Migrants in Sydney."
Danach berichtete er von ihrem kurzen Aufenthalt in dem Einwanderungslager, das nicht nur so hieß wie die Stadt, in der es lag, sondern auch genauso, wie die junge Mutter – Redfern. Er erzählte ihnen davon, wie sie sich auf den Weg nach Bondi Beach gemacht hatten. Der kleine Geiger stand unruhig zwischen ihnen und man musste kein Hellseher sein, um zu merken, dass es etwas ganz Wichtiges gab, das ihm auf der Seele brannte. Frau Redfern ließ ihn zappeln und hielt dem alten Mann zum Abschied ihre rechte Hand entgegen. „Vielleicht können wir uns ja einmal wiedersehen?"
„Das mein ich doch", rief der kleine Phillip, „genau das wollte ich euch fragen. Können wir uns denn nicht einfach verabreden und dann ganz viel von Australien reden?"
Phillip Amsel schaute in den Raum und ihm wurde schlagartig klar, dass die Graugesichter im Wartezimmer die ganze Zeit zugehört hatten.
Phillips Mutter konnte seine Gedanken lesen. Sie

merkte, dass es ihm etwas peinlich war, vor allen Leuten sein halbes Leben offenbart zu haben. Freundschaftlich legte sie ihm ihre Hand auf seinen Arm, wie bei einem alten Bekannten und strahlte ihn unbefangen an. „Ich würde mich ganz ehrlich auch freuen."

Der alte Mann rechnete fast schon mit einem stürmischen Applaus von allen Seiten. *Die sind vermutlich alle nur neidisch, weil bei ihnen nie etwas passiert,* dachte er bei sich und nahm die Einladung dankend an.

Das grüne Fotoalbum

Als er am späten Vormittag von seinem Arztbesuch nach Hause kam, war er total aufgelöst. Seine Gedanken schwirrten wie junge Hornissen durch den Kopf. Zuerst musste er in der Küche ein Glas Wasser trinken, um zur Ruhe zu kommen. Danach führte ihn seine innere Unruhe geradewegs vor sein weißes Bücherregal, um das uralte, abgegriffene grüne Fotoalbum zu suchen. In Gedanken hatte er ja schon vor gut zwei Stunden jede einzelne Seite durchgeblättert. Doch jetzt war es die Realität. Da stand das alte Ding, vollgestopft mit Erinnerungen, kleiner schwarz-weißer Bildchen mit komisch welligen Rändern. Jedes der Fotos erzählte eine Geschichte für sich und er war fast auf allen der Mittelpunkt.

Es ist wie ein Film, dachte er. Jedes der Bilder steht für einen Filmanfang und in seinem Kopf ging das Kopfkino wie auf Knopfdruck erst richtig los. Von Seite zu Seite wurde der Knabe Phillip Amsel immer älter, die Kleidung immer erwachsener und die lockigen Haare immer länger. Die Ähnlichkeit mit dem Jungen aus dem Wartezimmer war verblüffend. Der alte Mann fand ein Foto, auf dem er seinen ersten richtigen Anzug trug: mit einem feinen, weißen Flanellhemd darunter und einer passenden Krawatte dazu. Wahrscheinlich war er auf diesem

Foto auch gerade fünf Jahre alt, wie sein kleiner Doppelgänger.

Es war Sommer. Das sah man an den blühenden Sträuchern und Büschen im Bildhintergrund. Er musste mit seinen Eltern einen Sonntagspaziergang machen. Das war für ihn an jedem Sonntag so etwas wie eine stinklangweilige Pflichtveranstaltung. Für seine Eltern war es wichtig, den Nachbarn zu zeigen: „Seht alle her, bei uns herrscht Friede, Freude, Eierkuchen."
Andere Familien gingen zum Schaulaufen lieber in die Kirche. Seine Familie gehörte nicht zu den Kirchgängern. Großvater Jo gehörte sogar zur Gemeinde der Freidenker. Er hatte ihm sehr früh schon erklärt, dass Freidenker Menschen seien, die an die Evolutionstheorie von Charles Darwin glaubten. Also an Forschung und Wissenschaft und den gesunden Menschenverstand, wie er gern sagte. Ein Denken frei von Vorurteilen, Dogmen und Tabus.
Seine Eltern, Phillip Amsel senior und seine Mutter Vera Amsel, geborene Gentsch, hatten an diesem Sonntag den Spaziergang durch den Ostpark zum Ententeiher gewählt. Sein Vater war vor kurzer Zeit Direktor bei einer großen Versicherung geworden. Phillip Amsel senior trug zum Anzug natürlich auch ein weißes Flanellhemd mit der passenden Krawatte und blitzblank geputzten Halbschuhen. „An den Schuhen kannst du ganz schnell dein Gegenüber erkennen", pflegte er zu sagen. Die dritte Person auf dem Foto war seine Mutter in einem frechen, bunten Sommerkleid. Sie sah richtig toll und nicht so altbacken aus wie die anderen Mütter und der ganze übrige Spießerauflauf ringsum den Ententeich. Sein Vater war eine Respektsperson. Das konnte er heute mit Schrecken auch auf jedem weiteren Bild erkennen. Vermutlich hatten ihn der Krieg und die anschließende Gefangenschaft für immer geprägt. Er kam erst verhält-

nismäßig spät aus Russland – mit einer Bleivergiftung und einem Granatsplitter im rechten Unterarm – nach Hause zurück. Russland war für ihn und seine Kameraden bestimmt kein Zuckerschlecken. Viele starben schon auf den ewig langen Transportwegen in die Lager. Andere waren danach viel zu schwach, um den ersten, barbarisch kalten Winter in Gefangenschaft zu überstehen. Sie vegetierten unter unglaublich menschenunwürdigen Bedingungen vor sich hin. Sein Vater wurde als Kriegsgefangener in einem der schlimmsten Kriegsgefangenenlager, im Bleibergwerk Novosibirsk eingesperrt. Bevor der Krieg begann, hatte er ganz andere Träume. Er wollte Fußballprofi werden. Am Anfang lief es gar nicht so schlecht, wie er gerne erzählte. Er spielte für Halle an der Saale und Wacker Hamburg. Dann kam leider doch noch die Einberufung, mit dem Einsatz an die Ostfront. Das deutsche Heer war für den russischen Winter miserabel ausgerüstet.

Das Ende, am 2. September 1945, ist jedem bekannt und längst Geschichte.

Ein Mensch, ein menschliches Wrack, eingehüllt in Lumpen, kehrte zurück nach Deutschland. Seine Gestalt nur noch Haut und Knochen. Mit gerade einmal fünfzig Kilo Körpergewicht, bei einer Größe von 1,87 Meter, stand Phillip Amsel senior im Frühjahr 1946 vor der Tür seines Elternhauses in Schlautheim bei Frankfurt. Seine eigene Mutter hatte ihn nicht mehr wiedererkannt und hielt ihn für einen Bettler.

Er war kein Mensch, der sich lange selbst bedauerte. Sein Lebensmotto war immer: Der Weg geht nach vorne, und nicht zurück.

Über ein Jahr in russischer Gefangenschaft hatte ihn körperlich an seine Grenzen gebracht, doch damit war jetzt Schluss.

Die Bauern rund um Schlautheim hatten schon längst ihre tägliche Arbeit aufgenommen und es gab wieder

Fleisch, Milch, Eier, Käse, Wurst und Brot. Richtiges Essen war die wichtigste Voraussetzung, um wieder zu Kräften zu kommen. Gleichzeitig suchte das Automobilwerk in der nahen Hauptstadt fieberhaft nach gesunden Mitarbeitern. Das war der erste Schritt, um aus dem Elend aufzustehen und eine neue Zukunft zu beginnen.

Seine Freunde aus dem Heimatverein, dem Schlautheimer Fußball Club, waren glücklich darüber, ihren früheren Libero und späten Heimkehrer wieder in ihren Reihen zu wissen. Seine früheren Mannschaftskameraden waren längst nicht alle nach Hause zurückgekehrt. Der Krieg, den angeblich keiner wollte, hatte nicht nur in ihren Vereinsreihen große Lücken hinterlassen. Was ein paar Wahnsinnige rund um Adolf Hitler in ihren kranken Köpfen einst begannen, führte zur schlimmsten Kriegskatastrophe der Menschheit. Die Geschichtsbücher verzeichnen ca. 6,36 Mill. gefallene Deutsche, 6,3 Mill. ermordete, vergaste, verhungerte Juden. Nicht weniger als ca. 50. Mill. Menschen vieler Nationen fielen dem Zweiten Weltkrieg zum Opfer.
Für die meisten Menschen ging es endlich wieder bergauf. Phillip Amsel senior hatte in eben jener Zeit des Aufbaus seine Frau gefunden und die beiden waren sich ganz sicher, dass sie kurz entschlossen heiraten sollten. Als er 1950 auf die Welt kam, war der Schutt und die Asche des Krieges in weiten Teilen des Landes längst beseitigt.

Sein Vater spielte in der Werkself Fußball und auf Empfehlung eines alten Fußballfreundes aus den Kriegstagen hatte sich sogar der erste FC Kaiserslautern gemeldet und zum Probetraining gebeten. Alles schien auf dem besten Wege und die Sterne waren ganz nah.

Die Sterne waren ganz nah

Doch wie es so ist im Leben, kommt es meistens doch ganz anders. Die Sache war wenig spektakulär, denn seine Mutter spielte einfach nicht mit. Ohne jemals dort gewesen zu sein, konnte sie sich ein Leben in Kaiserslautern nicht vorstellen.

Einige Zeit danach erledigte sich die ganze Angelegenheit von selbst. Phillip Amsel senior war auf dem besten Weg ein Sportinvalide zu werden. Immer wieder flog seine rechte Kniescheibe während des Fußballspiels aus ihrer festen Stellung. Trotz orthopädischer Bandagen und ständiger ärztlicher Behandlung war an eine Profi-Laufbahn nicht weiter zu denken. Ganz im Gegenteil, er musste von heute auf morgen den Fußball an den Nagel hängen. Es muss ihm sehr schwergefallen sein. Für einen Fußballer mit Leib und Seele ging das gar nicht. Aus diesem Grund wurde er Fußballtrainer. So war er immer noch ganz nah bei seinem geliebten Sport und tatsächlich ließ sich daraus auch der eine oder andere Vorteil für seine berufliche Entwicklung finden.

Sicher heißt es nicht ohne Grund „Beziehungen sind das halbe Leben". In Deutschland ging es immer weiter bergauf. Die Baubranche boomte. Aus Ruinen wuchsen neue, moderne Städte. Banken und Versicherungen investierten in eine blühende Zukunft.

Einer seiner alten Sportkameraden hatte es in kurzer Zeit in den Vorstand einer namhaften deutschen Versicherung in Frankfurt geschafft. Die Gesellschaft wollte ex-

pandieren. Die Aufgabe der Stunde war es, im ganzen Bundesgebiet ein riesiges Vertreternetz aufzubauen. Wer jetzt dabei war, konnte den Hauptanteil des Kuchens für sich allein beanspruchen. In allen großen Ballungsgebieten, in jedem Ort, in jeder Stadt sollte mindestens ein neues Versicherungsbüro eröffnet werden.
Der Freund machte ihm den Vorschlag, seinen Job als Fußballtrainer zu behalten, die Arbeit im Automobilwerk hingegen zu kündigen. Er sollte seine Ausstrahlung und seine Führungsfähigkeiten nutzen und als Organisationsleiter ein Außendienstteam aufbauen. Später sollte er einmal sagen: „Das war die beste Entscheidung meines Lebens." Schon nach einem Jahr war er kein Organisationsleiter mehr, sondern einer der erfolgreichsten Bezirksdirektoren Deutschlands.
Als Vater hingegen war er für ihn in weiter Ferne.
Auf der nächsten Seite des grünen Fotoalbums waren ein etwas größeres und ein kleines Bild zusehen. Das kleinere zeigte ihn bei der Einschulung vor einer Schultafel, mit der aufgeschriebenen Jahreszahl 1955. *Er hielt eine Schultüte in beiden Armen und machte zu dem ganzen Geschehen ein sehr kritisches Gesicht. Das größere Bild erkannte er als Klassenfoto seiner ersten Schulklasse, mit Frau Eckstein, der Klassenlehrerin. Sie hatte ihn, sehr zu seinem Leidwesen, von Anfang an als ihren Lieblingsschüler auserkoren. Der alte Mann musste schmunzeln. Die arme Eckstein.*
Das war keine gute Wahl mit ihm. Wie sollte denn ein nicht einmal sechsjähriger Knabe wissen, dass mit dieser Schultüte der Ernst des Lebens anfing?
Es hatte ihm keiner gesagt. Natürlich hatte er seine Mutter gefragt, wie lange der erste Schultag dauern würde. Sie wusste es nicht. Damals musste er sehr schnell lernen, dass Leute, die etwas von Schule und Kindern verstehen sollten, am wenigsten Ahnung hatten. Frau Eckstein setzte ihn zusammen mit Rainer Hoppes ganz

vorne in die erste Reihe. Sie betonte ständig vor der ganzen Klasse, was er für herrliche Locken hätte. Das machte die anderen Kinder natürlich neidisch. Ihm ging der erste Schultag schon von Anfang an auf die Nerven. Die Schultüte war aus Kostengründen in der unteren Hälfte mit altem Zeitungspapier ausgestopft. Also nicht mit Süßigkeiten voll, wie er dachte. Trotz der Mogelpackung mussten die Tüten den Eltern mit nach Hause gegeben werden, damit der Unterricht nicht zur Naschstunde wurde, wie Frau Eckstein mit Engelslächeln betonte. Er hatte schon nach der ersten Stunde die Lust am Unterricht verloren.

Wie sollte das nur weitergehen? Gott sei Dank gab es ab und zu Pausen. Die waren auch bitter nötig und brachten ihn über den ersten Tag. Es war einfach nicht seine Berufung, stundenlang ruhig zu sitzen, konzentriert zuzuhören und kluge Antworten zu geben, wenn man gefragt wurde. Seine Zukunft, die nächsten Jahre seiner Kindheit, waren im Eimer. Da war er sich jetzt schon ziemlich sicher.

In den Pausen spielten die Jungs mit runden, dicken Kieselsteinen Fußball.

Wie er sehr bald bemerkte, waren die meisten von ihnen schon in richtigen Fußballvereinen organisiert und Karl Blank schien ihr Anführer zu sein. Sein Spitzname war Charly Blanko. Er war es auch, der ihm auf dem Weg zurück in die Klasse freundschaftlich den Arm um die Schulter legte und fragte, ob er nicht am Nachmittag mit ins Training kommen wolle, denn einen guten Mann in der Verteidigung könnten sie immer gebrauchen.

Die Balkonsegler

Er ließ ihm keine Zeit zum Nachdenken und wollte ihn schon um 16 Uhr mit dem Rad abholen. Es sprach eigentlich auch nichts dagegen. Später wurden Charly und er die besten Freunde und eine verschworene Gemeinschaft. Da sein Vater beruflich sehr oft unterwegs war, musste er alle wichtigen Dinge mit seiner Mutter besprechen. Fußball war eigentlich Männersache. Aber seine Mutter meinte auch, dass es für ihn ganz gut wäre, sich nicht so viel auf den gefährlichen Baustellen in den neuen Bausiedlungen herumzutreiben. Dort, wo ungeschützte randvolle Kalkwannen, rostige Bleche und Eisenteile und nicht zuletzt die offenen, bis zu sieben Stockwerke hohen Rohbauten schon genug Gefahren boten. Wenn Mama alles wüsste. Hier trafen sich täglich die Eichgrundkinder, wie sie genannt wurden, zu ihren Abenteuerspielen. Ein richtig gutes Spiel war das Balkonsegeln. Dies ging natürlich nur, wenn auf der Baustelle Feierabend war. Die Stadt baute die ersten Wohnblocks und es entstanden sogenannte „Städtische Siedlungen". Schon seit Monaten war hier richtig etwas los. Es sah auf den ersten Blick tatsächlich aus wie ein gigantischer Abenteuerspielplatz. Tagsüber brachten Lastwagen im Minutentakt an allen Ecken gleichzeitig Material. Wo man hinschaute, wurde gebaut. Mischmaschinen, Bagger, Kräne, Walzen, Gabelstapler ... alles war in ständiger Bewegung. Vor den hässlichen Wohnbunkern türmten sich mächtige Kies- und Sandhaufen. Pünktlich um fünf Uhr läutete ein schrilles

Signal den Feierabend ein.
Seine Freunde und er lagen meistens schon eine halbe Ewigkeit in der Nähe der Baustelle hinter kleineren Sandbergen oder Palettenstapeln in Lauerstellung. Sie waren durch das lange Warten unruhig wie junge Hunde. Bis die Arbeiter endlich rauchend und palavernd ihre alten, klapperigen Fahrräder bestiegen und nach Hause fuhren.
Es war geschafft, der Spielplatz gehörte für die nächsten Stunden ihnen ganz allein. Das beste von allen Spielen nannten sie Balkonsegeln. Es war für Anfänger eine echte Mutprobe, aus dem ersten Stock über eine Balkonplatte in einen Sandhaufen zu springen. Die Mutigsten schafften es sogar mit Anlauf und aufgespanntem Regenschirm aus dem dritten Stock. Hierzu sei bemerkt, dass der Schirm erst genau im Moment des Absprungs geöffnet werden durfte. Doch wer in die Straßenbande aufgenommen werden wollte, musste einige Proben bestehen.
Heute würde für ihn zum ersten Mal das Balkonsegeln ausfallen. Sein neuer Freund Charly wollte ihn um 16 Uhr mit dem Rad zum Fußballtraining abholen. Sein erster Schultag war, das stand für ihn auf alle Fälle fest, eine richtige Pleite. Frau Eckstein war nett, aber langweilig und hatte wenig Ideen, wie man Kinder begeistern konnte.

Mit dem alten Fotoalbum in seinem Schoß und seinen Träumen in die Vergangenheit, war er tatsächlich an seinem Fensterplatz in seinem Thonet-Schaukelstuhl eingeschlafen.

Er hatte das alte NSU-Damenrad aus dem Holzschuppen hinter der Garage geholt. Sein Großvater musste ihm helfen, den Sattel an der Sattelstange ganz tief nach unten zu stellen. Die dicke Flügelschraube war verrostet und saß irre fest. Es gab kein anderes Rad. Also kein eigenes

Jungenrad. Nach dem Krieg wurde an allen Ecken und Enden gespart. Der Bruder seiner Großmutter Liena hatte bei einer Kellerentrümpelung das NSU-Traumteil entdeckt und vor dem sicheren Sperrmülltod gerettet. Alle außer ihm fanden es toll. Omas Bruder hieß Ludwig Schaab. Oma Liena hatte außer ihrem Bruder Ludwig noch sieben weitere Geschwister. Da Ludwig das jüngste und vermutlich zierlichste und schwächste Kind aus der Schaab-Familie war, blieb er für alle ewig der kleine Luki. Onkel Luki war vor dem Krieg Herrschaftsgärtner in einem Park in Kronberg gewesen. Von diesem Park war durch den Krieg nicht viel übriggeblieben. Der gutmütige Kerl nahm jetzt alle Arbeiten an, die er bekommen konnte. Da er auch immer wieder Entrümpelungsarbeiten annahm, war er für Phillip Amsel senior der richtige Mann für günstige Einkäufe. Leider war er aus diesem Grund auch der Zerstörer heißer Jungendträume. Luki besorgte neben dem ungeliebten NSU-Damenrad seine Schlittschuhe, seine Ski, etliche grauenhafte Fußbälle, einen Parka und einiges mehr. Der freundlichste Kommentar seiner Freunde zu diesem Mörderthema war: „Phillip ist schon wieder in ein Museum eingebrochen."

Auf langen Strecken war es schwer mit dem NSU-Damenrad mit dem Tempo der anderen mitzuhalten. Sein Sattel war immer noch zu hoch. Er konnte entweder sitzen, oder stehend in die Pedale treten. Beides zusammen ging nicht. Der Fußballplatz der Werksmannschaft lag noch ein gutes Stück hinter dem Automobilwerk und außerhalb der Stadt. Charly meinte dazu nur: „Alles im Leben ist Gewöhnungssache."
Das Training leitete Karl Großberg. Seine Fußballkarriere hatte eine Granate auf dem Feld in Russland jäh beendet, als diese ihm das linke Bein abriss. Er humpelte mit einem Holzbein über den Platz und schien trotzdem guter Dinge.

Die Jungs mussten sich zuerst aufwärmen. Das bedeutete Runden laufen auf der Aschenbahn. Danach folgten noch einige Einheiten Spurts, trippeln auf der Stelle und aufspringen aus der Hocke. Lockeres Auslaufen beendete endlich die Quälerei.

Die ganze Geschichte war nach dem versauten ersten Schultag, der nervigen Radtour und dann auch noch dem endlosen Konditionstraining genug der Plackerei. Alle standen voller Erwartung vor dem Trainer.

Er gab Charly und einem rothaarigen Jungen namens Hännes je ein Bündel schwarzer und gelber Hemden zum Überziehen. Sie sollten zwei Mannschaften bilden. Charly wählte ihn als Ersten und gab ihm eines der gelben Unterhemden.

Hännes hatte die schwarzen Unterhemden zu verteilen. Innerhalb von Minuten standen die Mannschaften fest. Charly redete noch ein paar Worte mit dem Trainer, bevor es losging. Sie sprachen über ihn. Kurz danach kam Karl Großberg auf ihn zu und gab ihm die Hand. „Charly sagt, ihr seid Freunde und du willst bei uns mitmachen." Er nickte nur.

„Charly sagt, du spielst Mittelläufer." Er nickte wieder und Karl Großberg klopfte ihm auf die Schulter und pfiff das Spiel mit einem freundlichen Augenzwinkern an.

Der Ball rollte. Sie spielten zweimal dreißig Minuten und gewannen 3:0. Danach war er richtig platt. Der rote Hännes hatte gegen ihn keinen Stich gemacht.

Als sie vom Platz in die Umkleide gingen, meinte Charly nur: „Ich glaube, der Hännes zählt dich in Zukunft bestimmt nicht zu seinen Freunden."

Karl Großberg drückte ihm ein Aufnahmeformular in die Hand. „Gutes Spiel gemacht, Locke, ich hoffe dich am Freitag wiederzusehen.

In diesem Moment dachte er nur: „In einer Fußballmannschaft zu spielen ist geil."

Oma schrie das ganze Haus zusammen. Opa war vom

Einkaufen noch nicht zurück und mittlerweile war es schon Abend. Er sollte für das Mittagessen beim Metzger Jung drei Bratwürste holen.

Sie meinte, Phillip sollte sich am besten gleich auf den Weg machen, um ihn zu suchen. Nach dem langen, ereignisreichen Tag fehlte das noch als Tüpfelchen auf dem I. Jo Gentsch' Lieblingskneipe war der Weiße Hirsch. *Der lag auf dem halben Weg zur Innenstadt und war eine verrauchte, verräucherte Bude.*

Über dem Eingang hing tatsächlich ein großer weißer Hirschkopf mit einem mächtigen Geweih. Zur schweren Eichen-Eingangstür führten drei abgetretene Stufen aus rotem Sandstein hinauf.

Falls Opas schwarzes Opel-Rad im Fahrradständer stand, hatte er schon halb gewonnen. Dann war er da.

Jo Gentsch war sehr schwer zu bewegen, den Weg nach Hause anzutreten. Seine Mutter sagte in letzter Zeit immer öfter, Opa sei auf dem besten Weg zum Alkoholiker zu werden. Auf jeden Fall konnte er in diesem Zustand kein Rad mehr fahren. Er torkelte wie angestochen über den Bürgersteig und sang dabei zu jeder Jahreszeit „Oh, Tannenbaum". Das war mehr als peinlich. Nüchtern war sein Großvater der belesene, weitsichtige alte Mann, der als Kommunalpolitiker für die sozialen Belange der Arbeiter kämpfte und kein Blatt vor den Mund nahm. Aber für seine andere Seite schämte man sich zu Tode.

Phillip Amsel hatte die Zeit vergessen. Längst war es draußen dunkel geworden und er saß immer noch gedankenversunken in seinem Schaukelstuhl. Das grüne Fotoalbum war plötzlich zu seinem Lebensmittelpunkt geworden.

Er schmunzelte. Wie lange hatte es jetzt schon unberührt zwischen Romanen, Reisebüchern und Atlanten gestanden? Er wusste es nicht mehr.

Es war längst Zeit zum Essen geworden. Eine Tasse Tee und ein Käsebrot würden ihm reichen. In Australien hatte er damals seinen ersten Hamburger gegessen. Was für eine herrliche Zeit. Heute wusste er, es war die Zeit seiner größten Freiheit. Eine Zeit von grandiosem Lebensgefühl.

Als er den Wasserkessel für das Teewasser aufsetzte, musste er an Bondi Beach denken. Damals, in den ersten Tagen in der neuen Welt gab es ein Streitgespräch zwischen ihm und seinem Freund Chick über die täglichen Arbeitsabläufe im Haushalt.

Bondi Beach bedeutet Freiheit

Sie hatten schon nach wenigen Wochen in Australien, in der Francis Street 11, ein Einfamilienhaus mit fünf Zimmern und einem verglasten Sun Room gemietet. Natürlich mit Blick bis hin zum Strand. Ihre erste Station, das Einwanderungslager in Redfern, hatten sie durch ihr neues Zuhause längst vergessen. Bondi war der Strand der Surfer, der Strand der jungen Leute. Bondi bedeutete Freiheit einatmen, Freiheit riechen, gegen den Wind und gegen die Wellen anrennen. Am ganzen Körper, mit jeder Faser, mit jeder Pore Freiheit spüren. Wenn es einem also richtig gut geht, draußen die Sonne scheint. Wenn alle Fenster weit offen stehen, um die würzige, milde Brise von der Bucht durch das ganze Haus wehen zu lassen.

Gab es da nichts Wichtigeres zu tun, als eine Diskussion über die täglichen Arbeitsabläufe im Haushalt vom Zaun zu brechen?

Es ging tatsächlich um nichts Banaleres als das tägliche Wasserkochen für den Tee. Nein – es ging darum, dass er alle Küchenarbeiten verrichtete und sein bester Freund Chick nichts dergleichen tat. Damals geschah dann ein Wunder. Chick erhob sich wortlos aus seiner bequemen Liegestellung und ging zum Küchenschrank. Dort stand in der oberen Reihe das englische Teeservice. Geschickt griff er sich die dickbauchige Teekanne, füllte sie randvoll mit Wasser, warf zwei Teebeutel hinein und stellte sie auf

die Herdplatte. Die Porzellankanne auf die Herdplatte? Chicks triumphierender Blick hieß nichts als: Was ist das jetzt für eine wahnsinnig schwere Arbeit, dass du so ein Bohei darum machen musst?
Er war sprachlos.
Er war einfach nur sprachlos. Die Porzellankanne auf die Herdplatte. Er sprang Richtung Kanne, nahm das wertvolle Teil schnell von der heißen Kochstelle und füllte stattdessen den Wasserkocher mit frischem Leitungswasser.
Der verpeilte Künstler Chick wusste bis zu diesem Zeitpunkt wirklich nicht, wie man Teewasser kocht. „Muss man denn als Künstler überhaupt wissen, wie man Wasser kocht?" So etwas konnte auch nur Chick fragen. Für Künstler sind andere Dinge viel wichtiger.

Mit einem Käsebrot und einer Tasse Tee bewaffnet, setzte sich der alte Mann an den kleinen Jugendstiltisch vor seinem Lieblingsfenster. Es war das hintere Gartenfenster im Lesezimmer, von wo aus er gerne jeden Abend den Sonnenuntergang beobachtete. *Vielleicht etwas zu theatralisch,* dachte er, mit leisen klassischen Pavarotti-Klängen aus seinem alten Radio aus den Fünfzigern im Hintergrund.
Morgen würde er den kleinen Luftgeiger wieder treffen. Morgen Mittag nach dem Essen, um eins. Er musste unbedingt, bevor er zu Bett ging, noch nach der Adresse sehen. Er suchte nach dem Zettel, den er in der Arztpraxis in seine Jackentasche gesteckt hatte. Er durfte ihn auf keinen Fall verlieren.

Rose wohnt in Reepsholt

Als er sich rechtzeitig am nächsten Tag, mit etwas Herzklopfen auf den kurzen Weg in den Ort machte, wo der Lockenkopf wohnte, ging ihm alles Mögliche durch den Kopf. Jeder Mensch hat mindestens einen Doppelgänger auf der Welt. Er glaubte das irgendwann gelesen zu haben. Dass sich diese Menschen irgendwo auf dem Globus einmal begegneten, war mehr als unwahrscheinlich. Bei ihm und dem Jungen gab es sogar noch eine zweite Verbindung: die Namensgleichheit. Sie hießen beide Phillip.
Reepsholt war ein winziges, typisch ostfriesisches Zehn-Häuser-Dorf bei Friedeburg. Diese Zehn-Häuser-Dörfer bestanden aus einer einfachen Klinkerkirche, einem sehr schiefen Glockenturm, einem armseligen Friedhof mit vielen krummen Kreuzen und zehn Klinkerhäuschen, die ordentlich und aufgereiht wie an einer Perlenkette um den Kirchenhügel standen. Was den kleinen Luftgeiger und seine Mutter wohl aus Australien hierher in dieses einsame Reepsholt verschlagen hatte?
Für ihn gab es nicht nur diese eine Frage, sondern noch einige mehr.
Sein Navigationssystem führte ihn über die mit Kopfstein gepflasterte Hauptstraße durch das Zehn-Häuser-Dorf hindurch und ließ ihn hinter

dem Kirchenhügel auf eine schmalere landwirtschaftliche Verbindungsstraße abbiegen. Der neue Weg führte an verwitterten Weidezäunen und gelben Rapsfeldern vorbei Richtung Friedeburg.
Unsicher schaute er auf den Bildschirm. Ob das wohl richtig war?
Das Navi zeigte noch 2,5 Kilometer an. Dann war er angekommen. Hier draußen in der Einsamkeit wohnten sie also. Von der schmalen, verschmutzten Betonstraße führte ein einfacher Kiesweg an einer wilden Hagebuttenhecke vorbei und gab dann erst den Blick frei auf ein kleines Landhaus.
Die letzten Eindrücke passten alle eins zu eins zusammen. Der kleine Ort, die kleine Kirche, der kleine Friedhof und jetzt das kleine Landhaus. Wenn nicht dieser riesige, bernhardinerartige Hund gewesen wäre, der sich aus dem Nichts und erstaunlich beweglich auf sein VW-Käfer-Cabrio zubewegte. Seinen tapsigen Bewegungen nach führte er nichts Böses im Schilde. Das einzige, was ihm Sorgen bereitete, war sein altes Cabrio. Der Bernhardiner hatte Tatzen wie ein Braunbär. Entweder musste er jetzt schnell aussteigen und sich zwischen den Hund und seinen Wagen stellen, um einen größeren Lackschaden zu verhindern oder das Unglück nahm unaufhaltsam seinen Lauf. Er entschied sich für das Aussteigen. Seltsam ... als der Hund ihn sah, blieb er sofort stehen und legte sich mit einem leisen Winseln ganz brav und unterwürfig auf den Kiesweg.
Hinter sich näherte sich mit knirschenden Reifen ein Fahrzeug. Da er mit dem Rücken zur Einfahrt stand, konnte er es nur hören.
Es musste der kleine Geiger mit seiner Mutter sein. Ehe er sich richtig versah, schoss der Bernhardiner

schnell wie ein Hase an ihm vorbei. Mit großem Hallo wurde er von Frau Redfern und dem kleinen Phillip willkommen geheißen. Phillip war am Vormittag im Kindergarten und die Mama hatte ihn nach ihrem Halbtagsjob bei einem Immobilienmakler in Friedeburg abgeholt. Beide, Mutter und Sohn, redeten wie die Wasserfälle durcheinander.

„Das mit dem Abholen klappt leider nicht immer auf die Minute", meinte Frau Redfern. „Aber unser Bernhard hat Sie doch bestimmt unheimlich freundlich begrüßt", war die Meinung des kleinen Phillip. Der Kleine war ein richtiges Schlitzohr, das war ihm seit ihrer ersten Begegnung klar. Als sie zum Haus gingen, lief der Bernhardiner nah an seiner rechten Hand. Die Haustür war nicht verschlossen. Frau Redfern bemerkte seinen erstaunten Blick und überbrückte auch diese Situation mit einem hellen Lachen. „Wir schließen in Australien unsere Häuser auf dem Lande nicht ab. Das ist so eine meiner schlimmen Angewohnheiten. Außerdem haben wir ja Bernhard. Das hier ist übrigens das Elternhaus meines verstorbenen Mannes Eike. Eike war Ostfriese. Leider ist er letztes Jahr gestorben und wir wissen noch nicht so richtig, wo wir hingehören." Was sollte er an dieser Stelle für einen Rat geben? Oder war es nur eine Bemerkung, die nicht als Frage gestellt war?

Das Haus erschien ihm auf den ersten Blick wahnsinnig gemütlich. Nicht sehr groß aber mit sehr viel Liebe eingerichtet.

Im Flur blieb er mit etwas Abstand neugierig vor einer bunten Fotowand stehen.

Ein altes Friesensofa machte es leider unmöglich ganz nah vor den Fotografien hin- und herzuschauen, was ihn dazu veranlasste, nach seiner

Brille zu suchen.
Auf fast allen Fotos war ein lachender, großer, blonder und sportlicher junger Mann zu sehen. Das musste Eike sein. *So sehen in Australien Surfer-Typen aus* dachte er. Daran konnte er sich auch nach fast fünfzig Jahren noch sehr gut erinnern.
Der Ostfriese hätte zweifellos hundertprozentig nach Australien gepasst. Sein Sohn wusste zu jedem der Bilder die passende Geschichte. Doch der alte Mann hörte nur mit halbem Ohr zu. Seine Gedanken schwirrten hin und her und machten wieder einmal, was sie wollten. Zu viele Informationen gingen von den Fotos aus und veranstalteten ein kleines Chaos in seinem Kopf. Zu viele Eindrücke stürmten auf ihn ein. Es waren seine Gedanken, die sich selbständig machten. Gedanken, die Flügel bekamen und mit ihm auf Sekundenreisen gingen, ihn an das andere Ende der Welt entführten, nach Down Under. Die heiße, flirrende Luft, die blühenden Landschaften, die Plätze, die Ortschaften - alles kam ihm bekannt vor.
Am Ende der Fotogalerie hingen eine ganze Anzahl älterer Herrschaften. Familienfotos. Das waren Eltern, Omas und Opas, Onkel und Tanten.
Ein etwas größeres Foto zog ihn besonders in seinen Bann. Es war das Portrait einer Frau in seinem Alter. Sie schaute irgendwie professionell in die Kamera, beinahe wie ein Fotomodell. Sie schien ihn total an jemand zu erinnern. Der kleine Luftgeiger zog ihn am Ärmel zu sich herunter und flüsterte ihm ins Ohr: „Das ist meine Omi Katy in Australien."
Aus der Küche rief Frau Redfern zum Tee. Sie hatte einen Gugelhupf gebacken und bat in den Garten, an einen klassisch gedeckten Teetisch unter eine

blühende Pergola. Klassisch bedeutete: mit silberner Tee- und Milchkanne und feinem Porzellan.
„Phillip kommt im August in die Schule“, begann sie eine zwanglose Unterhaltung. „Aber eigentlich sind wir uns noch gar nicht so sicher, ob wir hier bleiben oder nicht.“
Er war erschrocken. Wollten die beiden Ostfriesland verlassen, jetzt, wo sie sich gerade erst kennengelernt hatten?
Gestern hatte er, nach vielen, vielen Jahren an seinen eigenen ersten Schultag denken müssen. Dieser war für ihn mächtig in die Hose gegangen. Dafür hatte er auf der anderen Seite richtig gute neue Freunde und einen festen Platz in der Fußballmannschaft gefunden.
„Spielst du denn auch gern Fußball?“, war dann auch spontan seine Frage an den kleinen Phillip. Seine Gastgeberin war nicht weniger überrascht, wie der alte Mann von dem Gespräch über Phillips Schulanfang so plötzlich auf Fußball kam. Doch bevor sie etwas sagen konnte, schien die Fußballleidenschaft Phillip Amsel ergriffen zu haben. Denn er erzählte ohne Punkt und Komma darauf los. „Mein Vater war damals mehr als überrascht, dass ich mir ohne seine Hilfe einen Fußballverein ausgesucht hatte. Es war aber Gott sei Dank sein ehemaliger Werksverein, deshalb konnte er schlecht etwas dagegen haben. Alle meine Freunde spielten Fußball, aber auch an jedem anderen Tag waren wir eine verschworene Gemeinschaft oder besser gesagt, eine richtige Jugendbande.“

Er erzählte weiter von seinem Leben in der Nähe von Frankfurt, in einer Stadt, die nach dem Krieg rund um das Automobilwerk gigantisch schnell wuchs. Erzählte von einer Kindheit und Jugend, in der die Eltern so sehr mit dem Wiederaufbau Deutschlands beschäftigt waren, dass er und seine Freunde praktisch ohne Aufsicht aufwachsen konnten. Das war auch gut so. Auch vergaß er nicht seinen besten Freund, Karl Blank oder Charly Blanko, der in allen Belangen des täglichen Lebens der geborene Anführer war. „In der Fußballmannschaft war er unser Spielführer. Auf den Baustellen, wo ich ihn damals nach der Einschulung und dem ersten Fußballtraining meinen Spielkameraden vorstellte, wurde er ohne Murren zum Bandenchef gewählt."

Charly war ein brillanter Denker. Aus diesem Grund hatte er auch als Erster die Idee, dass sie an Geld kommen müssten. Der alte Mann war beim Reden richtig in Rage gekommen, als er von den gefährlichen Spielen auf den Baustellen und den großen neuen Wohnblocks mit den mächtigen Kies- und Sandhaufen davor und ihren Sprüngen als Balkonsegler berichtete. Charly war der Meinung, dass man mit einem großen Drachen oder einer Art Fallschirm aus viel höheren Stockwerken über die Balkonrampen abspringen konnte, ohne sich gleich zu verletzen. Aber wie sollte man an Geld kommen, ohne zu stehlen, um sich so einen tollen Fallschirm leisten zu können. Charly zeigte es ihnen.

Die Lösung lag vor ihren Augen, auf den Baustellen selbst. Er deutete auf die vielen verrosteten Eisen-, Kupfer-, Blei- und Messingteile auf dem Gelände. Alles Abfall, den sie auf einem Leiterwagen aufsammeln und für Geld zum Schrotthändler bringen konnten.

Der kleine Junge und seine Mutter hatten dem alten Mann und seiner Geschichte wie gebannt zugehört, ohne ihn auch nur ein einziges Mal zu unterbrechen. Als nun eine Pause entstand, zeigte die Gastgeberin mit einer freundlichen Geste auf ihren Gugelhupf, und genau in dieser Sekunde wurde ihm peinlich bewusst, dass nur er allein die ganze Zeit geredet hatte. Der kleine Luftgeiger fand die Geschichte spannend, das konnte man an seinen leuchtenden Augen ablesen. Doch irgendwie hatte er den Faden verloren und Frau Redfern fragte ihn gerade heraus, ob er nicht Lust hätte, von seiner Zeit in Australien zu erzählen.

Manchmal, so meinte sie mit einem kleinen Seufzer, hätte sie richtiges Heimweh. Wenn dann auch noch an solch einem Tag im Fernsehen ein Film über Down Under gezeigt würde, blieb es nicht aus, dass das Heimweh überhandnahm und sie eine kleine Träne verdrücken musste.

Der alte Mann nickte. „Warum sollten wir uns unserer Gefühle schämen?“, fragte er. „Als ich damals mit meinem besten Freund Chick nach Sydney aufbrach, waren wir fest davon überzeugt, für immer in Down Under zu bleiben. Wir hatten von dem sogenannten gutbürgerlichen Oberspießergequatsche um uns herum die Nase gestrichen voll.“ Er erzählte, wie die alten Nazis nach wie vor erhobenen Hauptes und mit stolzgeschwellter Brust in den höchsten Positionen großer Konzerne, Universitäten und Gerichten saßen.

Ständig wurde bei Fehlern daran erinnert, wie es unter Hitler so etwas nicht gegeben hätte. „Waren die den alle noch ganz dicht, uns einen Massenmörder als Vorbild hinzustellen?“

Der alte Mann fuhr fort. Erzählte von Studenten, die eine atomwaffenfreie und friedliche Welt wollten. „Was unsere Eltern verzapft hatten war ein durch

Rassenwahn angestachelter Völkermord. Der kleine Mann aus Österreich mit dem lächerlichen Charlie-Chaplin-Bärtchen hatte gewaltig einen an der Klatsche."

Angeblich hatte keiner etwas gemerkt davon. Doch gab es sie nicht bereits, bevor er an die Macht kam – die völkischen Strömungen in Form der DAP? Er hatte nur noch seinen Samen auswerfen müssen, verpackt in geschickte Hetzreden. „Wie wir wissen, sind die Menschen ihm bereitwillig gefolgt."

Fünfundzwanzig Jahre zuvor, am 8. Oktober 1908, hatte Hitler zum zweiten Mal versucht an der K.U.K. Akademie der Bildenden Künste in Wien aufgenommen zu werden. Die Jury ließ ihn auch diesmal wieder durch die Aufnahmeprüfung fallen und bescheinigte ihm erneut eine Unkenntnis der Technik, einen ungelenken Strich und eine völlig verworrene Komposition. Das bedeutete für den damals neunzehnjährigen Adolf Hitler das endgültige Aus. Eine erneute Chance gab es nicht mehr. Man durfte die Aufnahmeprüfung nur zweimal machen. Hitler hatte in diesem Moment keine Zukunft mehr. „Was wäre uns allen erspart geblieben, wenn für den Möchtegern-Künstler Hitler alles anders gelaufen wäre?"

Adolf Hitler hätte als Kunststudent vermutlich in einem schäbigen Stadtteil von Wien eine ebenso schäbige Ein-Zimmer-Dachwohnung in einem Männerwohnheim bezogen und wäre einige Jahre später mit seinen lächerlichen Aquarellen und Postkarten, von deren Verkauf er sich über Wasser zu halten versuchte, zusammen mit seinem Schäferhund Blondi, glücklich, aber geistig verwirrt in einer Irrenanstalt gelandet. Leider waren die Herren Professoren von der Akademie der Bildenden

Künste von seinem Genie nicht überzeugt und Deutschland bekam 1933 einen Führer. Der alte Mann schloss mit: „Das war jetzt alles etwas flapsig daher gesagt, trifft aber genau das Denken der damaligen Zeit."

Australien

Nach zwei Semestern an der Werkkunstschule in Darmstadt und weiteren vier Semestern an der Freien Akademie in Mannheim war Phillip Amsel davon überzeugt, dass die Spießer in Deutschland auch in Zukunft eine sehr große Lobby bilden würden. So machte sich in ihm der Gedanke breit, ein Land zu finden, für das es sich lohnte, auszuwandern.
Als er an irgendeinem Wochentag, in irgendeinem Monat im Jahre 1970 von der Frankfurter Innenstadt aus in Richtung Bahnhof lief, war er eigentlich schon todmüde von der stundenlangen Sucherei nach einem Spezialgeschäft für Künstlerbedarf in der Nähe des Goetheplatzes. Die Lauferei hatte sich schließlich doch noch gelohnt. Mit einer Sammelmappe voll wertvollem Karton und Zeichenpapier unter dem Arm schleppte er sich dann zurück Richtung Bahnhof. Genau an dieser Stelle muss damals etwas schiefgelaufen sein, denn er hatte sich verlaufen und war aus einem unerfindlichen Grund etwas zu weit nach links abgedriftet. Da er mit der Zeit immer müder wurde, setzte er sich auf eine flache Mauer und fragte den nächstbesten Passanten nach dem Weg zum Bahnhof. Wie sich herausstellte, hatte er ihn nur um einen Häuserblock verfehlt. Das bedeutete in Frankfurt fünfzehn, zwanzig Minuten Umweg. Im wahrsten Sinne des Wortes also: dumm gelaufen.
Die Beine taten ihm weh, deshalb blieb er noch einen Moment sitzen.

Ununterbrochen zog der Verkehr in doppelten, hupenden Fahrzeugkolonnen an ihm vorbei. Fußgänger wechselten unter Lebensgefahr auf die andere Straßenseite. Er schaute ihnen fasziniert zu, wie sie zwischen den Autokolonnen hindurchspurteten. Zu seinem Erstaunen erblickte er auf der anderen Straßenseite, auf einer schäbigen Hausfassade eine Leuchtreklame, die ihm ins Auge fiel. Da stand in senkrechten Großbuchstaben einfach das Wort AUSTRALIEN. Die Leuchtreklame sah wenig ansprechend aus. Irgendwie schäbig, billig und altmodisch. Trotzdem war er davon gefesselt.
War das hässliche Neonteil ein Hinweis auf ein australisches Reisebüro oder gab es hinter der Eingangstür einen Australien-Laden? Das einfachste war es, zwischen den Autoschlangen hindurch auf die andere Seite zu laufen und nachzuschauen. Mit einem Schlag war er wieder topfit. Die bleierne Müdigkeit in den Beinen war wie weggeblasen.

Es war wieder die gleiche Situation wie vor wenigen Minuten. Der alte Mann redete und redete und der kleine Luftgeier und seine Mama hörten einfach nur zu.
„Sie haben immer noch nicht meinen Gugelhupf probiert", hörte er in diesem Moment Frau Redfern sagen. „Mögen sie keinen Gugelhupf, Herr ...?"
Der alte Mann bat um Entschuldigung. Tatsächlich hatte er es versäumt, trotz der halben Ewigkeit, die sie nun doch schon zusammensaßen, von dem Tee und dem Gugelhupf zu kosten.
Vielleicht etwas zu feierlich stand er nun auf und nannte seinen Namen, Phillip Amsel. Er konnte sich tatsächlich nicht erinnern, ob er ihnen im Wartezimmer nicht doch schon seinen vollen Namen genannt hatte.

Frau Redfern nannte ebenfalls ihren Vornamen, Rose. Der alte Mann bot Rose mit einem festen Händedruck das Du an. Frau Redfern fand die förmliche, altmodische Situation mehr als witzig, aber zu dem alten Mann schien es zu passen.

„Was halten sie von einem Gläschen Sherry zur Feier des Tages", bot Rose an, „um unserem Du den richtigen Rahmen zu geben?"

Phillip Amsel war von so viel englischem, oder besser gesagt, australischem Stil begeistert. Der kleine Luftgeiger schaute ihn ohne Scheu neugierig an, als seine Mutter in die Küche ging.

Er dachte nach, das konnte man sehen. Da sein Mund aber stumm blieb, musste er ihn fragen, was in seinem Kopf gerade vorging.

„Ich wollte dich fragen, ob du heraus bekommen hast, was die hässliche AUSTRALIEN-Leuchtreklamen bedeutet?"

„Natürlich", sagte der alte Mann. „Ich habe alles herausbekommen und noch viel mehr. Aber lass' uns warten bis deine Mutter zurück ist und wir unser Du mit einem Sherry taufen können."

Der kleine Luftgeiger musste darüber lachen, dass man ein Du anscheinend taufen konnte. Rose kam zurück und gab zu, nicht weniger neugierig darüber zu sein, was die Reklame für Geheimnisse barg.

Die Erwachsenen nahmen sich jeder ein Glas Sherry und prosteten sich lachend zu. Rose sagte nochmals, sie sei Rose, der alte Mann sagte, er sei Phillip Amsel und der kleine Phillip warf ein, er sei Phillip Redfern, aber alle würden ihn nur Phips nennen.

Nach dem herrlichen, milden Sherry lehnte er sich im knarrenden, Schaukelstuhl zurück, und schloss für einen kurzen Moment seine Augen, um das letzte Bild seiner Geschichte in Frankfurt zurückzuholen.

Als er die Eingangstür unter der AUSTRALIEN-Leuchtreklame öffnete, schlug ihm zuerst ein eigenartiger, zu sauberer Geruch entgegen. Es roch wie im Krankenhaus.
Das ganze Treppenhaus roch nach einem scharfen Putzmittel, einem Gemisch aus Bohnerwachs und Sagrotan. Da außer ihm kein Mensch in Sichtweite war, schaute er sich in aller Ruhe einmal um. Erstaunt stellte er fest, dass die Wände des Treppenhauses auf Hüfthöhe in einem milchigen Grau und die obere Hälfte Hellgrün angelegt waren. Das sah auf den ersten Blick aus wie in einer Bundeswehr-Kaserne. Er ging zwei weitere Treppenläufe nach oben, dann stand er vor einer breiten Glastür. Auch hier war der Türrahmen in der gleichen entenschissgrünen Ölfarbe gestrichen wie das Treppenhaus. Rechts neben der Tür entdeckte er ein Schild mit der Aufschrift: AUSTRALIAN IMMIGRATION ORGANISATION FRANKFURT.
Er war durch einen dummen Zufall in der australischen Einwanderungsbehörde gelandet. Sein Herz schlug etwas schneller, denn alles, was er bisher wahrgenommen hatte, wie diese Gerüche und Farben, waren für ihn fremd. Er spähte vorsichtig durch die Tür und stellte fest, dass in dem angrenzenden Wartezimmer kein Mensch saß. Er war anscheinend der einzige Besucher. Es gab jede Menge Prospektmaterial. Die schmalen Broschüren lagen überall gestapelt auf Tischen, Ständern und Regalen. Als ginge es um sein Leben, stopfte er wie besessen alles, was er greifen konnte, in seine Künstlermappe. Schon nach wenigen Minuten des Wartens, bat ihn eine weißhaarige, ältere Dame auf Englisch in den nächsten Raum. Er musste sie sich zweimal anschauen, denn ihre Bäckchen waren auffallend rosa gepudert.

Dieser angrenzende Raum war viel größer. Er wirkte schon fast wie ein Großraumbüro. Hier saßen Angestellte hinter ihren Schreibtischen und blickten ihn freundlich an. Die weißhaarige Dame forderte ihn auf, er möge sich bitte einen Berater oder eine Beraterin aussuchen. Im Moment hätte er noch die volle Auswahl. Die Herrschaften seien alle bestens ausgebildet und würden versuchen, ihm sämtliche Fragen über seine bevorstehende Auswanderung zu beantworten. Was denn für eine Auswanderung? dachte er erschrocken.
War das womöglich eine Verwechslung?
Langsam erfasste ihn eine innere Unruhe – oder waren das sogar schon die ersten Anzeichen einer aufkommenden Panik? Der Lady mit den rosa Bäckchen konnte er schlecht erzählen, dass er sich auf dem Rückweg zum Bahnhof nur verlaufen hatte und aus reiner Neugierde wegen der hässlichen Leuchtreklame hier gelandet war. Die Dame ließ sich ohnehin nicht abhalten und traf für ihn die Wahl. Sie drückte ihn sanft, aber bestimmt auf einen Stuhl vor dem Schreibtisch einer Miss Miller.
Der Name stand auf einem grünen, schmalen Schild an ihre Bluse, geheftet links oberhalb ihres Busens. Miss Miller war nicht viel älter als er und das war ihm fast schon doppelt peinlich. Wie sich sehr schnell herausstellte, dachte auch sie, er sei heute extra nach Frankfurt gekommen, um seine Überfahrt nach Australien klarzumachen und den ganzen Papierkram zu unterschreiben.
Ihm wurde zum ersten Mal in seinem Leben bewusst, dass sein Englisch keinen Pfifferling wert war. Er sah sich nicht dazu in der Lage, mit klaren Worten und überzeugend den Irrtum aufzudecken. Er hätte laut das böse Wort Scheiße schreien können, aber Miss Miller blieb weiterhin freundlich und sehr bestrebt, alles zu seiner Zufriedenheit vorzubereiten Er musste hier ganz schnell heraus. Das stand für ihn fest.
In einem unbeobachteten Moment schaute er unauffällig

nach allen Seiten, um den günstigsten Weg zum Ausgang zu suchen. Seine innere Unruhe wurde immer schlimmer. Es grenzte fast schon an einer Panikattacke. Wenn er nicht gleich losrannte, würde er bestimmt noch heute Nacht in einen Qantas-Flieger und geradewegs nach Australien verfrachtet. Die waren bekloppt hier!
Oder war er vielleicht bei einer Sekte oder den Zeugen Jehovas gelandet? Irgendwelchen Verrückten oder Perversen, die auf fiese Weise Menschen einfingen und auf einen fremden Kontinent verfrachteten. Beim Umherschauen fiel ihm wiederholt auf, das alles, von den Bürowänden bis hin zu den Stühlen in dem gleichen Grau und Entenschissgrün gestrichen war, wie das Treppenhaus auch. Vermutlich gehörte auch das zu dem geheimen Entführungsplan, damit man sich später an nichts mehr richtig erinnern konnte. Nur noch an Grau und Entenschissgrün. Oder es war einfach nur so, dass die Australier sehr konsequent waren in ihrem Tun? Wenn sie einen Eimer Farbe aufgemacht hatten, blieb keine Wand, kein Tisch, kein Stuhl davon verschont.
Miss Miller holte ihn aus seinen grauen Fluchtgedanken zurück in die Wirklichkeit und verlangte freundlich nach seinem Passport. *Seinem Reisepass.*
Den hatte er Gott sei Dank nicht dabei. Sorry, vergessen. Wer läuft den schon ohne richtigen Grund mit seinem Reisepass durch die Gegend. Er war doch hier in Frankfurt und nicht im Ausland. Jetzt hatte er endlich eine Idee, eine Ausrede, um problemlos das Einwanderungsbüro zu verlassen.
„Sorry, Miss Miller, daran habe ich gar nicht gedacht. Ich komme aber Freitag mit meinem Reisepass zurück", sagte er. „Freitag früh bring ich meinen Reisepass zusammen mit meinen Freund Chick bei ihnen vorbei. Der heißt eigentlich Dieter Mittermaier, müssen Sie wissen. Er trägt immer so bunte Klamotten, wie Chicko, der Buntspecht in dem Zeichentrickfilm. Wir studieren beide

Malerei und Grafik an der Freien Kunstakademie in Mannheim. Der alte Chick wollte ja auch mit, nach Australien."
Wumms ... Er quatschte viel zu viel, hatte aber das erleichternde Gefühl, gerade noch einmal die Kurve bekommen zu haben. Miss Miller schaute ihn mit weit aufgerissenen Augen an und wiederholte immer wieder die zwei Worte Chick *und* Kunstakademie. *Sie konnte nichts damit anfangen. Er hatte wegen seiner inneren Aufregung Deutsch mit ihr gesprochen.*
Als er wieder unten auf der Straße stand, war es längst dunkel geworden in Frankfurt. Überall um ihn herum blinkten die Leuchtreklamen in den grellsten Farben und auch die AUSTRALIEN-Neon-Schrift über ihm verbreitete milchig-weißes Licht. Ihm schwirrte der Kopf von den wahnsinnig verrückten Eindrücken und der inneren Angst, die gerade noch vor wenigen Minuten wie ein dicker, fetter Hefekloß in seinem Bauch gesessen hatte.
Konnte es denn sein, dass die Australier dringend Menschen brauchten, um ihr riesiges Land zu besiedeln? Er versuchte sich noch einmal das Gespräch mit Miss Miller in sein Gedächtnis zurückzurufen. Hatte sie nicht gesagt, sie würden den Flug nach Australien und die Unterkunft bezahlen? Wahnsinn!
Er musste unbedingt in seinen Prospekten nachlesen, ob die ganze Sache nicht doch einen Haken hatte. Vielleicht war Australien das Land der Freiheit, von dem er schon so lange geträumt hatte. Das Allerwichtigste für ihn war, morgen in der Akademie seinem Freund Chick von dem verrückten Tag in der australischen Einwanderungsbehörde zu berichten.

Rose und der kleine Luftgeiger fingen beide wie auf Kommando an zu lachen. Rose meinte, das wäre die verrückteste Geschichte, die sie je gehört hätte.
„Hast du denn in der Akademie auf Anhieb deinen

Freund Chick überzeugen können, mit nach Australien zu kommen?" Das war leichter als gedacht. Allein wäre er wahrscheinlich nie geflogen, erzählte er.
Zu dieser Zeit hatten sie gerade eine neue Semesterarbeit bekommen und arbeiteten beide an der Illustration zu Hemingways Roman *Der alte Mann und das Meer*. In ihrem Atelierraum in der Akademie saßen meistens nur drei oder vier Leute. Chick saß an seinem Zeichentisch genau hinter ihm. Er versuchte, sich eine gute Einleitung auszudenken, wie er unverfänglich auf das Australien-Thema kommen könnte. Allerdings fiel ihm nichts Gutes ein. Deshalb, so der alte Mann weiter, drehte er sich nur zu ihm um und fragte ziemlich beiläufig, was Chick denn bereits über Australien wusste. Chick hatte nicht einmal von seiner Zeichnung aufgeschaut und zur Antwort nur etwas über Kängurus gekichert. „Hammer Antwort", meinte der alte Mann amüsiert, „aber nach einer Ewigkeit kam dann doch noch die Frage nach dem Warum und das war genau mein Einstieg."

Hier begann er dann seine Erzählung von dem mysteriösen australischen Einwanderungsbüro in Frankfurt. Von der herrlichen alten Lady mit den weißen Haaren und den rosa gepuderten Bäckchen. Von Miss Miller und den Räumlichkeiten mit der ganzen Einrichtung in Grau und Entenschissgrün. Von den zwei Millionen Prospekten und das Wichtigste war die Tatsache, dass die Australier jedem die Überfahrt und die Unterkunft in Australien bezahlten, wenn man sich verpflichtete, mindestens für zwei Jahre im Land zu bleiben.
Das mit den zwei Jahren hatte er zu Hause in den Prospekten nachgelesen. Chick schaute ihn kurz an und

meinte furztrocken: „Wenn das nichts kostet, mache ich mit."
Er war wie vom Blitz getroffen. Der machte wirklich mit, ohne lange zu überlegen.
Chick arbeitete schon wieder an seinem Hemingway, als wäre es die normalste Sache der Welt, wenn beide einfach so nach Australien auswanderten.
„Du musst am Freitag nach Frankfurt in das Einwanderungsbüro mitkommen. Das einzige, was du brauchst, ist dein Reisepass." Für seinen Freund war die Sache scheinbar gebucht. Er arbeitete wie besessen an seiner Illustration weiter und meinte nur: „Orinoko, Mister Choko."
Die meisten seiner Sprüche waren frei erfunden. Außer ihm konnte auch keiner darüber lachen. Es war einfach nur Quatsch, den er so von sich gab. In wichtigen Situationen musste man mehr oder weniger die Luft anhalten, dass er sie nicht durch seine komischen Sprüche vergeigte.

Das ging dem alten Mann so durch den Kopf, als er an das gemeinsame Gespräch vor der australischen Einwanderungsbehörde in Frankfurt dachte. Wenn Chick dann so einen Unsinn wie: „Orinoko Mister Choko" losließ, wer wusste dann schon, wie die Australier auf so einen Unsinn reagierten?
Vielleicht verlangten sie ein ärztliches Attest, das seine geistige Zurechnungsfähigkeit bescheinigte.
„Kurzum, ihr werdet es vielleicht nicht glauben, aber es lief alles besser als gedacht."

Chick musste am Anfang nur kichern, dass wirklich alles grau und entenschissgrün gestrichen war, genauso wie er es geschildert hatte. Die Grande Dame mit den weißen Haaren und den rosa gepuderten Bäckchen war auch wie-

der da. Sie erkannte ihn sofort und geleitete – nein, sie schwebte – mit ihnen durch den langen Büroraum, bis zu Miss Miller an den Schreibtisch.
Mit einem königlich geflüsterten „here we are" entließ sie die Freunde und schwebte wie ein nicht mehr ganz junger Schmetterling zurück in Richtung Wartezimmer. Ihr leichter Rosenduft hing noch eine ganze Weile im Raum, als sie feierlich Miss Miller ihre Reisepässe reichten. Chick flüsterte ihm ins Ohr, ob sie nun gefragt würden, besser gesagt, ob sie dazu bereit seien, sich das Jawort zu geben. Er konnte es nicht lassen, der Depp.
Danach ging alles rasend schnell. Miss Miller machte noch ein paar Fotokopien, sie mussten unzählige Formulare unterschreiben und dann war es passiert. Sie waren ab sofort Einwanderer und würden in fünf Monaten nach Sydney fliegen.

Eine verdammt lange Zeit

Mit einem leichten Ächzen wippte der Schaukelstuhl von Phillip Amsel nach vorn Richtung Tischplatte, wobei er hoffte, noch einen Rest Sherry in seinem Glas vorzufinden. Nach der langen Geschichte hatte er richtig Lust darauf. Rose ahnte seine Gedanken, was nicht wirklich schwer war. Und im nächsten Moment war sein Glas wieder gefüllt.

Der kleine Phillip schaute ihn etwas verträumt oder müde an, das konnte er nicht richtig unterscheiden, und wollte wissen, wo der alte Chick jetzt sei.

„Chick ist immer noch in Australien", antwortete Phillip Amsel. „Er ist nie nach Deutschland zurückgekommen. Heute sind es schon fast fünfzig Jahre."

Rose dachte über seinen letzten Satz nach, weshalb sie sich ein leises „Mein Gott, fünfzig Jahre ..." nicht verkneifen konnte.

Er gab ihr recht. Das war eine verdammt lange Zeit. Er nahm den Sherry zum Anlass, um sich für die Einladung zu bedanken. Mit dem Glas in der Hand prostete er Rose und dem kleinen Phillip lachend zu und brachte mit dem abgedroschenen Satz „Es ist schon reichlich spät geworden ..." zum Ausdruck, dass er nun vorhabe, nach Hause zu gehen.

Rose hielt ihn leicht am Arm fest und sprach den Wunsch aus, er möge schon bald wiederkommen. „Weißt du, Phillip Amsel, wir müssen dir auch noch

eine ganze Menge erzählen."
Der alte Mann war in diesem Moment gerührt von der Ernsthaftigkeit, mit der Rose ihre Bitte ausgesprochen hatte. Deshalb reichte er beiden die Hand und fragte, ob ihnen Sonntag gegen drei Uhr recht sei. Vielleicht könnten sie mit seinem Käfer-Cabrio an die Küste, zum Beispiel nach Hooksiel fahren.
Der große Bernhardiner kam zum Abschied angewackelt und schob seinen massigen Schädel unter seine rechte Hand. Das war wohl Bernhardinerart, Tschüss zu sagen.

Gedanken kann man nicht einfach so abschalten wie eine Schreibtischlampe. Das merkte er auf der Fahrt nach Hause. In irgendeinem hinteren Hirnstübchen lief noch immer sein Kopfkino weiter. Auf dieser Filmrolle war er noch immer der Kunststudent an der Mannheimer Freien Akademie, der zu seinem Professor musste, um ihm zu sagen, dass Chick, also Dieter Mittermeier, und er für zwei Jahre nach Australien wollten.

Ihr Professor hieß Walter Schlegel. Schlegel sprach wie alle Lehrer an der Akademie Mannheimer Platt. Er zeigte sofort vollstes Verständnis für ihr Vorhaben und redete mit weit ausholenden Bewegungen seiner Arme und Hände von der Erweiterung des Horizontes, von völlig neuen Farben und einem ganz anderen Licht. Man könnte meinen, er wäre selbst in Australien gewesen. Wenn Schlegel gewusst hätte, wie treffend seine Prophezeiungen wirklich waren; er wäre vermutlich sehr stolz auf seine Fantasien gewesen. Damals hatte er ihn kein bisschen ernst genommen. Schlegel war bekannt für seine blumenreiche Sprache. Das Schlimmste an ihm waren aber seine Vergleiche mit dem Mikro-Makro-Kosmos.

Wenn ein Schüler bei seinen Arbeiten den Realismus verlassen hatte und eine freie Farb- und Formgestaltung wählte, flüchtete sich Schlegel bei seinen Beurteilungen immer in seinen sogenannten Mikro-Makro-Kosmos.

Es war an der Zeit etwas zu essen und der Sonne zuzuschauen, wie sie noch einmal ein kleines farbiges Feuerwerk am Himmel veranstaltete.
Abends war der kleine Tisch, vor dem hinteren Gartenfenster im Lesezimmer sein Lieblingsplatz.
Er hatte sich damals im australischen Outback in die spektakulären Sonnenuntergänge verliebt. Das war mit den Sonnenuntergängen in Ostfriesland leider kein Vergleich. Aber immer noch besser als mitten in einer der zugebauten Großstädte wie beispielsweise Frankfurt, Köln oder München zu wohnen. Da gab es wohl nur für die Penthouse-Bewohner einen Weitblick.
Auf dem Weg zur Küche bemerkte er, dass sein Anrufbeantworter eine Nachricht für ihn gespeichert hatte. Neben der Tastatur blinkte ein rotes Licht.
Das kam in letzter Zeit nicht sehr oft vor. Natürlich war er neugierig, wer der oder die Unbekannte war, und drückte auf die Wiedergabetaste.
Der Anrufer meldetet sich mit den Worten: „Hallo hier ist Chick." Das war jetzt tatsächlich eine Überraschung. Sie hatten schon Monate nicht mehr telefoniert. Dem alten Chick mussten die Ohren geklingelt haben, so oft wie sein Name in den letzten Tagen gefallen war. Er hörte die Mitteilung sofort ab, die lediglich aus einem Satz bestand, nämlich, er möge sich einmal melden. Das wollte er nach dem Abendbrot und dem Sonnenuntergang gern tun. Zumal die Vergangenheit bei ihm zurzeit eine wichtige Rolle spielte.

Leider zeigte sich der Himmel nur noch in sehr schwachen Rottönen, da der große Moment, der große Zauber schon vorbei schien. Er hatte ihn verpasst und der Tag glitt ganz langsam und sachte hinüber in eine schummerige, mystische Abendstimmung. *Es ist die Zeit der Schatten,* dachte er. Es ist die Zeit der Lagerfeuergeschichten. Die australischen Ureinwohner, die Aborigines, verstanden es prächtig aus den Schatten der Eukalyptus-, Akazien- oder Grasbäume herauszutreten und im nächsten Moment wieder zu verschwinden. Mann hatte das Gefühl, sie konnten sich unsichtbar machen.
Das war jetzt keine Fantasiegeschichte, er hatte es selbst erlebt.

Als er eines Tages, Ende 1971, im Sydney Morning Herald von einem Stamm blonder, oder fast weißhaariger Aborigines las, war es um ihn geschehen. Farmer hatten vor einiger Zeit durch Zufall eine kleine Gruppe nomadisierender, doch bis zu diesem Zeitpunkt unbekannter Aborigines entdeckt und eine kleine Gruppe von ihnen mit nach Alice Springs gebracht. Er wusste fast gar nichts von den australischen Ureinwohnern. Sie waren im deutschen Schulunterricht kein großes Thema.
Deshalb waren seine Neugierde und der Wunsch, mit den Nachkommen der ersten Menschen Australiens zusammenzukommen, sehr groß.
In Sydney selbst hatte er noch keine Aborigines gesehen. Durch vieles Nachfragen wusste er aber, dass es eine Siedlung in La Perouse, einem Vorort der Metropole Sydney bei Randwick, einem schmutzigen Industriehafengebiet in der Botany Bay, geben soll. Von Bondi Beach war La Perouse eine knappe Stunde entfernt, also keine riesige Wegstrecke. Chick und er machten sich an einem

Wochenende auf den Weg.
Die Aborigines lebten am Rande der Gesellschaft, das war sein erster Eindruck. Sie hatten hinter einem Hügel ihre schäbigen Hütten aus baufälligen Brettern und Kisten gefunden. Die Menschen, die hier lebten – da waren sich beide einig – mussten bettelarm sein. Das Lager war wie ausgestorben.
Einzig eine dingoartige Hundemeute umkreiste und belauerte die beiden Einwanderer argwöhnisch mit gewissem Abstand. Immer wieder setzte eine der dünnen, knochigen Kreaturen zum Scheinangriff an. Wenn der Rest folgen würde, hätten sie keine Chance.
Nach einiger Zeit näherte sich von Randwick her ein Fahrzeug. Die Hundemeute war augenblicklich abgelenkt. Es kam ein Bulli in bunten Farben. Sobald der Wagen die armseligen Hüttenlager erreicht hatte, erklang eine schrille Schelle. Es war der Eismann. Unverkennbar, da stand in bunter Schrift Ice Cream *auf dem Kastenwagen. Kaum zu glauben. Hier her in die Armensiedlung der Aborigines kam der Eismann. Und dann geschah das Wunder. Aus dem Nichts erschienen kleine Aborigines. Kinder mit wilden Frisuren und in schmutzigen Lumpen gehüllt. Woher kamen die jetzt? Sie hatten keine Menschenseele gesehen. Die nächste Frage war: von welchem Geld wollten die Kinder Eiscreme kaufen?*
Das alles erschien ihnen einfach nur surreal. Doch der Eiswagen und die Kinderbande wirkten auf sie wie ein Magnet. Der Eismann war Italiener. Die Kinder hatten kein Geld. Wie sollte dies auch anders sein. Also kauften sie Eis für alle. Das gab weder ein lautes Hallo, oder Gegröle, wie sie erwartet hatten, es gab lediglich ein stilles Danke, durch glückliche, riesige schwarze Kinderaugen. Bis zu diesem Zeitpunkt hatte noch keines der Kinder gesprochen.
Danach suchten sie nach dem Badestrand von La Perouse. Sie wollten schwimmen und sich von der Hitze et-

was abkühlen. Die zwanzig Kinder liefen wie die kleinen Küken hinter ihnen her, über die Dünenlandschaft bis hinunter zum Strand.
Der Strand war eine einzige Katastrophe. Vermutlich lag die starke Verschmutzung des Wassers an dem nahen Öllager. Nicht weit von ihnen entdeckten sie massive Öltanks, die vermutlich zu einem sehr großen Tanklager gehörten.
Im nächsten Moment schlug die friedliche Stimmung um in pure Panik. Über die Dünenspitzen näherte sich in Windeseile eine riesige Gestalt. Wo kam die denn so plötzlich her? Sie tauchte auf dem Sandhügel auf wie eine Fata Morgana. Wie ein muskelbepackter Riesengeist. Die Kinder redeten durcheinander. Es lag Unheil in der Luft, das konnte man spüren. Die letzten Meter sprang der Riese von der obersten Spitze der Düne in gewaltigen Sätzen direkt auf sie zu. Da stand er, wie ein Herkules. Das Weiß seiner Augen hatte ein gefährliche Gelbfärbung.
Er schrie sie an. Er schrie sie panisch an, in seinem pidgin-englischen Kauderwelsch: „Ihr beide wolltet alle unsere Kinder entführen." Er schrie und schrie und schrie und sie hofften nur, dass er sie nicht mit all seiner Muskelkraft wie mickrige Holzpfosten in den leichten, weichen Dünensand hämmerte. Chick und er hatten Todesangst.
Plötzlich war alles vorbei. Der Riese drehte sich um, ohne sie noch einmal anzuschauen. Die Kinder formierten sich ordentlich zum Gänsemarsch und nach wenigen Minuten liefen der große Mann und die Kinder auf dem oberen Dünenkamm Richtung Sonnenuntergang davon. Chick und er hatten immer noch Herzklopfen, obwohl der Riese längst verschwunden war.

Mädchen in La Perouse

Keiner von beiden hatte sich getraut, etwas zu sagen. Sie wollten den Kindern eine Freude bereiten. Alles was danach passierte, war niemals geplant oder gewollt. Beide waren der Meinung, sie müssten das klarstellen. Auf dem Weg zurück zu der Siedlung wusste jeder von ihnen ein paar gute Sätze, die sie sagen wollten. Leider kam es nie dazu. Das Lager, die Hütten waren leer. Es gab keine Kinder. Es gab keinen Riesen. Es gab nur die lauernde Hundemeute.
Wo waren die Aborigines?
Chick sagte damals, er glaube, Aborigines könnten aus dem Nichts auftauchen, sie könnten aber auch wie von Zauberhand verschwinden.

Der alte Mann hatte die ganze Zeit in die Dunkelheit seines Gartens und des angrenzenden Landes geschaut. Es war verrückt, aber er hatte vor wenigen Sekunden noch Todesangst. Es war damals seine erste Begegnung mit den Ureinwohnern Australiens, aber nicht seine letzte. Als er zu Bett ging, fiel ihm ein, dass er vergessen hatte, seinen alten Freund Chick in Australien anzurufen. Jetzt war er zu müde. Morgen war auch noch ein Tag.

Als er am Sonntagmittag zu Rose und dem kleinen Phillip unterwegs war, kam er sich tatsächlich wie ein Großvater vor, der seine Tochter und seinen Enkel besuchen möchte. Er hatte nie eigene Kinder. *Schade,* dachte er. Vielleicht hätte sich für ihn die Welt ganz anders gedreht. Er war zusammen mit seiner Schwester Ulli groß geworden. Ulli kam auf die Welt, als er in der ersten Klasse war.

Seine Mutter lag schon wochenlang im Bett und täglich schaute Frau Brunken, die Hebamme nach ihr. Er hatte sich natürlich einen Bruder gewünscht. Doch dann krähte eines Tages ein kleines Stimmchen aus dem Schlafzimmer seiner Eltern und Ulli war da. Frau Brunken sagte: „Das ist deine Schwester“, und hielt das schreiende, rote Ding in die Höhe. Seine Mutter wollte wissen, ob sie ihm gefiel.

Na ja, gefallen ist etwas anderes, aber er war mächtig stolz. Kleine Babys sehen am ersten Tag genauso verschrumpelt aus wie alte Kartoffeln. Mit der Zeit werden sie dann aber immer hübscher und rosiger, so wie Ulli eben auch.

Er rannte sofort auf die Straße, um all seinen Freunden seine winzige Schwester zu zeigen. Er fand die Bande auf der Baustelle beim Balkonsegeln. Charly sprang gerade mit dem großen grün-weiß gestreiften Sonnenschirm, den sie von ihrem ersten Alteisengeld gekauft hatten, aus dem dritten Stock. Mit dem Sonnenschirm wurde das Springen zum Gleiten. Wenn man einen guten Aufwind bekam, dauerte der Sprung minutenlang und man wusste nie, wie die Landung ausging. Oder besser gesagt, wo man landete. Kurtchen Zelich war der Leichteste von ihnen. Sein Sprung wäre aus diesem Grunde fast schiefgegangen. Er segelte schnurstracks auf die Kalkwanne zu. Es war Charlys Geistesgegenwart zu verdanken, der ihn an den Füßen in eine andere Richtung umlenkte. Ab diesem Moment durfte man nur noch mit einem langen Strick um den Fuß springen. Ging der Sprung in die falsche Richtung, rannten sofort zwei Jungs los, um den Strick zu greifen und den Freund sicher auf den Boden zu holen.

Er trommelte die Meute zusammen und alle wollten tatsächlich seine Schwester sehen. Später erzählte seine Mutter immer, er hätte zwanzig Buben fünf Minuten nach der Niederkunft in Ihr Schlafzimmer geschleppt, nur um den Straßenkindern seine Schwester Ulli zu zeigen. Das mit den fünf Minuten war natürlich gelogen.

In der Früh hatte er Chick in Australien angerufen. Chick war mittlerweile in Rente. Es hatte lange gedauert, bis er als freier Maler in Australien von seinen Bildern leben konnte. Mit der Zeit wurde er immer bekannter. Bis eines Tages die Kunstakademie in Rockhampton bei ihm anklopfte, um ihn als Dozenten für Malerei und freie Farb- und Formgestaltung anzuwerben.
Phillip Amsel erzählte ihm von dem kleinen Luftgeiger, der ihm so ähnlich sah und den er im Wartezimmer seiner Hausärztin zusammen mit seiner Mutter Rose getroffen hatte. Rose kam aus Australien, genauer gesagt, aus Sydney. Chick lachte sich kaputt am Telefon, dass er so sentimental geworden sei und fast schon völlig verklärt den alten Zeiten nachhing. Er musste ihm eingestehen, dass er bei den alten Geschichten nicht selten die Realität, das Jetzt vergaß und frei wie ein Eisvogel in die Vergangenheit hinabtauchte. Chick meinte, sich mit 95 Kilo Lebendgewicht mit einem Eisvogel zu vergleichen, wäre vermessen.
Sie hatten beide noch eine Weile Tränen gelacht über Chicks blöden Witz, bis der alte Freund dann doch noch einmal nachfragte, ob der kleine wirklich auch Phillip heiße, so wie er. Der alte Mann konnte dies nur bestätigen und murmelte etwas von komischen Zufällen auf der Welt. Er wollte jetzt nicht weiter darauf eingehen.

Hooksiel

Punkt drei Uhr fuhr er auf dem knirschenden, ratternden, scheppernden Kiesweg bis vor die Eingangstür von Roses Landhaus.
Als er aus dem Wagen ausstieg, kam Bernhard, der riesige Bernhardiner, ganz friedlich und ohne zu bellen unter einem schattigen Rhododendronbusch hervorgekrochen, um ihn freundlich, mit wedelndem Schwanz zu begrüßen. Anscheinend gehörte der alte Mann für ihn schon zur Familie. Rose und der kleine Phillip kamen beide strahlend und gut gelaunt, mit Rucksack und Tasche bepackt gleichzeitig aus dem Haus. Sie trugen hellblaue Bermudas, weiße T-Shirts und weiße Turnschuhe. Das stand ihnen prächtig, musste er neidlos zugeben. Rose konnte wohl seine Gedanken lesen, als sie sich vertraulich bei ihm unterhakte und ihm ins Ohr flüsterte: „Phillip hat darauf bestanden, dass wir uns beide gleich anziehen." Er nickte nur zustimmend, dachte aber bei sich, wie stolz der kleine Luftgeiger auf seine schöne Mama sein musste. Rose und ihr Sohn waren eine unschlagbare Einheit. Ein zusammengeschweißtes Team.

Als er damals von Karl Großberg, seinem Fußballtrainer, seine erste Fußballkleidung bekam, mit dem gelben Hemd, den schwarzen Hosen und den gelben Stutzen, war er auch in einem unschlagbaren Team. In einer zusammengeschweißten Einheit.

Charly hatte bei den Balkonseglern auf der Baustelle Werbung für die Schülermannschaft gemacht. Mittlerweile spielten fast alle seine alten Freunde Fußball. Karl Großberg hatte nicht schlecht gestaunt als Charly eines Tages mit zehn neuen Spielern ankam. Danach hatte jeder von ihnen seinen festen Platz gefunden.
Die Besten spielten mit Charly und dem roten Hännes in der ersten Mannschaft, die nicht so Guten in der zweiten. Er spielte Libero in der ersten. Eine der größten Überraschungen für alle war Kurtchen Zelich. Der kleine schmale Kerl war ein wieselflinkes Fußballnaturtalent. Dass er mutig war, stand für die Freunde schon lange außer Zweifel. Das hatte er schon zu Genüge bei den Balkonseglern bewiesen. Dass er auch noch ein brillanter, pfeilschneller Fußballtechniker war, ließ ihre Gegner oft verzweifeln. Trainer Großberg konnte seine Begeisterung damals kaum zügeln und ließ sich immer wieder zu wahren Begeisterungsstürmen hinreißen.
Karl Großberg wurde bei der Feier zur Kreismeisterschaft von den Vereinsoberen für seine vorbildliche Jugendarbeit und Talentsuche in den höchsten Tönen gelobt.
Charly stand bei der Feier grinsend neben Phillip und meinte nur: „Wie der es geschafft hat, zehn neue Jungs in den Verein zu holen, ist wirklich eine kleine Sensation."
„Der hat eben das gewisse Händchen", war seine Antwort. Das glaubte der Großberg auch noch selbst.

Rose schüttelte leicht seinen Arm. Er war, wie so oft in den letzten Tagen, mit seinen Gedanken abgedriftet. „Ist dir nicht gut, Phillip Amsel?"
„Doch, doch, es ist alles in Ordnung." Der alte

Mann gab vor überlegt zu haben, wie sie am gescheitesten die Gepäckstücke unterbringen sollten. Zum Schluss klappte alles ganz wunderbar. Der kleine Phillip saß hinten, neben den Taschen und Badetüchern. Rose saß vorne, neben ihm. Sie hatten gemeinsam das Stoffverdeck zurückgeklappt und genossen den warmen, lauen Fahrtwind auf ihren Gesichtern

Nach einer halben Stunde waren sie angekommen. Von der Straße aus konnte man leider das Meer nicht sehen. Ein hoher, mit Gras bewachsener Deich nahm ihnen die Sicht auf den Strand von Hooksiel. Einzig die knallbunten Segel der Windgleiter tauchten hier und da am oberen Rand der Grasnarbe auf. Das ließ die drei vor lauter Neugierde etwas schneller die Treppe nach oben eilen. Was für ein tolles Bild lag vor ihnen: Der Strand, die Sonne, das Meer, die salzige Luft und die Surfer. Der kleine Phillip sprach ihm aus dem Herzen, als er voller kindlicher Freude ausrief: „Schaut mal, das ist fast wie unser Bondi Beach."

Sie standen oben auf der Deichkappe und ließen ihre Blicke schweifen.

Er liebte solche Momente. Er legte dem kleinen Phillip beide Hände auf die schmalen Schultern und strich ihm dann mit der rechten Hand liebevoll über seinen Lockenkopf. „Weißt du, Phillip damals hatten wir uns auf Anhieb in Bondi Beach verliebt. Wir hatten in unserem jugendlichen Leichtsinn ein viel zu großes Haus in der Francis Street 11 gemietet. Das Haus hatte fünf Schlafzimmer, ein Wohnzimmer und einen Sun Room, mit Blick zum Meer. Unsere Idee war gar nicht so verkehrt: Wir wollten Nahe am Strand wohnen und wenn möglich drei Zimmer vermieten, um uns gemeinsam mit anderen jungen Leuten die Kosten zu teilen. Kurz gesagt, es haute sogar meistens hin. Das Wichtigste war aber, dass wir einen Job in Sydney bei *NBN Television* bekommen sollten."

Rose und der kleine Phillip waren jedes Mal aufs Neue gespannt, was der alte Mann vor so langer Zeit in ihrer Heimat Australien erlebt hatte. Im Moment hieß es aber erst einmal einen guten Platz am Strand zu ergattern. Automatisch zog es sie zu der Gruppe Windsurfer hin, die mit ihren bunten Surfbrettern und den nicht weniger bunten Segeln ein wildes, farbenfrohes Lager rund um ein breites Siel gebildet hatten. Alle drei hatten das Gefühl, hier passierte etwas Spannendes. Hier war es nicht langweilig, hier war einfach etwas los. Die Surfer sprangen mit ihren Brettern direkt vor ihren Augen in die Höhe und versuchten in der Luft die verrücktesten Drehungen oder Überschläge.

Weit draußen am Horizont zog ganz langsam ein riesiges Containerschiff vorbei und gab durch seine Anwesenheit einen tollen Hintergrund für die wagemutige Surfer-Clique. Der kleine Phillip schien glücklich über so viel Aktion, aber auch Rose und der alte Mann genossen das wilde Treiben. Sie hatten eine ganze Weile nicht mehr geredet. Bis Rose das Schweigen brach und unvermittelt von ihm wissen wollte: „Hat das eigentlich damals mit dem Job bei dem Fernsehsender in Sydney geklappt?"

Phillip Amsel war etwas überrascht von der spontanen Frage. Immerhin war mittlerweile mehr als eine gute Stunde vergangen, als er oben auf der Deichtreppe davon erzählt hatte. Er räusperte sich kurz, um etwas Zeit zu gewinnen und dabei seine Gedanken zu sortieren. Es war die Geschichte mit

dem seltsamen Olaf.
Er suchte nach einer bequemeren Erzählposition auf dem weichen Sandstrand. Zu guter Letzt lehnte er seinen Kopf an die Badetasche und dachte noch einmal kurz nach, bevor er begann.

Der seltsame Olaf

In Deutschland hatte er durch eine Bekannte, die beim Zweiten Deutschen Fernsehen arbeitete, einen seltsamen Menschen kennengelernt. Dieser Mensch arbeitet erst seit ein paar Tagen beim ZDF in Mainz und war vor kurzem aus Australien zurückgekommen. Der Australien-Heimkehrer hieß Olaf und war von Beruf Cutter. Er trug komische Hawaiihemden und hatte eine seltsame Prinz-Eisenherz-Frisur. Olaf war bei ihrem ersten Treffen total missgestimmt. Er bereute es schon wieder gewaltig, nach Deutschland zurückgekommen zu sein. Nach fünf tollen Jahren in Sydney hatte er angeblich vergessen, wie spießig und verstaubt seine alte Heimat war. Mit weit aufgerissenen Augen berichtete er von der Stadt am Port Jackson. „Du musst wissen, das Leben dort ist viel freier. Viel flippiger, viel jünger. Einfach nicht so old fashioned. Natürlich muss man in Australien auch für sein Geld arbeiten. Aber der Freizeitwert ist ein ganz anderer als hier.“

Seine Frau war wohl die treibende Kraft, die mit den beiden kleinen Kindern unbedingt zurück nach Deutschland wollte. Jetzt hatten sie eine gewaltige Ehekrise. Ihr gespartes Geld war für den Flug, die Kaution und die Einrichtung ihres gemieteten Häuschens in Laubenheim, einem Vorort von Mainz, bereits ausgegeben. Er wollte ihnen aber auf jeden Fall helfen und in den nächsten Tagen seinen alten Chef Mr. John McNamara anrufen, um ihn zu fragen, ob er zwei deutsche Grafiker bei NBN, in

Sydney gebrauchen könnte.
Es waren noch zwei weitere Treffen mit Olaf und zwei weitere Telefonate mit Mr. John McNamara notwendig, bis das Okay aus Sydney kam. Der komische Kerl mit der Prinz-Eisenherz-Frisur hatte sogar noch eine extra Überraschung für sie parat: Er würde selbst so schnell als möglich nach Sydney nachkommen, um in seinem alten Job bei NBN zu arbeiten. Seine Ehe war gescheitert.
Langsam wurde die ganze Australien-Angelegenheit wirklich ernst. Der Termin rückte immer näher. An der Akademie verging kein Tag, an dem sie nicht von irgendwelchen Kommilitonen auf ihre Auswanderungspläne angesprochen wurden. Sie mussten natürlich noch die letzte Semesterarbeit zu dem Thema Der alte Mann und das Meer *abliefern, aber danach konnte es wirklich losgehen.*
Sein Vater hatte bis zum Schluss nicht an seine Auswanderung geglaubt. Jetzt wurde auch ihm langsam bewusst, dass es ernst war und nicht so ein Hirngespinst. Seine Mutter hingegen hoffte, das Australien schrecklich sei und er schon bald wieder zurückkäme. Ulli, seine Schwester, war stinksauer auf ihn. Sie war mittlerweile sechzehn Jahre alt und hatte endlich die Pubertät mehr oder weniger hinter sich.
Er dachte an die Zeit, als er sie überall mit hinnehmen musste. Seine Mutter wollte das so. Das fing an, als Ulli gerade fünf Jahre alt war. Die Automobilstadt hatte sich gewaltig verändert. Sie war mittlerweile reich geworden. Es gab neben den großen, neuen Wohnsiedlungen ein richtiges Fußballstadion und ein Freibad mit Bolzplatz. Wenn sich die alte Balkonspringerbande im Freibad zum Schwimmen und Fußballspielen traf, war es für ihn nicht leicht, auf Ulli aufzupassen. Was sollte er mit seiner kleinen Schwester anfangen? Sie war viel zu klein, um mit den zehnjährigen Jungs mitzuhalten. Eines Tages wurde er durch eine Durchsage des Bademeisters auf eine gute

Idee gebracht. Die Durchsage lautete: „Alle Kinder, die ihr Seepferdchen, Frei- oder Fahrtenschwimmer ablegen wollen, sollen sich am Sprungturm einfinden." Das war die Lösung – bis zum Ende des Sommers hatte Ulli ihren Badeanzug mit sämtlichen Abzeichen bestückt und war zu einer richtig guten Schwimmerin geworden.

Es war langsam an der Zeit, einige Dinge zu verkaufen, die er sowieso nicht mitnehmen konnte. Wie sein Fahrrad, sein Kofferradio und seine teure Staffelei. Die Staffelei machte ihm etwas mehr zu schaffen, als er gedacht hatte. Sie herzugeben, tat ihm einfach in der Seele weh.

Von einem Teil des Geldes kaufte er sich einen richtigen Seesack, so wie Seeleute ihn über der Schulter tragen, wenn sie auf lange Reise gehen. Er fand das lässiger als einen Koffer. Die Freunde an der Akademie wünschten ihnen alles Gute und viel Glück und viel mehr Abschied wollten sie auch nicht zulassen. Sein Vater bestellte ihn noch einmal in sein Büro, um ihm zu sagen, dass er eigentlich fest mit ihm gerechnet hätte. Die Sache, wie er sich ausdrückte, schien aber doch in eine ganz andere Richtung zu gehen. Er saß wie ein kleiner Junge vor seinem dicken Direktorenschreibtisch und hörte gar nicht richtig zu. Seine Gedanken schweiften zurück in die Zeit, als er zusammen mit Charly Anführer bei den Balkonseglern war. Damals wollte er unbedingt von seinem Vater wissen, wie man richtig boxt. Er wollte den anderen imponieren. Er wollte richtig Boxen trainieren, mit Boxhandschuhen und einem Sandsack und allem, was dazu gehörte. Er wollte ein richtiger Kämpfer werden. Es war die falsche Zeit.

Sein Vater hatte wichtigen Besuch. Willi Hurtel war da, Vaters Steuerberater. Er hatte die Tür ohne anzuklopfen aufgemacht und spontan seine wichtige Frage heraus posaunt: „Papa wie geht eigentlich richtig Boxen?" Sein Vater war sichtlich verärgert über ihn und schaute nur

kurz in seine Richtung. Mit dem ausgestreckten Zeigefinger seiner rechten Hand zeigte er ihm wortlos an, er möge sich neben ihn an den Schreibtisch stellen.
Danach ging alles wahnsinnig schnell. Phillip Amsel senior holte ohne Ansatz aus, um ihm seine Faust mitten auf sein Kinn zu schmettern. Er flog in Sekundenschnelle drei Meter rückwärts zur Tür und landete unsanft auf seinem Hosenboden.
Erst Minuten später kamen ihm in seinem Zimmer die Tränen. Er lag quer auf seinem Bett und konnte nicht fassen, was gerade mit ihm geschehen war.
Als er sich umschaute stand Willi Hurtel plötzlich kopfschüttelnd mitten im Raum und wollte von ihm wissen, ob er schlimme Schmerzen hätte. Damals konnte er tagelang seinen Kiefer nicht bewegen. Daran musste er jetzt denken als er sich erhob, seinem Vater die Hand reichte und wortlos das Büro verließ.

Zwei Tage später startete die Lufthansa Boeing 747 mit ihnen an Bord nach Sydney. Es war ein reiner Auswandererflug. Das Bordpersonal musste solche Flüge hassen wie die Pest, das konnte man leicht an den genervten Gesichtern der Stewardessen und Stewards ablesen. Chick und er tranken beide keinen Alkohol. Dafür waren ihre Kollegen auf den anderen 270 Plätzen umso fleißiger dabei, die Bordküche im wahrsten Sinne des Wortes auszusaufen.
Aus diesem bedauerlichen Grund herrschte im Flieger schon nach kurzer Zeit eine wahnsinnig laute, grölende und von Unmengen Alkohol geschwängerte Karnevalsstimmung, wie auf einem primitiven Dorffest. Jeder Zwischenstopp war ein wahrer Segen, um für kurze Zeit den Suffköpfen aus dem Weg zu gehen. Gab es denn in Australien für solche Haudegen wirklich genügend Arbeit? Es musste wohl so sein. Die Lufthansa Bord-Broschüre konnte ganz gut einige Fragen beantworten. Der fünfte

Kontinent war 1971 mit nur dreizehn Millionen nicht gerade übervölkert, wenn man bedenkt, dass damals allein in New York schon achtzehn Millionen Menschen lebten.
In Australien herrschte die große Angst vor der sogenannten „gelben Überflutung" aus Asien. In der Zukunft gab es große Aufgaben im Städte- Straßen- und Tunnelbau. Gleichzeitig verfügte Australien über ein riesiges Reservoir an Bodenschätzen, wie Uran, Zink, Blei, Erdgas, Öl, Mangan, Silber, Kupfer, Quarz und Gold. Es würden noch einige solcher Einwandererflüge notwendig sein, und diese nicht nur aus Deutschland, um das Potenzial an Fachkräften zu erfüllen, dass Down Under in der Zukunft verschlingen würde.

Nach kurzem Zwischenstopp in Athen flog die 747 über Bahrain Richtung Singapur. Danach über Darwin, von Nord nach Süd über den gesamten fünften Kontinent, bis nach achtundzwanzig Stunden Sydney endlich erreicht und der letzte besoffene Sänger doch noch eingeschlafen war. Der Kapitän gab eine kurze Anweisung, dass alle Passagiere ihre Plätze nicht verlassen durften, ehe das Desinfektionsteam seine Arbeit in den Gängen der Maschine verrichtet hatte. Chick und er schauten sich fragend an und überlegten, was das bedeuten konnte. Die Dosensprüher wurden grölend von den verkaterten Neuaustraliern begrüßt. Dosensprüher waren wichtige Leute, die, mit Spraydosen bewaffnet, Australien vor schlimmen Seuchen schützen sollen. Das sah lächerlich aus. War es wahrscheinlich auch, da bisher kein anderes Land auf der Welt diese Art der Seuchenbekämpfung übernommen hatte.
Dann war es aber endlich geschafft. Bei jedem Zwischenstopp roch die Luft anders. In Singapur wären sie auf der Gangway fast umgefallen. Die Luft hatte sie beim ersten Atemzug beinahe erschlagen. Sie kam ihnen dick und

schwer vor. Sogar das Gehen fiel ihnen irrsinnig schwer. Der Kreislauf spielte mit ihnen Karussell und das Atmen wurde zur Qual. Sydney hingegen empfing sie auf jeden Fall viel milder und angenehmer.

Von Norden her zogen in Windeseile dunkle, furchterregende Gewitterwolken über die Inseln Wangerooge und Spiekeroog hinweg auf das Festland zu.
Die Surfer rund um das Siel hatten kaum noch Zeit, ihr Equipment ordentlich zusammenzupacken und in riesigen Taschen zu verstauen. Es galt schnellstens den Strand vor dem nahen Unwetter zu verlassen. Der alte Mann war so sehr in seine Geschichte versunken gewesen, dass er nicht den geringsten Hauch einer aufkommenden Gefahr verspürte. Rose hatte die Situation jedoch zuerst erfasst und gab dem kleinen Phillip sehr schnell zwei, drei präzise Anweisungen auf Englisch.
Im selben Moment rannte sie schon die Deichtreppe nach oben. Phillip Amsel schüttelte total verwirrt seinen Kopf über so viel Hektik. Wo wollte sie denn nur wie von der Tarantel gestochen hin? Der kleine Phillip lächelte ihn vielsagend an, dann sagte er: „Mama meint, es wäre bestimmt besser, das Dach von deinem Käfer zu schließen, bevor der Wolkenbruch über uns hereinbricht."

Das war gerade noch einmal gut gegangen. Auf dem Parkplatz war mittlerweile die Hölle los. Alle versuchten irgendwie ihre sieben Sachen einigermaßen trocken in den Fahrzeugen unterzubringen. Rose hatte geistesgegenwärtig den alten Käfer vor dem Absaufen gerettet. Wer jetzt noch nicht im Trockenen saß, hatte keine Chance mehr. Die schwar-

zen Wolken brachen auf und es goss wie aus Eimern. Wenig später folgten Blitz und Donner. Es krachte und funkte angsteinflößend. Daran, nach Hause zu fahren, war auf keinen Fall zu denken. Die Sicht war gleich Null. Der starke Wind schleuderte den Regen mit unglaublicher Kraft gegen die Autoscheiben, die sofort milchig anliefen, und stellte die drei vor die Frage, was man aus so einer Situation am besten machen konnte. Rose war ein praktischer Mensch. Aus diesem Grund begann sie nachzuschauen, was in der Picknicktasche noch an Essen und Trinken vorhanden war. „Solange wir nicht verdursten oder verhungern, sind wir hier im Trockenen gut aufgehoben."
Der alte Mann musste innerlich schmunzeln. „Das schlimme Wetter wird nicht lange anhalten. Der heftige Regen ist meist nur der Anfang. Danach entscheiden der Wind und die Wolken wie es weitergeht." Er war sich ziemlich sicher, dass sie spätestens in einer halben Stunde den Rückweg Richtung Reepsholt antreten konnten.
Rose verteilte Hühnchensandwiches und der kleine Phillip nutzte die Gunst der Stunde, um von ihm zu erfahren, wie seine Geschichte auf dem Sydney Airport weiterging.
Phillip Amsel lehnte sich etwas zurück in der Enge des VW-Käfers und versuchte gleichzeitig, eine bequeme Sitz-Liege-Stellung durch das Verstellen seines Autositzes zu finden, bevor er mit seiner Geschichte fortfuhr.

Sydney Airport

Da standen sie also in der Wartehalle des Sydney Airport. Zwischen 270 mehr oder weniger nüchternen Einwanderern aus Deutschland, mit all ihren Erwartungen und Sehnsüchten. Es wartete tatsächlich ein Empfangskomitee des Australian Migrants Services *auf sie.*
Die freundlichen Damen und Herren hatten alle Hände voll zu tun, um ihre Listen mit den angekommenen Personen abzugleichen. Chick und ihm fiel jetzt zum ersten Mal auf, dass auch fünf Frauen ausgewandert waren. Wegen ihrer geringen Zahl waren sie im Flieger gar nicht aufgefallen.
Männer bekamen von den Beamten blaue Buttons angeheftet, Frauen rote. Vor der Tür warteten Busse, um die männlichen Einwanderer in das Einwanderungslager nach Redfern und die fünf Frauen in das CVJM Frauenhaus in der Liverpool Street, das fast schon Hotelcharakter hatte, zu bringen.
Die beiden Freunde warteten auf Mr. John McNamara, Olafs alten Chef von der NBN in Sydney. Die Beamten der Einwanderungsbehörde hatten auf ihrer Liste vermerkt, das Chick und er bei NBN einen Vertrag hatten und von einem Mr. McNamara abgeholt würden. Das mit dem Vertrag war zwar nicht so ganz richtig, sollte aber ausreichen, um sie vor dem Lager zu bewahren.
Die riesige, weiße, kanaldeckelgroße Wanduhr im Terminal zeigte unerbittlich die Zeit an, aber auch nach über einer Stunde Wartezeit war noch immer kein Mr.

McNamara in Sicht. Das war kein gutes Zeichen, signalisierten ihnen die Einwanderungsbeamten. Sie durften sie nicht ohne Arbeitsnachweis und festen Wohnsitz gehen lassen. Olaf hatte ihnen für den Notfall eine Telefonnummer der NBN mitgegeben, wo sie John jeder Zeit erreichen konnten. Das bedeutete, sie mussten dringend telefonieren. Was dann geschah, war fast schon unglaublich. Eine Miss Penny Henry aus der Personalabteilung teilte ihnen mit, dass Mr. McNamara für acht Urlaubswochen in Coober Pedy, der Opalstadt, verweilte. Mehr könnte sie ihnen am Telefon nicht sagen. Sie wollte John aber gerne eine Nachricht von ihnen hinterlegen.
Das war kein guter Start.
Die Beamten der Einwanderungsbehörde waren nicht weniger überrascht als sie. Die Busse mit den Migrants hatten schon vor über einer Stunde das Flughafengelände verlassen und waren längst in Redfern, dem Einwanderungslager, angekommen. Ein etwas missgelaunter Beamter heftete ihnen ungehalten den blauen Lagerbutton an die Brust. Ein anderer Kollege informierte einen Fahrdienst, der sie umgehend nach Redfern bringen sollte. Die Beamten murmelten etwas wie: „Dumm gelaufen." Chick und er hatten das Gefühl, man hielt die ganze Geschichte mittlerweile für einen miesen Trick von ihnen, um günstig nach Australien zu kommen. Zumal sie auch keinerlei Vertragspapiere von NBN vorweisen konnten. Sie mussten sich geschlagen geben, um die Sache nicht noch schlimmer zu machen, als sie so schon war. Morgen ist ein neuer Tag. Vielleicht konnte ihnen der komische Olaf weiterhelfen?

Mit einem letzten, kräftigen Donnerschlag riss der Himmel auf und die Sonne strahlte wieder mit all ihrer Kraft auf sie nieder, als hätte das schlechte Wetter in der letzten Stunde nie stattgefunden. So-

fort fing die Erde an zu dampfen.
„Wow … was für ein Schauspiel", staunte Rose. Mit einem Mal war alles vorbei.
Sie putzte mit einem Küchentuch aus ihrem Pick-nick-Korb über die beschlagenen Autoscheiben. Der alte Mann rieb mit der Faust sein Fenster frei und schaute hinaus Richtung Deich. Zu seinem Erstaunen sah er schon wieder einige Surfer auf dem Weg zum Wasser. *Die Jungs sind eins mit der Natur,* dachte er. Vor vielen, vielen Jahren waren er und Chick genau so frei und von dem Meer besessen.
Für sie wurde es Zeit, den Rückweg anzutreten. Rose sprach ihn noch einmal auf seinen schlechten Anfang in Australien und den Ärger mit der Einwanderungsbehörde an. Der alte Mann hatte mittlerweile das Käfer-Cabrio gewendet und fuhr langsam die schmale Betonstraße an dem kilometerlangen Deich entlang Richtung Bundesstraße.
Das war kein guter Start. Rose hatte recht.

Die erste Nacht in Australien verbrachten Chick und er in einem winzigen Zimmer in einer der Holzbaracken in Redfern, nachdem der Fahrdienst sie gegen Mittag dort abgeliefert hatte. Die Einrichtung glich der eines Provinzgefängnisses. Es gab einen Stahltisch mit zwei Stühlen. Zwei Stahlrahmenbetten mit zwei sehr dünnen Matratzen und zwei raue Pferdedecken. Sie schliefen beide zwölf Stunden wie erschossen. Am frühen Morgen trieb der Hunger sie aus den Betten in die Essensbaracke. Die Hillbilly-Trinkertruppe aus ihrem Flieger war schon wieder am Feiern.
Warum die ganze Anlage so eine unangenehme Kasernen-/Gefängnisausstrahlung hatte, lag auf der Hand. Es sah einfach genauso aus. Da ließ sich nichts beschönigen. Alles Mobiliar war aus Eisenrohr und Blech. Tische,

Stühle, sogar die Theke und die Barackendecke. Die Neuankömmlinge standen, ordentlich ausgerichtet, in langen Zweierreihen Richtung Frühstücksausgabe. Die Auswahl an Essen war phänomenal, aber für Chick und ihn ungenießbar. Es gab Sausage (eine Art Bratwurst), Bohnen, Kartoffelbrei (natürlich ungewürzt), Toast und Tee. Sie bestellten Toast und Tee.
Chick meinte, sie müssten dringend hier raus. Wie wahr. Dazu mussten sie aber zuerst der Migrant-Verwaltung einen Arbeitsvertrag und eine feste Unterkunft nachweisen. Sie brauchten eine gute Idee.

Der VW-Käfer fuhr schon fast in alter Gewohnheit von dem schmalen, betonierten Zufahrtsweg auf die Kiesauffahrt von Roses Landhaus.
Die Rückfahrt war wie im Flug vergangen. Rose und der alte Mann hatten nicht bemerkt, dass der kleine Phillip auf der Rückbank eingeschlafen war. Vielleicht konnten sie ihn, ohne ihn aufzuwecken, in sein Bett verfrachten. Das war reines Wunschdenken. Sie hatten ihren Plan ohne Bernhard gemacht. Der Bernhardiner freute sich, nach dem langen Alleinsein endlich sein Rudel wieder zusammen zu haben. Seine unkontrollierte Freude war nicht zu bremsen. Mit lautem Bellen und witzigen Sprüngen ließ er seinem Hundeherzen freien Lauf.

Als der alte Mann am Abend zu Hause ankam, war sein Kopf noch immer vollgestopft mit Gedanken aus einer längst vergangenen Zeit. Er durchlebte noch einmal das Chaos auf dem Sydney Airport; durchlebte den Moment, als sie kaum glauben konnten, dass Olafs Chef sie einfach vergessen hatte und wie sie danach in das Migrant-Einwandererlager einziehen mussten. Der nächste Morgen öffnete

ihnen die Augen dafür, wie die Realität tatsächlich aussah.
Er machte sich wie an jedem Abend seine Kanne Earl Grey und sein Käsebrot und setzte sich mit dem Tablett an seinen geliebten Fensterplatz, um wie immer der Sonne bei ihrem Untergangsschauspiel zuzusehen. Er liebte das Farbenspiel des Abendrotes am Himmel, langsam senkte sich die Dunkelheit über die alten knorrigen Bäume in seinem Garten, wo in den Kronen einige der pechschwarzen Krähen ihren Schlafplatz für die Nacht gefunden hatten.
Er sinnierte bei einem Schluck Tee darüber nach, wie sich sein Leben in den letzten Tagen verändert hatte und musste feststellen: Es war mit einem Mal durch Rose und den kleinen Phillip wieder richtig spannend geworden. In drei Tagen wollten sie ihn besuchen. Das war jetzt seine Gegeneinladung. Er hatte mit Rose am Strand darüber gesprochen. Der alte Mann wohnte in Westgroßefehn. In einem der kleinen, über 150 Jahre alten Gulfhöfe direkt am Kanal gegenüber der alten Mühle.

Bis die beiden kamen, musste er sein Haus auf Vordermann bringen. Durch die vielen Bücher und Zeitschriften, die er ständig kaufte, sah es bei ihm immer wie in einem antiken Buchladen aus.
Das Käsebrot war noch nicht einmal angerührt, als ihn eine starke Müdigkeit überfiel und sein Kopf auf seine Brust kippte. Der Tag am Meer forderte seinen Tribut.
Es dauerte nicht lange, da war er eingeschlafen und fand sich in seinem Traum wieder, in dem winzigen Zimmer des Einwanderungslagers in Redfern, das er sich mit Chick teilte. Er suchte verzweifelt nach

etwas Wichtigem in seinem Seesack. Er musste sich beeilen, denn Chick wartete unten in der Essensbaracke auf ihn.

Sydney

Es gab bei seinen Unterlagen eine interessante Hochglanzwerbebroschüre der Commonwealth Bank of Australia. *Das schmale Heft hatte er in seinem Seesack, zusammen mit allen wichtigen Papieren, in einer wasserdichten Folie verstaut.*

Die Bank hatte einen speziellen Service für Einwanderer eingerichtet. Das war richtig clever von den Bank-Menschen, wenn man die Neu-Australier gleich nach ihrer Ankunft für sich gewinnen wollte. Im Text hieß es, wer bei ihnen ein Konto eröffnete, konnte kostenlos die Immobilienabteilung nutzen und ihre Hilfe bei der Arbeitssuche in Anspruch nehmen. Bei Bedarf standen sogar Dolmetscher zur Verfügung.

Das könnte für sie im Moment die beste Lösung sein. Außerdem mussten sie dringend mit dem komischen Olaf in Deutschland telefonieren. Der sollte schnellstens eine Verbindung zu seinem verschollenen Chef in Coober Pedy herstellen. Der Blödmann hatte sie gestern gewaltig auflaufen lassen.

Beim Abmelden im Büro der Einwanderungsverwaltung bekamen sie noch einen Stadt- und einen Railway Plan in die Hand gedrückt. Solche Hilfen sind in einer Fünf-Millionen-Stadt wie Sydney ein absolutes Muss. Die Dame am Schalter war so freundlich, ihnen die Zentrale der Commonwealth Bank in der George Street und die Hauptpost auf dem Martin Place einzuzeichnen.

Bahnstation in Redfern

Sie hatten beide das Gefühl, heute etwas ganz Großes zu beginnen. Alles war für sie neu. Damals hatte ihr Leben am anderen Ende der Welt beim Verlassen des Lagers ein ganz anderes Gesicht bekommen. Als Chick und er die Anlage verließen, entdeckten sie in einem der großen Eukalyptusbäume, am Rande einer breiten Rasenfläche, hunderte kleiner, bunter, singender Vögel. Chick meinte: „Schau, die Australier haben alle ihre Wellensittiche freigelassen."
Der alte Witzbold hatte nicht ganz unrecht. Es waren tatsächlich Sittiche und Blauwangenfloris, die in großen, kreischenden Flatterwolken umhersausten.
Mit Bestürzung sahen sie erst jetzt, dass rund um das Lager ein hoher Stacheldrahtzaun gezogen war. Für was war der denn?
Der Weg zum Bahnhof war nicht sehr weit. Er führte sie an einigen Straßen und an einigen Häuserblocks vorbei. An einer der Ecken hielt Chick ihn fest und deutete mit seinem Zeigefinger einmal rundum im Kreis.
„Schau, großer Phillip ...". Großer Phillip *sagte er immer, wenn er mit einem seiner endlosen Vorträge anfing. Die Häuser, die Geschäfte, die Verkehrsschilder, die Werbeschriften, die Autos, die Kleidung der Menschen und die Menschen selbst – alles, alles sah anders aus als bei ihnen zu Hause in Deutschland. Sogar die Bahnstation, von wo aus sie in die City fahren wollten, sah aus wie in einem amerikanischen oder englischen Spielfilm aus den Fünfzigern. Die nächste halbe Stunde stritten sie während der Zugfahrt darüber, ob die an ihren Abteilfenstern vorbeifliegenden Vororte amerikanisch oder englisch aussähen. Am Ende der Fahrt stiegen sie an der Station Martin Place aus und waren sich absolut einig, dass ihre neue Heimat doch sehr englisch aussähe.*
Später stellten sie fest, dass täglich auf dem Martin Place improvisierte Veranstaltungen stattfanden, die kostenlos von Künstlern dargeboten wurden.

Wenn man im Zentrum der Millionenstadt von der Untergrundbahn nach oben an das Tageslicht stieg, war man zuerst einmal geflasht, um es vorwegzunehmen. Sydney gehörte zu den schönsten, vitalsten Metropolen der Welt.
Vergessen waren die grauen Fassaden der Vorstädte. Hier, im Herzen der Millionenstadt pulsierte das Leben ganz anders. Sydney war jung, modern, bunt, laut und flippig, einfach wunderschön. Einen ganz großen Teil trugen nicht nur die Prachtbauten im viktorianischen Stiel, die Sydney Harbour Bridge, das Opernhaus, die Parks und die wunderschönen, goldenen Strände dazu bei – nein, es waren auch die Bewohner selbst, die Sydneysiders der Supercity.
Mit dem Stadtplan in der Hand versuchten sich die beiden Nobodys zu orientieren. Vom ersten Moment an hatten sie das tolle Gefühl, dass jeder Australier ihnen helfen wollte. Die Aussies waren verdammt nett. Das war ganz klar ihr erster Eindruck. Die beiden Ziele, die Commonwealth Bank in der George Street und die Hauptpost am Martin Place lagen nicht sehr weit auseinander.
Das General Post Office war ein viktorianischer Prachtbau, der einem mit seinem sechzig Meter hohen Glockenturm schier die Sprache verschlug. Hier hatte einmal Geld keine Rolle gespielt. Eine Messingtafel am Eingang wies darauf hin, dass der Komplex zwischen 1866 und 1874 im venezianischen Renaissancestil erbaut wurde. Genau der richtige Ort, um von hier aus den komischen Olaf anzurufen. Aus einer Telefonkabine versuchten sie eine Verbindung zu bekommen. Nach vergeblichen zehn Minuten gaben sie es auf.
Chick hatte die Erleuchtung und meinte ganz trocken: „Das hängt natürlich auch von der Zeitverschiebung zwischen Australien und Deutschland ab. Wenn es in Deutschland jetzt mitten in der Nacht ist, hebt der komische Olaf bestimmt nicht ab.“

Zuschauer auf dem Martin Place

Da sie sich nicht einigen konnten, wie viele Stunden nach vorne oder nach hinten zu rechnen waren, fiel die Entscheidung nicht schwer, zuerst ihr Glück bei der Bank zu versuchen.
Nach dem General Post Office entpuppte sich die Bank als Palast Nummer Zwei. Die Eingangshalle war so riesig wie ein Festsaal bei den Windsors. Hier könnte man die gesamte königliche Garde mit allen Trommlern, Dudelsackspielern und Fahnenträgern aufmarschieren lassen. Um in den ehrwürdigen Hallen erst gar keine Fehler zu begehen, fragten sie lieber gleich nach einem Dolmetscher.

Der Wanderer zwischen den Welten

Das unstete Wetter war in der Nacht noch einmal mit Regen und Sturm zurückgekommen. Ein unerbittlicher Wind rüttelte heftig an der hinteren, blauen, altersschwachen Haustür des Lesezimmers, die zum Garten hinausführte.
Der alte Mann war schon vor Stunden über seinem Abendbrot fest eingeschlafen. Das Heulen des Windes passte auf gar keinen Fall in seinen Traum von Australien. Es hatte ihn geweckt. Es erstaunte ihn, wie schnell die Zeit vergangen war. Seine Armbanduhr zeigte kurz vor Mitternacht an. Auf dem Teller lag sein Käsebrot noch immer unberührt. Draußen in seinem Garten wütete der Wind.
Wie so oft in den letzten Tagen, hatten die Träume von ihm Besitz ergriffen. In Träumen konnte man Reisen, ohne seinen Platz zu verlassen. Die Traumzeit spielte auch schon immer bei den Ureinwohnern Australiens eine wichtige Rolle. Der Begriff Traumzeit war für sie zum einen die Vergangenheit und zum anderen eine metaphysische Parallelwelt. Eine Welt, in der das Übernatürliche, das Übersinnliche allgegenwärtig war. Seine ersten Aborigines hatte er damals in La Perouse, in der elenden, erbärmlichen Bretterbudensiedlung, die ihm eher wie ein Ghetto vorgekommen war, kennengelernt. Die Sache wäre für Chick und ihn fast schiefgelaufen.

Auf dem Weg zu seinem Badezimmer sah er den riesigen schwarzen Mann noch einmal vor sich, wie er mit weit ausholenden Schritten über die Dünen auf sie zueilte. Es war für ihn ein prägender Moment, der zu einem wichtigen Auslöser führte. Er begann wie besessen alles, was er über die Ureinwohner Australiens in geschriebener Form finden konnte, zu lesen und zu sammeln. Ihre Geschichte, ihr Schicksal, ihr Leben, ihre Mythen und Träume, ihre Kultur und Erdverbundenheit, alles erschien ihm irrsinnig spannend und fesselnd. Je länger er sich damit beschäftigte, desto ernster wurde sein Wunsch, eines Tages in das Outback, das rote Herz Australiens und zu den Ureinwohnern des fünften Kontinents zu reisen.

Nach Ansicht vieler Forscher galt die Kultur der Aborigines als die älteste Kultur der Menschheit.

Je älter er wurde, desto mehr vergaß er die Zeit. Immerhin war es mittlerweile schon weit nach Mitternacht. Doch durch seinen kurzen Schlaf über seinem Abendbrot schien die Müdigkeit wie weggeblasen. Für ein paar Minuten wollte er wenigstens noch in seinem schwarzen Ordner, in dem Sammelsurium abgegriffener Unterlagen, blättern. Was kam da alles zum Vorschein.

Mit seinem Freund Chick hatte er damals ernsthaft überlegt, einen Bildband mit historischem Hintergrund herauszubringen. Mittlerweile gab es davon bestimmt schon Hunderte. Am liebsten hätten sie beide weit draußen im Outback, in Arnhem Land oder in den Kimberleys wochenlang nach einsamen Aborigine-Stämmen gesucht. Eine naive Idee, von zwei naiven Jungens, ohne die geringste Erfahrung und das nötige Equipment, um in der australischen Wildnis zu überleben.

Gut zwei Jahre nach ihrer Ankunft in Australien war es Phillip Amsel tatsächlich gelungen, sich erfolgreich als Fotograf einem Werbeteam anzuschließen. Es war für ihn ein riesiges Abenteuer. Mit drei Jeeps und einfachen Zelten fuhren sie durch halb Australien. Ihr Ausgangspunkt war Sydney. Danach ging es über Brisbane, Rockhampton, Alice Springs, Uluru, Coober Pedy, Adelaide, Melbourne, achttausend Kilometer quer durch den roten Kontinent zurück nach Sydney. Ein Jungunternehmer einer Autovermietung wollte mit möglichst spektakulären Fotografien aus dem Landesinneren seine Geländewagen in einem farbigen Prospekt mit dem Logo *Happy Red Car* abenteuerlustigen Touristen schmackhaft machen.
Zwischen all seinen gesammelten Fotos und vergilbten Zeitungsausschnitten über Australien fand er einen längst vergessenen Bericht über einen Aborigine des Namens Bennelong, der mit seinem Stamm, den Eora 1788 in der Umgebung des heutigen Port Jackson lebte. Das war in der Zeit der britischen Kolonisierung des fünften Kontinents durch Captain Arthur Phillip, der postum von seinem König George III. zum Gouverneur von New South Wales ernannt wurde.
Nachdem ihm, in seinem Bett liegend, schon zum zweiten Mal der schwarze Ordner aus den Händen geglitten war, musste er heftig gegen die aufkommende Müdigkeit ankämpfen. Er war nah daran, die schwere Mappe einfach auf dem Boden liegen zu lassen und die Augen zu schließen. Doch die Geschichte über den sogenannten *Wanderer zwischen den Welten* hatte in ihm noch einmal seine Aufmerksamkeit geweckt. Durch die Gardinen kroch schon zaghaft der erste schwache Lichtstrahl des neuen

Tages. In einer aufrechten, bequemen Sitzhaltung fühlte er sich zu neuen Schandtaten bereit. Außerdem konnte er in seinem Leben noch genug schlafen.

Dieser Bennelong schien bei seinem Stamm, den Eora, mit seinen jungen Jahren schon eine gewisse Persönlichkeit zu sein. Die wesentlichsten Merkmale, die ihn hervorhoben, waren seine Intelligenz, seine außergewöhnliche Wissbegier und seine Neugierde. Als Arthur Phillip zum ersten Mal auf ihn traf, war der junge Mann 24 Jahre alt. Vermutlich war der Gouverneur, der gerne als „Vater der weißen Australier“ bezeichnet wird, von der Begegnung mit den Einheimischen so beeindruckt, dass er der Bucht den Namen „Mannhafte Bucht“, also *Manly Bay* gab.

Man konnte davon ausgehen, dass Arthur Phillip schon mit der Landung im Mai 1787 mit der ersten Flotte, bestehend aus elf Schiffen, in Port Jackson den Gedanken hegte, einen intelligenten Einheimischen zu finden, der ihm beim Aufbau der jungen Kolonie wertvolle Informationen liefern sollte. Einen Vermittler zwischen zwei Kulturen. Phillip Amsel fragte sich beim Studieren seiner Lektüre, in welcher Sprache dieser Informationsaustausch wohl stattgefunden hatte.

Eine ganz andere Frage schien ihm aber noch viel wichtiger: Hatte der an seine Freiheit gewöhnte Aborigine überhaupt Lust darauf gehabt, sein Leben zu ändern?

Mitten in der Nacht, mitten in seinen Recherchen, überkam Phillip Amsel plötzlich ein verrücktes Hirngespinst. Mit einem Mal wusste er, was er in den nächsten Wochen und Monaten tun wollte. Eine alte, heiß geliebte Idee flammte zum zweiten

Mal in ihm auf. Er wollte seine Gedanken niederschreiben. In einem Buch über Australien und die Aborigines. Es überkam ihn so heftig, dass er fühlen konnte, wie sein Herz wie ein mittelschwerer Presslufthammer gegen seine Rippen hämmerte und ihm der kalte Schweiß auf der Stirn stand. Neben seinem Bett stand immer eine Flasche Wasser. Ein kräftiger Schluck daraus brachte seinen Blutdruck wieder in normale Bahnen.
Was hatte sich der unbedarfte Bennelong wohl dabei gedacht, als er merkte, dass ihm der erste Gouverneur New South Wales' so freundschaftlich gesonnen war? Vermutlich fühlte er sich geschmeichelt. Oder fand er sich seinem Stamm gegenüber weit überlegen? Bisher waren alle Begegnungen mit den Engländern friedlich verlaufen. Wenn man der Überlieferung Glauben schenken kann, plante der Gouverneur eine friedliche Koexistenz zwischen den Kolonialisten und der einheimischen Bevölkerung.
Der nächste Absatz aus der Berichtesammlung ließ den alten Mann dann doch erschrecken. Da stand schwarz auf weiß zu lesen: *Am 23. November 1789 ließ derselbe Gouverneur, nämlich Arthur Phillip, den dreißigjährigen Bennelong zusammen mit dessen Frau Barangaroo sowie den Aborigine Colebee mit seiner Frau Daringa gefangen nehmen und in Ketten legen.*
Die beiden Paare wurden mit eisernen Ringen an den Füßen wie Hunde an der Leine gehalten und herumgeführt. Hier schien die Parallele zur Versklavung nicht sehr weit hergeholt. In späteren Berichten war davon nichts mehr zu lesen. Bennelong nahm von Tag zu Tag immer mehr europäische Gewohnheiten an. Mittlerweile trug er die abgelegte Kleidung der Weißen und lernte fleißig Englisch.

Eines Tages bat er sogar den Gouverneur, ihm eine Hütte in der Kolonie zu bauen. Arthur Phillip war gerne dazu bereit, da er mit dem jungen Mann noch eine Menge vorhatte. Er wollte ihn, zusammen mit Yemmerrawanie, einem anderen Aborigine, seinem König George III in England vorstellen.
Eine Schiffsreise war zur damaligen Zeit keine einfache Angelegenheit. Arthur Phillip startete 1792 und kam mit seiner Mannschaft im Mai 1793 nach endlosen Strapazen und Entbehrungen in Großbritannien an. Zu allem Unglück starb Yemmerrawanie schon kurz nach der Landung in London, aber auch Bennelongs Gesundheitszustand verschlechterte sich von Tag zu Tag. Es dauerte für ihn drei lange Jahre, bis er auf der HMS Reliance endlich wieder in seine Heimat zurückkehren konnte. Der lange Aufenthalt in London war an ihm nicht spurlos vorübergegangen, im Gegenteil. Bei dem Naturburschen muss die englische Metropole einen Kulturschock ausgelöst haben. Er entfremdete sich immer mehr von seinen eigenen Leuten. Auf der anderen Seite wurde er von den Weißen trotz all seiner Bemühungen nur verachtet. Aufgrund seiner Intelligenz gelang es ihm, ein vereinfachtes, ein rudimentäres Englisch zu entwickeln. Das sogenannte Pidgin-Englisch, das mit der Zeit zur neuen Sprache der Aborigines wurde.
Der Wanderer zwischen den Welten kam mit sich und der Welt nicht mehr ins Reine und verfiel zusehends dem Alkohol. Am Ende besuchte er Sydney immer seltener und verstarb im Alter von 49 Jahren, am 3. Januar 1813, vereinsamt und in geistiger Verwirrtheit.

Harry taucht auf

In den nächsten Tagen war der alte Mann damit beschäftigt, das jahrzehntelang gehortete Material an Fotografien, Berichten und Aufzeichnungen in seinen altmodischen Pappschachteln und Schuhkartons zu sichten und zu ordnen. Er hatte sich etwas ganz Großes vorgenommen. Viele tägliche Dinge wie das Einkaufen, Essen kochen und seine ständigen Arztbesuche wurden plötzlich zu unwichtigen Nebensächlichkeiten. Doch heute Mittag war es etwas anderes. Heute Mittag wollten ihn Rose und der kleine Phillip besuchen. Dummerweise war sein Haus in keinem sehr schmeichelhaften Zustand. Auf seinem Schreibtisch herrschte noch immer ein wüstes Tohuwabohu. Er hatte es in kürzester Zeit geschafft, den sehr stilvoll eingerichteten Raum mit dem antiken Mobiliar in eine wüste Rumpelkammer zu verwandeln.

Bis heute Mittag sollte er es wenigsten schaffen, etwas mehr Ordnung in das Chaos zu bringen, bevor Rose und der Junge zu Besuch kamen.

Leider waren die vielen Kisten und Schachteln, die überall herumstanden, in keinster Weise über ihre Inhalte beschriftet oder nach einem logischen System geordnet. Wenn er schnell etwas finden wollte, war der Zufall sein Suchsystem und das war in den meisten Fällen dann doch sehr zeitaufwendig.

Bevor er hier nicht weiterkam, war an ein sinnvolles Arbeiten nicht zu denken.
Deshalb hieß der erste Schritt: Alles sichten und sortieren. Das witzige Schachtelaufbewahrungssystem wollte er aber fürs Erste beibehalten. Schließlich stand der halbe Raum voll davon. Jede einzelne Schachtel bekam endlich eine Beschriftung über ihren Inhalt. Die Fotografien auf der Rückseite eine kurze Erklärung. Erst wenn dies geschafft war, konnte er mit dem Schreiben loslegen. Am Einfachsten erschien es ihm, den Inhalt aus den Pappschachteln auf seinen Schreibtisch zu kippen, um dann mit der Sortierarbeit zu beginnen. Schon bei dem ersten Berg an Fotos, der sich vor ihm aufhäufte, überkam ihn eine kribbelnde Neugierde. Da lag ein ganzer Lebensabschnitt vor ihm.
Obenauf, wie konnte es anders sein, grinste ihn der alte Chick an, mit seinem braungebrannten jungen Gesicht und einem gelben Surfbrett unter dem Arm. *Alter Hund,* dachte er. *Ab in die Bondi Fotokiste mit ihm.* Das nächste Bild war die Aufnahme einer herrlich jungen Surfer-Clique, natürlich auch mit Chick und ihm und zahlreichen gut gelaunten Menschen. Sie lagen in Bondi Beach, im warmen, goldenen Sand vor der Strandmauer und hatten ihre bunten Surfbretter dagegen gelehnt. Auf der Rückseite zahlreicher Fotografien standen einige Namen geschrieben.
Zwei oder drei konnte er, ohne groß nachzudenken, den einzelnen Personen auf der Vorderseite zuordnen. In der Mitte saß Michel. Ein Franzose aus der Bretagne. Michel war Stuntman beim Film und der einzige von ihnen, der schon verheiratet war. Seine blonde, hübsche Frau konnte er auf dem Foto nicht finden. Direkt neben ihm saß der lange Hans aus

Freiburg. Hans hatte Maschinenbau studiert und arbeitete, bis er etwas Besseres fand, notgedrungen in einer VW-Werkstadt in Bondi Junction. Ganz links, der mit den langen, blonden Haaren, war Harry, ein Dekorateur aus der Schweiz. Harry hatte lange bei Grace's Brothers gearbeitet, einem berühmten Kaufhaus in Bondi Junction. Wegen irgendwelcher Meinungsverschiedenheiten zwischen ihm und dem Chefdekorateur, einem Russen, musste er von heute auf morgen gehen. Sie hatten Harry eine Menge zu verdanken. Als sie vor zwei Monaten nach Australien kamen, lief nicht alles so glatt wie sie es sich gewünscht hätten. Sie warteten lange auf ein Zeichen von Olafs Chef, von der NBN. Nachdem sie mehrmals versucht hatten, den komischen Olaf vom General Post Office aus in Deutschland zu erreichen, gaben sie es auf. Irgendetwas war faul an der Sache.

Bei der Commonwealth Bank hingegen bekamen sie kompetente Hilfe von einem Mr. Tory. Gleich bei ihrem ersten Gespräch stellte sich heraus, dass der intelligente, kleine Mann gebürtiger Ungar war und bis 1932 in Heidelberg gelebt hatte. Wegen der Nationalsozialisten musste er, wie viele andere auch, seine Heimat verlassen und kam über England und Indien schließlich nach Australien. Phillip Amsel konnte es lange nicht glauben, was Deutschland dem jüdischen Volk angetan hatte. Es fiel ihm als junger Bursche auch nicht leicht, das ganze Ausmaß und die ganze Tragweite einer solchen Odyssee, wie sie Mr. Tory durchgemacht hatte, zu begreifen. Die Menschen waren Wochen, Monate, Jahre auf der Flucht, bis sie endlich einen Ort wie Australien gefunden hatten, wo sie sicher waren vor den Nazi-Schergen und deren Vernichtungslagern. Darüber hatte mit ihm in seiner Familie keiner gesprochen. Obwohl sein Großvater, Jo Gentsch, der klarste Denker in der Familie war, hatte auch er nicht den nötigen Mut gefunden, mit ihm über die grausame Vergangenheit Deutschlands zu reden. Die Generationen seines Großvaters und Vaters hatte die schwärzeste Zeit der Weltgeschichte zu verantworten, doch bis zum heutigen Tag hüllten sie sich in Schweigen. Oder versuchten, was noch viel schlimmer war, sich hinter der Lüge zu verstecken, sie hätten von nichts gewusst. Damit schob man die Schuld ganz allein der Charlie-Chaplin-Karikatur Hitler in die Schuhe. Aber so einfach konnte man es sich auch nicht machen, dem Ungeheuer allein die Schuld zu geben. In den nächsten Monaten sollte er noch sehr oft mit der Geschichte des Holocaust, den Geflüchteten, den vor der Todesmaschinerie um ihr Leben davongelaufenen, konfrontiert werden.

Mr. Tory verfügte über unglaublich gute Verbindungen in Sydney. So war es nicht verwunderlich, dass er auf Anhieb einen Makler kannte, der ihnen in Bondi Beach ein Mietobjekt anbieten konnte. Bondi Beach war wohl schon immer der beliebteste Strand bei den jungen Australiern, und den Surfern im Besonderen. „Das ist genau der richtige Ort in Sydney, wo ihr wohnen müsst", hatte Mr. Tory damals für sie entschieden und er sollte recht behalten.

Es war ein absolut überwältigendes Gefühl, dass sie ergriff, als sie zum ersten Mal von einer leichten Anhöhe hinunter auf die Traumbucht von Bondi schauten. Für sie stand von Anfang an fest: hier und nirgendwo anders wollten sie wohnen. Natürlich war das Haus, das der Makler ihnen zeigte, viel zu groß. Aber das würde sich schon finden. Sie würden untervermieten. Das war die beste Lösung, um die hohe Miete zwischen mehreren Personen aufzuteilen. Mr. Torys Makler wollte ihnen nach der Unterschrift unter dem Mietvertrag etwas Gutes tun und lud sie zur Feier des Tages in das Sydney-Hofbräuhaus zu einem deutschen Bier ein. Ehrlich gesagt, das Pub in Bondi hätte es auch getan. Womöglich wäre ihnen dann aber der gute Harry nie über den Weg gelaufen. Harry arbeitet seit seinem Rauswurf bei Grace's Brothers als zünftige Bedienung, in Lederhose und blauweiß kariertem Hemd im Hofbräuhaus.

Der smarte Makler war schon längst wieder auf dem Weg in die City, als sie immer noch gemütlich mit dem gebürtigen Schweizer an einem Tisch saßen. Harry hatte von seiner neuen Arbeit schon wieder die Nase gestrichen voll. Er war aber trotzdem zuversichtlich, etwas Besseres zu finden. Ein Gast hatte ihm gerade heute einen goldenen Tipp gegeben, wie er ganz sicher glaubte. Um die Spannung zu erhöhen hatte er sogar zu flüstern angefangen.

In Bondi Junction gab es in der Bronte Road eine Car Wash, die ständig neue Mitarbeiter suchte. „Das wäre doch auch eine super Arbeit für euch." Chick und er hatten noch nie etwas von einer Bronte Road, geschweige denn von der besagten Car Wash gehört. Wie sollten sie denn auch. Harry war von seinem Vorschlag so begeistert, dass er strahlende Augen bekam. Außerdem war die Entfernung zwischen der Car Wash und ihrem neuen Haus nur ein Katzensprung. Er fand das klang alles richtig gut, wenn sie als die drei Musketiere in der Waschanlage arbeiten könnten. Sie waren davon überzeugt, Harry war für sie ein wahrer Glücksgriff.

Sie wollten sich schon am nächsten Morgen um sieben Uhr vor der Waschanlage treffen. Der neue Freund meinte noch: „Die könnt ihr gar nicht verfehlen. Die hat oben auf dem Dach einen riesigen blauen Wal als Eye Catcher."

So war es damals gekommen, dass sie alle drei als Car Cleaner bei der Whale Car Wash *anheuerten und Harry gleich bei ihnen in der Francis Sreet in die WG einzog.*

Rose kommt zu Besuch

Das laute Läuten der Haustürklingel ließ ihn aufschrecken. *Das musste der Postmann sein,* war sein erster Gedanke. Als dann Rose und der kleine Phillip vor ihm standen, kam er sich wie ein Hornochse vor. Er musste total bescheuert geschaut haben, denn die beiden konnten sich ein lautes Lachen nicht verkneifen.
Ein schneller Blick auf seine Armbanduhr zeigte ihm, dass es Punkt drei Uhr nachmittags war. Tatsächlich, er hatte die Verabredung vergessen. Gott, wo waren nur seine Gedanken? Was hatte er denn nur mit der vergangenen Zeit, mit den vielen Stunden angestellt? Etwas konsterniert reichte er Rose die Hand und murmelte eine unverständliche Entschuldigung. Er wollte längst den Kaffeetisch gedeckt haben. Die junge Frau überspielte seine Unsicherheit auf ihre Art. Sie war ein fröhlicher Mensch, der sich für alles Neue und Schöne begeistern konnte. Sie hatte sich vor ein paar Minuten, im Vorbeifahren, auf Anhieb in seinen kleinen Ort verliebt.
„Es sieht hier ein wenig nach einem holländischen Dorf aus“, meinte sie. Mit dem geraden, langgezogenen Kanal, den gepflegten Klinkerhöfen rechts und links, der alten Mühle und der kleinen weißen Brücke. Fast schon kitschig. So als hätte es Pieter Bruegel gemalt.“

Scheinbar kennt sie sich auch mit der Malerei aus, dachte er. „Aber Bruegel, der Bauernmaler, malte doch nicht kitschig, Rose."
Sie lachte wie ein kleines Mädchen und sagte: „Fast. Fast kitschig."

Er konnte kaum mit ihr Schritt halten, so schnell wuselte sie durch sein Haus. Rose schien von so vielen Dingen begeistert, dass er mit seinen Erklärungen kaum nachkam. Da war seine afrikanische Figurensammlung. Die Masken und Schnitzereien aus Neu-Guinea und Australien. Die Ausstellung seiner eigenen Bilder, Grafiken, Fotografien und Kollagen. Rose setzte sich mit einem kleinen Schnaufer in seinen Ohrensessel, neben dem schmalen Schwedenofen und meinte, sie sei jetzt erst einmal geschafft. „Weißt du, Phillip Amsel, du bist schon für eine Überraschung gut. Mit deinem Häuschen am Kanal, in einem ganz kleinen Ostfriesendorf. Weit weg vom Schuss." Sie lächelte. „Wenn du einen dann hineingelockt hast, ist man erst einmal erschlagen, geflasht. Du wirst natürlich sagen, das ist nicht jedermanns Geschmack. Oder das gefällt nicht jedem Sterblichen. Aber dafür hast du das alles hier nicht gemacht. Ein Maler malt seine Bilder für sich. Das sind deine Babys. Für dich hat alles, was in deinem Haus steht eine besondere Bedeutung", sagte sie.
„Normale Leute gehen in ein Möbelhaus und kaufen ein komplettes Zimmer. Es muss zweihundert Jahre halten und wenn möglich, drei Kriege überstehen. Von Geschmack wird bei so einem Kauf nicht gesprochen. Die Dinge sind bieder, praktisch und geschmacklos." Rose konnte sich kaum beruhigen, so aufgewühlt war sie. Der alte Mann war

sprachlos. So hatte noch nie jemand mit ihm gesprochen. Aber sie hatte recht. Es war alles so, wie sie es gesagt hatte. Das Fatale war nur: Sie konnte scheinbar in ihm lesen wie in einem offenen Buch.
Er stand vor ihr wie ein Schuljunge und schüttelte nur mit dem Kopf. Dann hielt er ihr die Hand hin, so als wollte er ihr aus dem schweren Sessel helfen, mit den Worten: „Ich glaube wir machen uns einen richtig starken Espresso."
Auf dem Weg in die Küche fiel beiden gleichzeitig auf, dass der kleine Phillip verschwunden war. Eigentlich, seit sie beide das Haus betreten hatten.
Rose kannte ihren Sohn. Er konnte nicht weit sein. Phillip war kein Chaotenkind, das einfach davonlief. Er war neugierig, aber auf seine Art. Er würde niemals durch ein offenes Fenster springen, weil er draußen andere Kinder beim Baden im Kanal gesehen hatte. Rose war vollkommen entspannt. Wie Recht sie hatte. Der kleine Luftgeiger saß vor Phillip Amsels Schreibtisch und starrte auf eine Fotografie in seiner Hand. Er schien von dieser total fasziniert zu sein. Man könnte meinen, er wäre am liebsten in sie hineingekrochen. Als er seine Mutter sah, erhellte sich augenblicklich sein Gesicht. Er musste ihr unbedingt etwas Wichtiges zeigen und konnte auf keinen Fall noch länger damit warten.

So kam er auch sofort hinter dem Schreibtisch hervor und auf sie zu gerannt. Rose kniete sich zu ihm hinunter, um besser sehen zu können, was ihn so mächtig beschäftigte. Es war die gleiche Fotografie, die auch Phillip Amsel den halben Tag über die Zeit hatte vergessen lassen. Es war die Surfer-Clique am Bondi Strand.
Der Junge war so aufgeregt, dass er gar nicht reden

konnte. Er schluckte und würgte etwas Unsichtbares hinunter und deutete schließlich mit seinem kleinen rechten Zeigefinger auf eine Person auf dem Foto. Die Person war Harry.
Rose schien genauso gefangen von der Fotografie wie ihr Sohn. Zuerst studierte sie Harry, aber dann glitt ihr Blick über alle Gesichter hinweg ganz nach rechts zu der super schlanken, brünetten Cat. Dann kam sie mit dem Foto in der Hand aus ihrer unbequemen Hocke langsam nach oben. Der alte Mann spürte, dass etwas in der Luft lag. Aber Rose sprach noch immer kein Wort. Sie hielt nur das Bild fest und starrte darauf, wie auf einen Lottoschein, der im ersten Moment eine Million wert war und dann doch wieder nur die Niete.
Er konnte den ganzen spannungsgeladenen Moment kaum noch aushalten. Ihm war das alles zu viel. Er wollte Klarheit. Deshalb hielt er Rose kurz an der Schulter fest. Doch das einzige was er sagen konnte war: „Ist alles okay?"
Rose blickte ihm direkt in die Augen und schüttelte zaghaft ihren Kopf zu einem lautlosen *nein*. Ein Schütteln ging durch ihren ganzen Körper, als müsste sie sich von etwas Unsichtbarem befreien. Sie sagte dann viel zu laut: „Auf dem Foto sind meine Mutter Katy und mein verschollener Vater Harry abgebildet."
Jetzt verschlug es dem alten Mann zur Abwechslung richtig die Sprache. Er wusste auf einmal gar nicht mehr, was er denken sollte. Wie viele Zufälle gab es denn? Das gerade dieses Foto ganz oben auf seinem wüsten Bilderhaufen lag, war doch verrückt. Wie viele Stunden hatte er heute schon in Gedanken, mit dem langhaarigen Schweizer verbracht. Sie waren die drei Musketiere bei der *Whale*

Car Wash, Harry war ihr Glücksbringer. Sie wohnten zusammen in ihrer WG. Durch ihn bekamen sie den wichtigen Arbeitsnachweis, damit die Einwanderungsbehörde sie in Ruhe ließ. Sie hatten einen festen Wohnsitz und konnten eine feste Arbeit belegen. Überall hatte der gute Harry seine Finger mit im Spiel. Nun sollte gerade er der Vater von Rose und der Großvater von dem kleinen Luftgeiger sein. Phillip Amsel spürte, dass die Fotografie etwas Merkwürdiges mit Rose gemacht hatte. Er musste ihr Zeit lassen. Er musste sie entscheiden lassen, ob sie mit ihm darüber reden wollte. Es musste etwas sehr Tiefes, etwas sehr Persönliches sein, dass sie wie ein Blitzschlag getroffen hat. Sie gingen in sein Wohnzimmer. Er hatte ein Gefühl, als müssten sie den Ort wechseln. Rose und der kleine Phillip setzten sich gemeinsam auf die blaue Friesencouch. Er blieb stehen. Er war zum Sitzen viel zu aufgewühlt. Es dauerte noch eine ganze Weile, bis Rose ihre Fassung wiedergefunden hatte und endlich reden konnte.

„Es ist verrückt“, begann sie, „es ist wirklich verrückt, aber Mum hat zu Hause in ihrem Fotoalbum die gleiche Fotografie. Weißt du, es ist für mich kaum zu glauben, dass ihr alle zusammen in einer Clique wart. Das ihr euch alle kennt. Das ihr Freunde wart und vermutlich ein gutes Stück eurer Freizeit zusammen verbracht habt … und dann treffe ich auf dich mitten in Ostfriesland. Nicht in Sydney, nicht in Bondi oder einem anderen Platz in Australien. Ausgerechnet in einem schrecklichen Wartezimmer in Holtrop. Wenn Phillip in seiner kindlichen Neugierde die Fotografie nicht entdeckt hätte … wären wir vermutlich nie darauf gekommen.“

Rose überlegte. „Gibt es denn tatsächlich eine unsichtbare Macht, die uns führt und lenkt? Glaubst du, dass es so etwas gibt? Glaubst du, dass wir hier und jetzt zusammenkommen mussten?“
Der alte Mann war erschrocken und gleichsam überrascht, welche Wichtigkeit die Fotografie für Rose bekommen hatte und welche Schlüsse sie daraus zog.
Er unterbrach sie nicht und ließ sie reden. Dass Harry und Cat, wie sie damals in der Clique genannt wurde, ein Paar waren, hatte er nicht mitbekommen. Dann waren Cat und Omi Katy ein und dieselbe Person. Rose war wie besessen von dem Gedanken, dass ihr Zusammentreffen kein Zufall war. Dem kleinen Phillip wurde die Unterhaltung zu langweilig. Sein suchender Blick verriet ihn. Vielleicht hatte er Lust, Luftgeige zu spielen. Der alte Mann gab Rose ein Zeichen, dass er gleich wieder zurück sei und holte schnell aus dem Küchenfach zwei Holzkochlöffel.
Der kleine Junge dankte es ihm mit einem Lächeln. Doch Rose redete nicht mehr, sie war verstummt. Sie hatte sich in sich zurückgezogen. Ihr Blick war starr geradeaus auf ein großes Farbfoto an der Wand gerichtet. Es zeigte einen tanzenden Aborigine in voller Bemalung bei einem Emutanz. Der kleine Lockenkopf hatte sich auf seine Weise zurückgezogen und spielte irgendwo im Haus mit seiner neuen Stradivari.
Phillip Amsel setzte sich neben Rose und folgte ihrem Blick. „Wenn die Aborigines lautlos ein Tier, vielleicht sogar ein Emu jagen wollen, verkleiden sie sich und machen sich gleichzeitig unsichtbar. Mit viel Naturfarbe und wilden Gräsern. Das ist der Titel der Fotografie, Rose. Das Bild heißt: *Der Emu-*

tänzer."
Rose schaute ihn mit Tränen in den Augen an, als sie sagte: „Genauso unsichtbar hat sich mein Vater Harry gemacht, als ich fünf Jahre alt war. Also genauso alt war, wie mein Sohn Phillip heute ist. Er war von einem auf den anderen Tag aus Mums und meinem Leben verschwunden."
Der alte Mann sah ganz deutlich das Bild von Harry vor sich, als sie ihn damals aus der Car Wash geschmissen hatten. Harry war tatsächlich ein Mensch mit vielen Gesichtern. Das hatten Chick und er erst nach einer ganzen Weile festgestellt. Eines seiner Gesichter war kriminell. Chick hatte einmal gesagt: „Es gibt Menschen, die müssen ihr Leben lang vor irgendetwas davonrennen." Harry war leider so ein Mensch. Ob er seine wahre Meinung über Harry jemals Rose mitteilen würde, wusste er nicht. Sie musste als Kind einen sehr großen Trennungsschmerz durchlebt haben. Durch das Auftauchen der Fotografie war ein Teil des Schmerzes unverhofft zurückgekommen. Rose hatte zum Schluss versucht, dem kleinen Phillip gegenüber Haltung zu bewahren und war mit dem Jungen längst nach Hause gefahren.

Der alte Mann saß an seinem Lieblingsplatz im Lesezimmer vor dem bodentiefen Erkerfenster und schaute hinaus in den sommerlichen Garten, bevor das Abendrot sich über die Bäume und Sträucher senkte. Die Krähen waren, wie an jedem Abend rechtzeitig, bevor das Schauspiel des Sonnenuntergangs begann, zu ihrem allabendlichen Radau in die Baumkronen der knorrigen Obstbäume zurückgekommen. Er fragte sich, ob es wohl auf der ganzen Welt Krähen gäbe.

In Australien schon, darüber war er sich auf jeden Fall ganz sicher. Das war auch so eine Geschichte, die ihm Harry einmal erzählt hatte. Er musste über seine eigenen Gedanken schmunzeln. Harry und er arbeiteten Hand in Hand bei der *Whale Car Wash* als Vacuum Cleaner. Die Waschanlage war eigentlich ein Witz. Auf den Werbeschildern stand großspurig in knalligen Farben: *Fully Automatic Car Wash.*
Die Betonung für ihn lag auf *vollautomatisch.* Tatsächlich aber wurden zehn, elf Personen benötigt, um die einzelnen Arbeitsvorgänge auszuführen. Das Unternehmen leistete sich zwei Fahrer, zwei Schaumeinreiber, zwei Staubsauger, einen Gebläseheber, drei bis vier Frottierer, einen Chef und einen Stellvertreter. Was bei so viel Personal am Ende herauskam, konnte sich allerdings durchaus sehen lassen. Die Kunden bekamen am Ende ein tadellos sauberes Auto.

Am Anfang lief es für ihn bei der Whale Car Wash *noch normal. Doch mit der Zeit kam ihm Harrys Arbeitsverhalten immer seltsamer vor. Es sah so aus, als müsste sich der Schweizer nach allen Seiten hin vor unsichtbaren Verfolgern oder Beobachtern absichern. Mit der Zeit war er sich ziemlich sicher, dass Harry etwas Verbotenes Tat, wobei er auf keinen Fall erwischt werden wollte.*
Eines Tages kam ihr Kollege Jimmy, ein Maori, mit seinem gelben Segelanzug und den Frotteehandschuhen aus dem Schaumraum heraus und bestellte bei ihm eine Packung Marlboro. Er war im ersten Moment sprachlos. Harry stand neben ihm und grinste über sein dummes Gesicht. „Was wollte der eben?"
Harry klärte ihn auf. „Jimmy hat gerade gefragt, ob du für ihn ein paar Zigaretten, wenn möglich Marlboro aus einem der nächsten Wagen organisieren kannst." „Or-

ganisieren? Ich soll Zigaretten klauen?“

„Okay, okay …“ Harry hielt ihm den Mund zu. „Ich mach' das schon.“

Plötzlich ging ihm ein Licht auf. Es war fast schon eine ganze Festtagsbeleuchtung. Jetzt verstand er auch das komische Verhalten seines Freundes. Mit einem Mal wusste er, was hier jeden Tag lief: Harry klaute alles, was nicht niet- und nagelfest war, aus den Kundenfahrzeugen. Das dauernde Absichern machte er, um ja nicht erwischt zu werden. Es dauerte keine fünf Minuten und der Zigarettenauftrag war erledigt. Doch jetzt, wo er eingeweiht war, hatte Harry vor ihm keine Geheimnisse mehr.

Im Gegenteil, er setzte alles daran, aus ihm einen richtigen Komplizen zu machen. Harry war perfekt bei seiner kriminellen Arbeit. Er war sogar ein wahrer Meister und beherrschte alle Kniffe, wie man in Sekundenschnelle an fremdes Bargeld gelangte, bevor der Car-Wash-Fahrer kam und die Wagen auf dem Förderband abstellte. Von dort gelangten sie zu Jimmy in den Schaumraum und danach zu Chick in den Trockenraum. In beiden Nassräumen gab es keine Gelegenheit, um an Geld oder an Wertsachen zu gelangen. Das Stehlen musste neben ihrer eigentlichen Arbeit, dem Saugen, sehr schnell gehen. Jeder von ihnen bearbeitete seine Autoseite. Mit dem langen Rüssel des überdimensionalen Industriesaugers tauchten sie gleichzeitig hinab in den Fußraum. Automatisch wurden mit der freien Hand die Fußmatten hinausgeworfen. Hier konnte schon das erste Kleingeld liegen.

Das Motto hieß: blitzschnell einsammeln und genauso blitzschnell verschwinden lassen. *Beim Auftauchen öffnete einer von ihnen die Mittelkonsole. Auch hier konnte jede Menge Papiergeld liegen. Es war ratsam, nur einen geringen Teil wegzunehmen, damit der Kunde nicht schon beim Einsteigen misstrauisch wurde.*

Danach hechteten sie wie abgerichtete Delfine in den

Rückraum. Die Rückbank mussten Harry und er gleichzeitig anheben, um nachzusehen, welche Schätze sich unter dem Sitzposter versteckt hatten. Tatsächlich fanden sie verschiedenste Dinge, auch solche, die vermutlich schon Wochen oder Monate als verloren galten. Schlüssel mit teuren Anhängern, Armbänder, Ringe, Kugelschreiber, Feuerzeuge und natürlich jede Menge Kleingeld. Den Leuten rutschten alle möglichen Wertgegenstände aus den Hosentaschen, ohne dass sie es bemerkten.

Das war Harrys kleine Lebenshilfe, oder viel schlimmer: die praktische Anleitung zum Stehlen.

Ehrlich gesagt, er konnte damals nicht widerstehen. Ihm war es auf die Dauer nur zu gefährlich, das ganze Münzgeld oder sonstiges Zeug in der übergroßen Overallhosentasche herumzutragen. Die vielen Münzen machten so viel Lärm, dass es sogar einem Tauben verdächtig vorgekommen wäre. Er musste ein Versteck finden.

Das ergab sich ganz von selbst an einem ziemlich ruhigen Wochentag, als er ohne Harry ganz allein als Sauger eingeteilt wurde. Was eignete sich auf dem Gelände als bombensicheres Versteck? Die Abfalleimer? Die Wäschekisten für die Frotteehandschuhe? Das waren alles keine guten Ideen.

Er hatte sich mit dem Rücken gegen die Klinkermauer der Einfahrt gelehnt und rauchte eine geklaute Marlboro, um sich zu entspannen und besser nachdenken zu können. Die Steine waren warm von der starken Sonne und fühlten sich herrlich an. Mit den Händen strich er in Gedanken über ihre Oberfläche hinweg, als wollte er das weiche Fell einer Katze streicheln, bis er völlig unbewusst an einer breiteren, scharfen Spalte hängen blieb. Er spürte sofort, dass der rote Backstein locker war. Nicht so locker, dass er herausfiel, aber doch so, dass er ihn vorsichtig herausnehmen konnte, ohne das Fugenmaterial zu beschädigen. Das durfte nur keiner sehen. Der Raum hinter dem Stein war groß genug, um seine Tagesschätze zu verstecken. Er hatte einen Safe gefunden, den außer ihm keiner kannte. Von da an fühlte er sich besser. Alles andere, was dann geschah, war reine Raffgier oder pure Dummheit oder beides. Es passierte an einem ganz normalen Samstag, dass das Schicksal seinen Lauf nahm. An Samstagen kamen meist doppelt so viele Taxen zum Waschen in die Whale Car Wash *wie an Wochentagen. Die Fahrer mussten ihre Fahrzeuge nach der Schicht noch schnell durch die Anlage schicken, bevor sie nach Hause konnten. Viele von ihnen hatten die seltsamsten Angewohnheiten, wo sie ihr Trinkgeld verwahrten. Doch egal, wohin sie es auch legten, Harry kannte alle ihre Verstecke. An diesem Samstag hatte er auf jeden Fall den Jackpot erwischt.*

Bei einem Fahrzeug lag so eine riesige Masse Kleingeld unter der Fußmatte auf Harrys Seite, dass dieser richtig Schiss hatte, es sich zu greifen.

Es war seine Seite. Der Schatz gehörte ihm. Jeder nahm nur das, was auf seiner Seite lag. Das war ein ungeschriebenes Gesetz. Die Mittelkonsole war die Grenze. Bis der Car Driver kam, um die Taxe auf dem Förderband abzustellen, blieben höchstens noch zwei Minuten. Harry lud ihn mit einem Kopfnicken ein, unauffällig mitzumachen. Das war mehr als nobel. Der Taxifahrer musste zwei Tage durchgearbeitet haben, um an so viel Trinkgeld zu gelangen. Die Menge war mehr als außergewöhnlich.

Im Nachhinein ist man meist schlauer. Wieso der Kunde gleich nach dem Bezahlen noch auf dem Firmengelände unter der Fußmatte nachgesehen hatte, ob sein Geld noch da war, kann man nur vermuten. Wahrscheinlich hatte der Mensch schon ein ungutes Gefühl in der Magengegend, als er seinen Wagen bei den Frottierern abholte. Als er den Diebstahl bemerkte, war er außer sich vor Wut. Seine Stimme, seine Schreie waren kilometerweit zu hören.

Das war nicht gut. Das war gar nicht gut. Der Mann war wohl gebürtiger Italiener. Ihn verriet sein lustiges Englisch. Alarmiert von dem Geschrei liefen in kürzester Zeit die komplette Belegschaft und alle anwesenden Kunden zusammen. Earl, der Manager der Waschanlage, versuchte den aufgebrachten Italiener zu beruhigen, hatte aber nicht die geringste Chance. Zwischen seinen Schreien und Drohungen zeigte er immer wieder in die Staubsaugerecke.

Harry wusste sofort, was los war, sein Kommentar war nur: „Der Kerl hat etwas gemerkt."

Earl musste reagieren, aber nicht vor dem ganzen Publikum. Der Mensch hörte nicht zu schreien auf. Es fehlte nur noch, das einer der zahlreichen Kunden auf dem Hof von der Presse war. Der Chef hatte mittlerweile einen knallroten Tomatenkopf, als er über Lautsprecher Harry und ihn in sein Büro beorderte. Der Taxifahrer sprang um sie herum wie ein junges Känguru. Er bestand augenblicklich auf eine Leibesvisite. Harry sah so aus, als wäre er am liebsten davongerannt.

Um die Situation zu entspannen, ging Phillip Amsel freiwillig als Erster nach vorne.

Als er vor ein paar Minuten, in einem unbeobachteten Moment, die Silbermünzen in seinem Versteck verschwinden ließ, war ihm die Idee gekommen, wenigsten fünfzehn Dollar Papiergeld in der Hosentasche zu lassen. Gar kein eigenes Geld zu besitzen, war mehr als merkwürdig. Zum Beweis drehte er noch vor Earl und dem Taxifahrer beide Innentaschen nach außen. Harry konnte nicht glauben, was er sah. Der German schien sauber zu sein. Dann war er an der Reihe. Was aus seinen beiden Hosentaschen zum Vorschein kam, war die reinste Katastrophe.

Harry hatte unglaublich eingesackt. Earl und der Taxifahrer waren nahe daran, ihm eine reinzuhauen. Der

Chef hatte immer noch die rote Birne und versicherte Harry, ihn wegen des Diebstahls und Geschäftsschädigung zu verklagen. Der italienische Taxifahrer war vor lauter Aufregung in seine Muttersprache zurückgekehrt. Und schrie mindestens einhundertmal: „Porca miseria, porca miseria!"
Harry wurde fristlos entlassen. Phillip konnte zurück an seine Arbeit, doch in der Car Wash hing noch tagelang ein bedrückendes Gefühl in der Luft.

Damals mussten seine Nerven noch ganz gut in Schuss gewesen sein. Wie sollte man sonst so kaltschnäuzig eine solch peinliche Situation überstehen? Er musste an Harry und Cat denken. Was der Schweizer ihr wohl erzählt hatte, warum man ihn entlassen hatte? Er konnte keinen von beiden fragen. Als er damals nach Hause kam, waren sie auf Nimmerwiedersehen wie vom Erdboden verschwunden. Seine sieben Sachen und Chicks nagelneue Clarks hatte Harry einfach mitgenommen. Es war seltsam, dass in der Clique keiner etwas davon mitbekommen hatte, dass die beiden ein Paar waren.

An dem Tag, als Cat damals in der Car Wash erschien, war er etwas zu spät zur Arbeit gekommen. Es gab in letzter Zeit weniger zu tun und Harry wechselte gerade den langen, dicken Staubsaugerschlauch, den sie Rüssel nannten. Er lief etwas schneller zu der Box hinüber, wo sie die weißen Overalls aufbewahrten, um sich umzuziehen. Als er Cat zum ersten Mal sah, stand sie ganz vorne an der Straße. Genau an der Einfahrt zur Car Wash. Na ja, sie muss ihm wohl gefallen haben, sonst hätte er bei Harry nicht nachgefragt, wer das Mädchen an der Straße sei und was sie da treibe. Harry machte einen auf ganz

cool, fast schon megacool. So als wollte er sagen: „Nix Dolles German, die steht da so rum."
Tatsächlich sagte er: „Das ist wohl ein Model. Die soll Prospektgutscheine verteilen, damit hier wieder mehr los ist."
Ein Model also. Über Mittag war die Anlage eine Stunde geschlossen. Normal gingen alle hinüber auf die andere Straßenseite, ins Pub. Er konnte leider schlecht das Model zum Mittagessen einladen, da Frauen in den australischen Pubs nicht erwünscht waren. Einige wenige verfügten über eine Lady's Lounge. Er musste einfach improvisieren. Keine schlechte Frage war seiner Meinung nach, ob sie schon etwas vorhätte. Zu allem Übel musste er aber zuerst Harry los werden.
Der Schweizer hing an ihm wie eine Klette. Das Mädchen stand ganz allein neben der Overallkiste und alle mussten an ihr vorbei. Es war witzig zu beobachten, wie schüchtern die Australier Frauen gegenüber waren. Keiner sagte etwas zu ihr. Im Gegenteil, die meisten hörten sogar im Vorbeigehen mit ihrer Unterhaltung auf.
Er blieb einfach unvermittelt vor ihr stehen. Harry war so überrascht darüber, dass er kopfschüttelnd mit den anderen über die Straße lief. Aus seiner Frage, ob sie schon etwas vorhätte, wurde lediglich ein „Hey."
Cat war locker. Sie übernahm das Reden, bis sich die erste Spannung gelegt hatte. Nach zehn Minuten merkte er erst, dass sie Richtung Grace's Brothers-Kaufhaus auf der Bronte Road schlenderten. Sie sprachen über nichts und Gott und die Welt und beide hatten das Gefühl, den anderen schon tausend Jahre zu kennen. Auf der Arbeit war im Moment nicht sehr viel los. Wenn der Tag so weiter vor sich hindümpelte, würde er Earl vorschlagen, ihn früher nach Hause zu schicken. Er hoffte auf Harrys Verständnis, dass er seinen Job mit übernahm und was viel wichtiger war, dass auch Cat gehen konnte.

Es war wieder spät geworden. Die Krähen hatten ihr raues Krächzen schon längst eingestellt, als die Dunkelheit sich wie ein samtschwarzer Seidenmantel über seinen Garten senkte. Vielleicht sollte er die Bäume und Sträucher künstlich beleuchten? Das hätte so einen Terrariumeffekt und er könnte länger hinausschauen. Eigentlich hasste er Terrarien. Das mit dem künstlichen Licht war keine gute Idee. Eigentlich hasste er alles, was mit Künstlichkeit und einsperren zu tun hatte. Der Mensch kauft sich ein kleines Tier, sperrt es hinter Glas oder hinter Gitter, um danach dem traurigen kleinen Wesen beim Sterben zuzusehen.
Er war hundemüde. Wie seltsam … Er hatte in seinem Garten die Krähen beobachtet und doch war er zur gleichen Zeit in Australien. Alles war genauso wie früher. Wie vor fünfzig Jahren. Die weiche, milde Luft. Die strahlende Sonne, der eigenartige Australien-Geruch. Das Gefühl von Freiheit. Die Surferclique. Das Meer und die Wellen. Es hatte sich nichts verändert.
Heute war ein langer Tag für ihn. Es war zu spät, um Rose anzurufen und zu fragen, wie es ihr in ihrer Traurigkeit erging. Das hätte er eigentlich schon vor ein paar Stunden tun müssen. Im Moment entglitt ihm oft die Zeit, ohne dass er es bemerkte oder fühlte. So waren ihm die letzten Stunden nach Roses Heimfahrt weggeflossen. Mit dem Ausschalten seiner Nachttischlampe war er auch schon eingeschlafen.

Corroboree

In der Nacht träumte er von einer Corroboree, einer traditionellen Zeremonie der Aborigines, bei den Alwarra im Northern Territory. Als er schweißgebadet erwachte, musste er sich erst einmal aufrecht auf die Bettkante setzen, um sich zu orientieren.
Der Traum war so realistisch, so real, dass er die karge Umgebung, die flirrende Luft, die Lagerfeuer, die Menschen, die Hunde, die Büsche, das Spinifexgras, alles um ihn herum immer noch riechen, ja sogar schmecken konnte. Warum war er dort? Was wollten die Aborigines von ihm? Er versuchte den Anfang seines Traumes zurückzuholen.
Es begann mit einem monotonen Singsang, der immer stärker anschwoll, jetzt wusste er es wieder. Einer der Stammesältesten hatte ihn herbeigesungen. Phillip Amsel hatte ihn sofort wiedererkannt. Es war Tschanka Baroula, den er vor gut fünfzig Jahren, als er mit Barry und Dan für *Happy Red Car* durch halb Australien in einem kargen, sandigen Niemandsland hinter Alice Springs unterwegs war, fotografieren durfte.

Sie hatten sich in seinem Traum umarmt wie gute Freunde. Tschanka brauchte ihn als Maler. Rings um sie herum waren etliche Lagerfeuer am Flackern und Prasseln. Die ganze Szenerie sah unheimlich

aus. Die Männer saßen um die hohen Flammen auf der roten Erde und um sie herum lagen große Mengen Daunenfedern ausgebreitet.
Tschanka bedeutete ihm, dass er ihr Gast bei einem Corroboree sei. Corroborees waren meistens geheim. Es durfte niemand außerhalb der Gemeinschaft der Aborigines daran teilnehmen, noch dabei zusehen. Tschanka gehörte zum Ältestenrat.
Die Alten hatten das uralte Wissen über die traditionelle Zeremonie, der Rituale und Tänze. Dieses Wissen wurde nur an bestimmte, ausgewählte Personen innerhalb des Rates weitergegeben. Wie er später bemerkte, waren die Bewegungen und Schrittfolgen der Tänzer an ganz detaillierte, komplizierte, theatralische Darstellungen und Abläufe gebunden.
Er hatte die Aufgabe, mit einem dünnen Stock geometrische Kreise in den Sand zu zeichnen und danach die Körper der Männer zu bemalen und mit Daunenfedern zu bekleben. Die Musik begann mit dem gleichmäßigen An- und Abschwellen der Didgeridoos. Es lag etwas Beängstigendes, etwas Bedrückendes in der Luft. Als müsste im nächsten Moment etwas Unglaubliches geschehen. Die Rhythmushölzer hackten ihren eintönigen Hammertakt in die unheimliche, undurchdringliche Finsternis der Nacht und die Tänzer stimmten einen dunklen, monotonen Gesang an. Sie kauten Pitscheri dabei. Ein Gift, das aus einer bestimmten Pflanze gewonnen wurde und starke Halluzinationen hervorrief. Der Medizinmann des Clans hatte es schon vor Tagen mit Holzasche vermischt, denn in reinem Zustand würde es tödlich wirken. Ihre Körper wurden mit einer eigenartigen Skelettmalerei bemalt und auf dem Kopf trugen sie spitzzulau-

fende Hüte. An den Sandalen, die sie trugen, glaubte er zu erkennen, dass es sich um einen E-mutanz handelte. Sie hatten ihre federleichten Schuhe aus Emudaunenfedern, Haaren, Gras und Blut als Klebemittel angefertigt. Beim Bemalen der Tänzer stockte ihm zum ersten Mal der Atem. Auch hier zog sich zuerst eine Blutspur als Klebemittel, wie ein Rinnsal über die verschwitzten Körper. Wieder waren es Daunenfedern, die auf die Blut-spur geklebt wurden. Als sich der Clan auf einem gestampften Sandplatz um einen einzelnen, bemalten Totempfahl versammelte, dankte ihm Tschanka für seine Arbeit und taufte ihn gleichzeitig auf den aboriginalen Namen *Coloboo*. Das war mehr als eine große Ehre. Der Platz glich einer geisterhaften Naturbühne: Die flackernden Feuer, die monotonen Vibrationen der Didgeridoos, das Hämmern der Rhythmushölzer und das sausende Geräusch der Schwirrhölzer hatte noch andere Geistwesen auf den Plan gerufen. Sie huschten lautlos wie Schatten durch die meterhohen Flammen, ohne sich zu verbrennen. Als der eigentliche Tanz anfing, zogen sich die Geistwesen an den Rand des Platzes zurück, um sich mit den großen Schatten der Nacht zu vereinen. Zwei Gruppen bemalter Männer tanzten und sprangen die nächsten Stunden, ohne zu ermüden, in ab gehackten, stampfenden Bewegungen gegeneinander, um sofort wieder auseinanderzugehen. Es war ein Tosen, als würde eine Wasserbüffelherde über die Steppe preschen. Ihre Füße wirbelten roten Ockerstaub auf, der an ihren nassen, schwitzenden Körpern hängenblieb. Plötzlich brach einer der Tänzer wie vom Blitz erschlagen zusammen. Die Rhythmushölzer verstummten. Nur das Didgeridoo blies einen einzigen, lang gezogenen, dumpfen Ton in die Sternennacht. Millionen und Abermillionen Sterne standen hoch über ihnen am Firmament.

Als das Telefon klingelte, dachte er sich schon, dass es Rose sein könnte. Er hatte so ein Gefühl. Auf dem Küchentisch stand noch das Frühstücksgeschirr und neben seiner Teetasse lag noch ungelesen die Ostfriesenzeitung.

Der heftige Traum der letzten Nacht hatte bei ihm seine Nachwirkungen hinterlassen. Es waren so viele einzelne Details, die ihn noch im Nachhinein beschäftigten.

Wieso oder woher wusste er auf einmal, dass die Aborigines bei ihrer traditionellen Körperbemalung menschliches Blut als Klebemittel für die Daunenfedern benutzen? Wer hatte ihm erzählt, woraus die Sandalen für den Emutanz hergestellt wurden? Das waren alles Tabus – geheimes Wissen der Aborigines, das kein Weißer erfahren durfte – und er hatte doch eigentlich nur geträumt.

Er hatte richtig vermutet, es war Rose. Sie wollte sich bei ihm für ihre heftige Reaktion auf das Foto entschuldigen. Sie schämte sich, wie sie sagte, dass der kleine Phillip dies miterleben musste.

Am Telefon zu trösten ist nicht leicht, dachte er. Man neigt dazu, viel zu schnell in abgedroschene Floskeln zu verfallen. Er meinte es aber wirklich ernst, als er sagte: „Ich kann dich gut verstehen." Es war etwas anderes, wenn sich ein geliebter Mensch einfach über Nacht aus dem Staub machte, ohne ein gesprochenes Wort oder eine schriftliche Nachricht zu hinterlassen. Es blieben zu viele offene Fragen. Wenn jemand starb, gab man dem Tod die Schuld.

Im ersten Fall suchte man als Kind ewig nach einer Mitschuld.
Vielleicht dachte Rose ja auch, ihre Mum hätte als Partnerin einen Fehler gemacht, über den sie, warum auch immer, bis heute noch nicht mit ihr sprechen konnte.
Er selbst wollte ihr aber auf gar keinen Fall sein Wissen über den miserablen, kriminellen Charakter von Harry mitteilen.
Sein Bauchgefühl sagte ihm, es musste einen unausgesprochenen Grund geben, den nur ihre Mutter kennen konnte. Womöglich war jetzt die Zeit gekommen, um hier endlich Klarheit zwischen Mutter und Tochter zu schaffen.
Rose gestand ihm, dass sie schon viele Jahre mit sich kämpfte, nach dem wahren Grund von Harrys Verschwinden zu fragen. Sie hatte ihn nur in allerbester Erinnerung, schließlich war Harry ihr Vater. Sie hatten sogar eine Geheimsprache, und zwar Deutsch. Ihre Märchenbücher, die er ihr gekauft hatte, waren alle in deutscher Sprache. Ihre Eltern waren beide davon überzeugt, dass sie auf eine internationale deutsche Schule gehen sollte, wenn sie dafür alt genug war. Als Harry verschwand, hatte Katy als alleineerziehende Mutter weiterhin daran festgehalten. Sie durfte auf die German International School in Sydney, auf der Darley Road in Kensington, direkt am Centennial Park, gehen.
Phillip Amsel war sprachlos. Er musste an seine damaligen Wünsche denken. Wie gerne wäre er in seiner Anfangszeit in Sydney Australier geworden. Die deutsche Nazi-Vergangenheit hatte ihm damals sehr zu schaffen gemacht. Und Rose tat alles dafür, um möglichst deutsch zu sein, obwohl sie Australierin war. Hatte sie womöglich deshalb einen Deut-

schen geheiratet?
Rose holte ihn von seinem Gedankenkarussell zurück in die Realität.
Sie hatte höllische Kopfschmerzen und wollte dringend zu Frau Dr. Katzmarik nach Holtrop, um sich ein starkes Medikament verschreiben zu lassen, ehe sie eine schlimme Migräne bekam. Immerhin war sie von Zeit zu Zeit dafür anfällig. Den kleinen Phillip hätte sie gerne bei ihm vorbeigebracht. Sie hielt Wartezimmer nicht gerade für sehr kinderfreundlich, im Gegenteil.
Rose fand, es wären die reinsten Bakterienbrutkästen und Phillip fand Wartezimmer einfach langweilig. Der alte Mann konnte schlecht Nein sagen. Er hatte nie eigene Kinder gehabt und konnte bisher immer über seine Zeit selbst bestimmen. Jetzt, wo er mit seinem Australien-Buch beginnen wollte, war er etwas unleidlich, wenn ihm jemand die Zeit stehlen wollte. Bisher hatte er noch keinen richtigen Anfang gemacht. Die notwendige Sortierarbeit seiner Fotos und Unterlagen war unumgänglich, bevor er den ersten Satz niederschreiben konnte. Rose sagte, sie könnte den Jungen um drei Uhr vorbeibringen. Dann hatte er wenigstens noch ein paar Stunden Zeit für sich allein.

Sein Büro war noch immer eine Rumpelkammer. Im Umgang mit den wertvollen Fotografien und Skizzen hätte man von ihm als Fotograf und Grafiker etwas mehr Ordnung und Sorgfalt erwarten können. Aber er lebte schon immer im Jetzt und Heute. *Jetzt sind die Fotos unwichtig, dann lass sie einfach in den Kasten und Kisten verschwinden. Heute sind sie aktuell, hol' sie aus den Behältnissen heraus.*
In letzter Zeit sprach er öfter mit sich selbst. Beson-

ders witzig wurde es, wenn er sich dabei beschimpfte. Am meisten hasste er sich aber für seine Faulheit.
Ein neuer Bilderstapel lag auf dem Tisch. Wieder gab es unzählige Fotos der Surfer-Clique am Bondi Strand. Er schaute über die Aufnahmen hinweg, ob es Gesichter gab, die er längst vergessen hatte. Auf einem der Fotos fand er tatsächlich so ein längst vergessenes Gesicht. Es war Hilde, die kleine Krankenschwester aus Berlin. Hilde war damals nach Harry in die WG eingezogen, als sich dieser mit Cat in einer Nacht- und Nebelaktion aus dem Staub gemacht hatte. Eigentlich bekam man Hilde nur an ihren arbeitsfreien Tagen zu Gesicht. Sie arbeitete ausschließlich nur Spätschicht, im Sydney Day Hospital in der Marcquarie Street und galt bei den anderen seit ihrem Einzug in die WG als der unsichtbare Mieter.

Chick und er hatten es sich zur Angewohnheit gemacht, am Abend hinunter an den Strand, zu den Klippen neben dem Bondi Icebergs Pool zu laufen. Hier ragten runde und zerklüftete Felsformationen weit in die offene, donnernde Brandung hinaus. Am Anfang saßen sie nur meditierend auf einer der warmen Felsplatten und schauten auf den Punkt, wo der Himmel und das Wasser sich vereinten. Das Meer rollte unentwegt meterhohe, mächtige Wellen mit ohrenbetäubendem Getöse gegen das Felsmassiv unter ihnen. Irgendwann ist er damals ganz nach vorne, auf die schmal überhängende zerklüftete Felszunge gelaufen, als die Wellen sich für einen Moment zurückgezogen hatten. Er wollte das Salz schmecken, das die Sonne sichtbar machte und an dieser Stelle als feiner Nebel in der Luft hing. Kurz danach rollte schon die nächste Wellenfront auf ihn zu. Er schaute über seine

Füße, die Klippe hinunter und stellte sich vor, dass es dort tief unter ihm, wo das Meer strudelte und kochte, keine Chance auf Überleben gab. Wer hier von einer Welle erfasst wurde und in die Tiefe fiel, war für immer von dieser Erde verschwunden.
Chick rief ihm zu, er solle keinen Unsinn machen und zurückkommen. Irgendwie hatte er an dem Nervenkitzel Gefallen gefunden. Auch wenn der Freund behauptete, es sei reine Dummheit, an solch einer gefährlichen Stelle das Schicksal unnötig herauszufordern. Gerade deshalb, dachte er, war es so spannend. Man musste ein Spiel daraus machen. Genau aus diesem Grund ging er ein zweites Mal an die Felsspitze. Dieses Mal blieb er länger stehen. Er zwang sich, so lange zu warteten, bis die große Welle ein halbrundes Dach über ihn stülpte und einige Wassertropfen auf seinem Kopf landeten. Jetzt war es allerdings höchste Zeit zurückzurennen, um nicht mit den abziehenden Wassermassen hinab in die Tiefe gezogen zu werden. Das war genau das Spiel. Wer es am längsten aushielt, ganz vorne an der steil abfallenden Felsspitze und unter dem Wellendach stehenzubleiben, bekam einen Punkt. Als er Chick die Spielregeln erklärte, schaute ihn dieser an, als hätte er einen leichten Dachschaden.
Es war Wahnsinn, aber deswegen war es ja auch ein Wahnsinnsspiel. Er fühlte sich an seine Kindheit erinnert, bei den Balkonseglern. Irgendwie spürte er das gleiche Grummeln in der Magengegend. Nach langem Gerede ließ sich der alte Chick endlich überzeugen, mitzumachen. Er ging mit stolzgeschwellter Brust nach vorne an die äußerste Spitze und stellte sich wie ein Turmspringer in Position. Ehrlich gesagt, Chick lief immer so komisch auf Brust raus und dann schaffte er es auch noch auf Anhieb, ziemlich lange unter einem enormen Wellendach stehen zu bleiben.
Der Freund hatte Lunte gerochen, danach wurde es ihr Spiel. Sie hatten es nach dem Meerwasserpool getauft:

Bondi Icebergs Club. Sie spielten es jeden Abend und sie spielten es an jedem freien Tag, wenn sie nicht gerade mit der Clique am Strand lagen. Es war einfach, wie er es prophezeit hatte, ein Wahnsinnsspiel.

Bis Hilde ins Spiel kam.

Als Chick und er eines Abends vom Bondi Icebergs Club nach Hause kamen, war die freche Berliner Schnauze gerade damit beschäftigt, Kaffee zu kochen. Eigentlich kochte Hilde zu jeder Tages- und Nachtzeit Kaffee.

Hilde war neugierig. Sie wollte in ihrer schnodderigen Berliner Art unbedingt wissen, was Chick und er jeden Abend am Strand machten. Sie schauten sich beide an und wussten nicht, wie sie ihr Spiel erklären sollten.

Bis Chick meinte, sie solle einfach mitkommen, dann könne sie es einmal selbst ausprobieren.

Später vor Ort an der Felsspitze, hatten sie Hilde alles erklärt. Die Schnodderschnauze meinte nur, das sei aber nichts Dolles. Das hätte sie sich viel spannender vorgestellt. Als sie eine Minute später dann ganz vorne am Abgrund stand und sich die nächste große Welle auf sie zu bewegte, hatten Chick und er Todesängste. Es waren nur noch Sekunden bis die mächtigen Wassermassen über Hilde zusammenbrechen würden. Sie schrien aus Leibeskräften gegen das Getöse der krachenden See an, Hilde möge vernünftig sein, und so schnell sie könnte zurückrennen. Hilde reagierte nicht. Sie blieb einfach stehen.

Hilde blieb stehen, als die Welle kam. Hilde blieb stehen, als die Welle über ihr war. Und Hilde blieb auch noch stehen, als die Welle mit mächtigem Getöse über ihr zusammenbrach und sich die meterhohen Wassermassen über ihr ergossen.

Sie konnten nicht glauben, was sie gerade sahen. Ganz vorne auf der Felsenspitze stand ein kleiner Mensch, der sich schüttelte und wie ein ungezogenes Kind in einer

Wasserpfütze mit den Füßen aufstampfte. Als sie Sekunden später vor ihnen stand, meinte sie nur: „Zu so einem Quatsch habe ich keine Meinung."
Als Chick und er später allein waren, fanden sie immer noch keine Erklärung für das Wunder, wie sie es nannten. Sie waren sich zu einhundert Prozent sicher, dass das, was sie gerade gesehen hatten, nicht möglich war. Kein Stuntman der Welt würde eine solche Welle überleben, ohne auf Nimmerwiedersehen in die Tiefe gerissen zu werden und auf den Klippen zu zerschellen. Den Reiz ihres Spiels hatte ihnen die kleine Berlinerin genommen. Das, was sie geschafft hatte, würde sich kein vernünftiger Mensch jemals wieder zutrauen. Ihre Mutprobe war ein Mückenschiss gegen Hildes Sieg gegen die Naturgewalten.

Ihre Geschichte war es wert, aufgeschrieben zu werden. Da war er sich sicher. Sie erschien ihm selbst schon beinahe unglaubwürdig, hätte er nicht alles mit eigenen Augen gesehen. Der Sieg der kleinen Berlinerin gegen die Wellenberge musste in seinem Australien-Buch einen Platz finden.
Das Chaos auf seinem Schreibtisch wurde an keinem Tag besser. Sein Arbeiten war in keiner Weise professionell. Ganz im Gegenteil. Meist fand er mitten in den tausend Fotografien eine längst vergessene Abbildung und schon begann er vor sich hin zu Träumen. Vielleicht half ihm die unglaubliche Hilde-Story etwas besser voranzukommen. Er ließ alles so, wie es war, auf dem Schreibtisch liegen und machte sich zuerst einmal in der Küche eine Kanne Earl Grey und ein Käsebrot.
Der kleine Tisch im Lesezimmer, von wo aus er gerne das Abendrot des scheidenden Tages bewunderte, war völlig ausreichend für seine Schreibar-

beiten. So konnte er sich wenigstens für heute das Sortieren und Aufräumen sparen und gleich mit der verrückten Hilde-Story beginnen.
Draußen im Garten hatten die Krähen ihre Schlafbäume schon wieder in Beschlag genommen. Sie kamen immer zur gleichen Stunde in seinen Garten zurück. Die blau-schwarz gefiederten Rabenvögel blieben für ein ganzes Leben mit ein und demselben Partner verbunden. Wahrscheinlich waren sie viel schlauer, als die Menschen es vermuteten? Er hatte nie die richtige Partnerin gefunden. Als draußen das laute Gekrächze aus den Bäumen immer heftiger wurde, bezweifelte er doch, dass trotz allem ihre lebenslangen Partnerschaften immer gleichmäßig harmonisch verliefen. Sie stritten stundenlang.
Als das Telefon klingelte, war er im ersten Moment erschrocken, wer zu dieser Zeit noch anrufen sollte.
Es war Rose. Sie klang nicht gut, fast schon panisch.
Im nächsten Moment fiel ihm ganz heiß ein, dass sie heute Mittag den kleinen Phillip hatte vorbeibringen wollen.
Wie sich herausstellte, hatte Rose einen Verkehrsunfall und Phillip lag in Aurich im Krankenhaus.

Sie war auf dem Weg zu ihm, als ihr an der Ampelkreuzung in Mittegroßefehn auf der Kanalstraße ein junger Mann auf ihren stehenden Mini Cooper auffuhr. Er musste geträumt haben. Rose war nichts passiert.
Der kleine Phillip hingegen war nicht so glimpflich davongekommen. Er hatte vermutlich eine Gehirnerschütterung und ein Schleudertrauma erlitten. Die Ärzte konnten ihr morgen mehr sagen. Rose erzählte die Geschichte so konfus, dass er dreimal nachfragen musste. Auf jeden Fall konnte er heraus-

hören, dass ihr Auto nicht mehr fahrbereit war und in eine Werkstatt abgeschleppt wurde. Als sie endlich alles berichtet hatte, machten ihre Nerven schlapp und sie konnte die Tränen nicht länger zurückhalten. Der alte Mann musste helfen. Rose war überfordert, das spürte er deutlich. Es gab eine Menge zu tun. Als Erstes musste die gegnerische Versicherung benachrichtigt werden und Rose brauchte einen Leihwagen.
Sie sollte sich nicht länger sorgen. Aus diesem Grund versicherte er ihr, am morgigen Tag schon um neun Uhr bei ihr in Reepsholt zu sein.

Mount Kuring-Gai

Draußen war es in der Zwischenzeit fast dunkel geworden, die schwarzen Rabenvögel in den Baumkronen konnte er nur noch als zusammenhängende Schatten erahnen.
In Australien lebte eine Krähenart mit weißen Flecken an den Köpfen, die Magpies genannt wurden. In dieser schummrigen Zwischenstimmung, wenn der Tag in die Nacht wechselte, waren Magpies in den Eukalyptusbäumen Australiens weitaus besser zu sehen als die schwarzen heimischen Artgenossen in seinem Garten. Andererseits galten sie in manchen Gebieten des fünften Kontinents als äußerst aggressive Angreifer.

Harry hatte ihnen damals, bei ihrer gemeinsamen Anfangszeit in der Car Wash, in Bondi Junction eine verrückte Geschichte erzählt. Angeblich hatten ihn und seine damalige Freundin Coco Magpies bei einem Bushwalk durch den Urwald, in der Nähe von Mount Kuring-Gai angegriffen.
Chick und er glaubten ihm kein Wort. Harry neigte dazu, gerne als der große Held dastehen zu wollen. Chick meinte, Coco nannte man höchstens seinen Papagei. Wenn einer freiwillig seine Freundin so nennt, ist er nicht ganz koscher.
Die Geschichte ließ ihnen keine Ruhe. Das Abenteuer

klang zu verlockend. Was konnte schon schiefgehen? Außer von ein paar verrückten Vögeln angegriffen zu werden. Also machten sie sich an einem Sonntag mit Rucksäcken, etwas Proviant und einer Landkarte bewaffnet von Sydney Central Station aus mit der Bahn auf den Weg Richtung Mount Kuring-Gai. Richtige Buschläufer hätten sich für den Trip durch den Urwald sicher ganz anders vorbereitet.

Wenn er heute darüber nachdachte, musste er schmunzeln, wie unbedarft sie gewesen waren. Dass es in Australien eine Vielzahl giftiger Spinnen und Schlangen gab, war ihnen nicht unbekannt, aber eben nicht so wichtig.

Viel wichtiger war die Tatsache, dass sie schon auf der über zweistündigen Zugfahrt ihre Wasserflaschen ausgetrunken hatten in der Annahme, bei ihrer Ankunft in Mount Kuring-Gai neues Wasser kaufen zu können. Das stellte sich schon bald als Fehleinschätzung heraus. Leider war der Bahnhof ein Nichts. Ein gar Nichts. Nicht mehr als ein wackeliges, windschiefes Wartehäuschen, ein Regendach mitten in der Pampa. Harry hatte gesagt: „Wenn ihr ankommt, müsst ihr sofort rechts in den Urwald eintauchen". Eine super Orientierung würde die Stromleitung sein. „Sie hängt über den Baumwipfeln und schimmert silbrig in der Sonne. Wenn ihr der Stromleitung folgt, könnt ihr euch überhaupt nicht verlaufen. Irgendwann, nach einer halben Ewigkeit, kommt ihr plötzlich aus der dichten Vegetation auf eine freie Stelle. Es ist eine kleine Wiese. Hier müsst ihr höllisch aufpassen. Genau das ist die Stelle, wo die Magpies angreifen." Zum Schluss sagte er noch: „Ich will euch keine unnötige Angst machen, aber die Sache ist nicht ganz ungefährlich. Jedes Jahr sterben in den Wäldern Australiens unzählige Menschen aus Leichtsinn. Nicht nur wegen der giftigen Spinnen und Schlangen. Es ist viel einfacher: sie kommen einfach nicht wieder zurück. Sie verlaufen sich. Es gibt keine beschrifteten Wege oder gar

Wegweiser. Also, ich sage es am besten noch einmal: Haltet euch unbedingt an die Stromleitung."

Ohne Wasser und mittlerweile auch ohne den letzten Krümel Proviant tauchten sie in den Urwald ein. Sobald sie den ersten Schritt in die tropische Vegetation gewagt hatten, begann ein irrsinniges Gekreische und Gezwitscher in den Baumwipfeln über ihren Köpfen. Am schlimmsten von allen trieb es der Kookaburra, der Lachende Hans mit seinem Kinderlachen. Grau-Papageien, Kakadus, Sittiche – alles, was Flügel hatte, schwirrte um sie und über sie hinweg. In Australien gab es über tausend Vogelarten und davon über dreihundert Papageienarten. Für Chick und ihn war es im ersten Moment wie im Paradies. Durch das dichte Urwalddach fiel das Sonnenlicht wie aus vielen einzelnen Lichtquellen in senkrechten Strahlen auf den mit Moos und Farnen dicht bewachsenen Waldboden. Sie hatten sich vorgenommen, besonders auf Spinnennetze in Kopfhöhe zu achten. Trotz ihrer Vorsicht geschah es immer wieder, dass sie in die kunstvollen Gebilde hineinstolperten. Als sie am frühen Morgen in Bondi aufbrachen, war es noch angenehm kühl gewesen. Sie hatten beide ihre Parka angezogen. Mittlerweile reichte ihnen ein T-Shirt.

Das Stromkabel, ihr einziger Wegweiser, war plötzlich verschwunden. Sie hatten es viel zu spät gemerkt. Irgendwo waren sie an der falschen Stelle abgebogen. Chick meinte, es wäre das Beste, einfach weiterzulaufen. Es gab keine große Auswahl.

„Entweder", sagte er, „wir laufen noch tiefer in den kreischenden Wald, mit seinen Millionen schreiender und schwirrender Bewohner und den Abermillionen stechender und beißender Insekten, oder wir haben Glück und finden durch Zufall einen Ausgang aus dem Paradies und stehen plötzlich vor einer Bratwurstbude mit einem vollem Colaautomaten."

Es gab Situationen, da war der Wahnsinn nicht sehr weit entfernt. Der Hunger, der Durst und die Hitze machten ihnen schon längere Zeit kolossal zu schaffen. Hinzu kam noch die immer stärker werdende, bleierne Müdigkeit und die schlimme Gewissheit, sich womöglich endlos verlaufen zu haben oder im Kreise zu drehen. Sie waren so gut wie am Ende.
Ehrlich gesagt, ihre Situation schien nicht gerade die Beste zu sein. Mittlerweile stolperten sie schon vier Stunden durch einen immer dichter werdenden, mit Lianen und Farnen bewachsenen Urwald, ohne den geringsten Hinweis auf eine Farm, eine menschliche Ansiedlung, eine Station oder einen kleinen Ort.
Plötzlich, ohne Vorwarnung und wie aus dem Nichts, machte der Dschungelpfad einen kleinen Bogen und sie stolperten fast in die flache, steinige Uferböschung eines Wasserlaufs. Es musste der Hawkesbury River sein. Alles verlief so irrsinnig schnell, wie bei einem viel zu krassen Szenenwechsel in einem Kinofilm.
Selbst die Fischreiher im Uferschilf waren so überrascht von ihrem Erscheinen, das sie erst gar keine Anstalten machten, davon zu fliegen. Sie hatten mit dem letzten Schritt aus dem Urwald den Vogellärm hinter sich gelassen.
Ihr Blick wanderte nach links und inmitten der Schilfgräser und grauen Wasservögel stand sie tatsächlich, die herbeigeträumte Bratwurstbude in Form eines Pfahlbaus.
Sie schauten sich an und zweifelten fast schon an ihrem Verstand. Die alte Baracke muss in längst vergangener Zeit ein Gasthaus für Buschläufer und Wassersportler gewesen sein. Zahlreiche Emailleschilder australischer Getränkefirmen wiesen darauf hin. Eine Art Bootsanleger führte sie zur Eingangstür der Hütte. Alle Fenster waren mit Moskitodraht geschützt. Sie waren sich einig, zur richtigen Jahreszeit würde man hier vermutlich auf-

gefressen. Die Getränkeschilder heizten ihren Durst noch mehr an. Sie wollten sofort eine oder besser gleich zwei der perlenden, tiefgekühlten Flaschen in ihren Händen halten. Die Eingangstür war verschlossen. Durch die offenen Fenster konnte man schemenhaft das dunkle Innere des ehemaligen Gasthauses erkennen. Ihre mehrfachen „Hallo"-Rufe blieben unbeantwortet. Hatten sie sich etwa zu früh gefreut?

Etwas bewegte sich im Inneren. Sie erkannten eine weiße, sehr dünne, geisterhafte Figur, die auf das rechte Fenster neben dem Eingang zusteuerte und in einem gewissen Sicherheitsabstand stehen blieb. Gab es so etwas wie weiße Schatten?

Langsam bekam der Schatten eine menschliche Form. Die Geistgestalt bewegte sich wie eine Marionette, an unsichtbaren Seilen gehalten. Sie kam dem Fenster immer näher und fragte plötzlich, kaum dass sie die Öffnung erreicht hatte, mit dünner und zerbrechlicher Stimme, was sie von ihr wollten.

Er dachte kurz darüber nach, ob es nicht besser wäre, sich noch rechtzeitig aus dem Staub zu machen. Die ganze Sache wurde immer unheimlicher.

Chick ließ sich nicht aus der Ruhe bringen und meinte, er hätte gerne vier Flaschen Orangensaft bestellt, wenn es recht wäre. Die weiße Frau zeigte sich jetzt in voller Gestalt. Vielleicht trug sie ein weißes Kleid oder war es ein Nachthemd? Ihr starres, maskenhaftes, von tausend Falten durchzogenes Totenkopfgesicht war ebenfalls weiß wie Mehl, genau wie ihr wirres Haar.

Ihre Augen lagen in tiefen dunklen Höhlen.

Chick flüsterte ihm ins Ohr, das er nicht glauben konnte, dass die Alte hier allein, in dieser Einsamkeit überleben konnte. Nach seiner Einschätzung sei sie bestimmt schon einhundert Jahre alt. Aus der Hütte kam ein irres Lachen, als hätte die alte Frau jedes ihrer Worte verstanden.

„Hier war früher eine Menge los", begann sie zu plap-

pern. Als mein Mann noch lebte. Er hat das alles allein gebaut. An jedem Wochenende kamen die Ausflügler mit ihren Boten zum Barbecue den Hawkesbury River heraufgefahren. An manchen Tagen hatten wir sogar Tanzmusik ... Es war herrlich." Chick und er fragten sich, wie lange das schon her sei.

In einer ihrer Redepausen wagten sie noch einmal die Frage nach einem Getränk. Wieder kam das Kookaburralachen aus ihrem weit geöffneten Mund und sie konnten sehen, dass die weiße Lady keinen einzigen Zahn mehr hatte.

„Ich gebe euch zwei Gläser, dann könnt ihr euren Durst aus dem Regenwassertank stillen."

Für sie gab es keine Erklärung, was das alles zu bedeuten hatte. Wie lange mochte es schon her sein, dass die weiße Lady aus der Zeitmaschine gefallen war? Wer brachte ihr regelmäßig Essen und Trinken vorbei? Wer versorgte sie mit Medikamenten? Wer brachte sie im Notfall zum Arzt? Machten Chick und er sich mitschuldig, wenn sie jetzt einfach weiter ihrer Wege gingen und hier einen alten Menschen in größter Not zurückließen?

Im Regenwassertank schwammen eine Million roter Wasserflöhe. Chick pumpte die trübe Brühe ab, als wäre es das reinste Quellwasser.

Sie waren sich beide einig, dass sie die weiße Lady fragen mussten, ob sie Hilfe benötigte. Das war das Mindeste, was sie tun konnten.

Als sie die Gläser zurückbrachten, stellte ihr Chick die Frage. Mit ihrer Reaktion hatten sie beide nicht gerechnet. Innerhalb von wenigen Minuten hatte sie alle Fenster durch Innenläden verriegelt und aus der stockdunklen Hütte drangen die wüstesten Beschimpfungen an ihre Ohren.

Die weiße Lady war verrückt.

Sie gingen auf dem flachen Uferstreifen weiter, bis dieser immer schmaler wurde und als Sandbett endete. Ihre Stimmung war auf dem Nullpunkt angelangt. Die alte Frau hatte bei ihnen eine traurige Gefühlslage hinterlassen.

Mittlerweile stand die goldene Sonne an ihrem höchsten Punkt und brannte unbarmherzig auf sie herunter. Sie mussten eine Bahnstation finden, bevor es dunkel wurde. Ihr Weg führte unablässig durch den dichten, verschlungenen Urwald, mit seinen kreischenden, bunt gefiederten Bewohnern, die kräftig an ihren Nerven zerrten. Es herrschte Treibhausklima.

Ein schmaler Trampelpfad, nicht breiter als ein Blatt Papier, schlängelte sich zwischen dem dichten Baum- und Buschwerk hindurch. Von der silbernen Überlandleitung als Wegweiser war schon lange nichts mehr zu sehen. Die Freunde liefen schweigend und stolpernd hintereinander her. Keiner achtete mehr auf Spinnen oder Schlangen in dem dichten Geäst. Sie waren viel zu müde und abgespannt, um sich noch richtig zu konzentrieren. So passierte es dann auch, dass sie ohne Vorwarnung plötzlich auf einer kleinen, grasbewachsenen Lichtung standen und geblendet von der grellen Sonne auf den Boden schauten. Das war genau der Moment der Magpies. Die schwarz-weißen rabengroßen Vögel nutzten das Überraschungsmoment und griffen sie aus der Luft an wie Kamikaze Flieger. Ihr Ziel waren die Köpfe der beiden verdutzten Freunde. Bevor der nächste Angriff folgte, mussten sie sich in Sicherheit bringen. Es gab nichts zu überlegen. Das einzige, was ihnen helfen konnte, war die schnelle Flucht aus der Gefahrenzone. Sie rannten, als ginge es um ihr Leben.

Auf der anderen Seite, unter dichtem Gestrüpp, waren sie vor den aggressiven Angreifern sicher. Von hier aus war es sogar nur noch ein Katzensprung zu der kleinen Bahnhofsbaracke. Im ersten Moment wussten sie nicht,

ob sie lachen oder weinen sollten. Es war alles genau so, wie es der verrückte Harry geschildert hatte.
Um dieses Schauspiel zu erleben, hatten sie den langen Weg durch den Urwald mit sämtlichen Strapazen auf sich genommen.

Der Tag war wie im Flug vergangen. Er musste am nächsten Morgen schon um neun Uhr bei Rose in Reepsholt sein. Das durfte er auf keinen Fall vergessen. Draußen war es längst finstere Nacht. Bevor er einschlief, galten seine letzten Gedanken der weißen Lady am Hawkesbury River. Er dachte einen kurzen Moment darüber nach, wie seltsam ihre damalige Begegnung verlaufen war. Heute fand er das geisterhafte Treffen mit der weißen Lady spannender als den einmaligen Angriff der Kamikaze-Magpies. Doch missen wollte er keines der beiden Abenteuer. Er musste unbedingt mit seinem Australien-Buch anfangen. Hildes wahnsinnige Mutprobe am Bondi Strand und ihr verrückter Tag im Urwald von Mount Kuring-Gai verlangten unbedingt danach, aufgeschrieben zu werden. Doch morgen früh benötigte zuerst Rose seine Hilfe.

John McNamara

Rose wartete schon ungeduldig auf ihn, als er Punkt neun zur Haustüre hereinspazierte. Bernhard lag faul in der Ecke unter der Eckbank. Zur Begrüßung klappte er lediglich ein Auge auf und zu.
Alle Fahrzeugpapiere und sämtliche Telefonnummern, die eventuell gebraucht wurden, lagen auf dem Küchentisch bereit. Rose wirkte auf ihn schrecklich nervös und aufgewühlt. Um schnell zu helfen, wollte er zuerst ihre Werkstatt in Aurich anrufen. Der Abschleppdienst hatte den stark beschädigten Mini Cooper zu Hansen-Automobile geschleppt. Nach fünf Minuten war alles erledigt. Die Werkstatt bestätigte ihm, neben der Reparatur sämtliche Formalitäten mit der gegnerischen Versicherung abzuwickeln und für Rose einen Leihwagen zur Verfügung zu stellen. Sie mussten nur noch vorbeikommen und zwei Formulare unterzeichnen. Danach könnten sie gemeinsam Phillip im Krankenhaus besuchen.
Als sie zehn Minuten später in seinem Käfer saßen, wurde Rose langsam ruhiger. Sie hatte ihrer Mutter in Australien noch nichts von ihrem Unfall erzählt. Katy machte sich womöglich unnötige Sorgen. Wenn sie in den nächsten Tagen Phillip aus dem Krankenhaus mit nach Hause nehmen durfte, wäre die schlimmste Phase schon überstanden und die

Geschichte weniger beunruhigend für ihre Mum.
Der alte Mann dachte kurz darüber nach, Rose zu erzählen, dass er damals mit Cat, wie sie von allen in der Clique genannt wurde, eine kurze, aber heftige Romanze gehabt hatte. Bis sie eines Tages ohne Vorwarnung mit Harry verschwunden war.
Sie gehörte vom ersten Tag an zu ihnen und wurde von allen akzeptiert.
Die Surfer-Clique in Bondi und ihre WG waren eine verschworene Gemeinschaft. Als Cat schon nach wenigen Tagen bei ihnen in der Francis Street einzog, hatte keiner etwas dagegen einzuwenden. Wie es Harry geschafft hatte, sich hinter seinem Rücken – oder besser gesagt, hinter aller Rücken – an sie heranzumachen, konnte er bis heute nicht begreifen. Erst durch Rose und das alte Foto wurden bei ihm nach fünfzig Jahren längst verschüttete Erinnerungen wieder ausgegraben. Er musste an die herrlichen Feten denken, die sie oft aus irgendeiner Laune oder aus einer verrückten Stimmung heraus gefeiert hatten. Ihr Haus war für jeden offen, der vorbeikam und gute Laune mitbrachte. Alle waren herzlich willkommen.

Eines Tages lag eine Nachricht für ihn und Chick neben dem Telefon. Der lange Hans hatte sie angenommen. Die Sekretärin von John McNamara von NBN-Television hatte angerufen und mitgeteilt. dass ihr Chef endlich aus Coober Pedy zurück sei und am Abend bei ihnen in Bondi vorbeikommen wollte. Daran hatte keiner mehr geglaubt. Am Abend war Party angesagt. Wie an jedem Freitag. Die Surfer-Clique wollte sich nach Feierabend am Strand treffen und danach bei den Freunden in der Francis Street weiterfeiern. Wie passte das mit ihrem wichtigen Besucher zusammen? Andererseits, wer sich so kurzfris-

tig ansagte, musste mit allem rechnen. Chick und er wollten sich keine unnötigen Gedanken machen. Australien war anders als Deutschland. Der gute John sollte einfach fröhlich sein und mitfeiern.
Leider kam alles ganz anders. John McNamara war ein komischer Vogel. Vielleicht war er auch für die Clique zu alt. John war ein kleiner Mann, Mitte fünfzig, mit einer ziemlich großen Nase und noch sehr wenigen Haaren auf dem Kopf. Er sah auf den ersten Blick aus wie ein Zwerg mit einem gewaltigen Alkoholproblem.
Sie hatten ihn fast schon vergessen. Als die Party in vollem Gange war und die Musik gerade von Beat auf Blues wechselte, erinnerte die laute Türklingel an den angesagten Gast. Er hatte eine nicht gerade kleine Papiertüte vollgestopft mit Spirituosen mitgebracht. John fühlte sich sichtlich wohl unter so vielen braun gebrannten Surfern mit ihren Bräuten. Den Inhalt seiner Tüte schien er mit der Zeit spielend allein zu schaffen.

Irgendwann fing er leider damit an, vor den Mädchen auf die Knie zu fallen und sie anzubaggern. Zuerst fanden alle seine Auftritte noch richtig lustig und lachten über den alten Trottel. Leider fand John kein Ende mit seiner komischen Nummer und mit der Zeit wurde es richtig peinlich. Der Tollpatsch war auf dem besten Weg, die gute Stimmung zu versauen. Die Mädchen regten sich laut über ihn auf und alle wollten wissen, wer der komische Kerl überhaupt sei.
Chick und er waren sich sicher, freiwillig würde ihr lästiger Gast nicht gehen. Im Gegenteil. Je später es wurde, desto toller kam er sich in seiner Romeorolle vor. Leider wollte keine der Surfies seine Julia sein. Die ganze Geschichte schien aus dem Ruder zu laufen. Bevor die Situation noch eskalierte, gab er Chick ein Zeichen, die Haustür zu öffnen, damit er den unmöglichen Kerl auf die Straße befördern konnte.

Als sich spät in der Nacht die letzten Freunde auf den Weg nach Hause machten, saß er noch eine ganze Weile mit Chick im Sun Room.
Sie dachten beide darüber nach, ob sie mit dem Rauswurf nicht viel zu schnell und unüberlegt gehandelt hatten. Chick wollte ihn nicht verärgern, aber er war sich ziemlich sicher, dass sie ihre Zukunft bei NBN-Television für alle Zeit verspielt hatten. Solange John McNamara bei dem Sender etwas zu sagen hatte, würde keiner von ihnen jemals eine Arbeit bekommen. So schnell konnten Träume zerplatzen.

Ein Twen Tone 6 Transistor Taschenradio

Die Kinderabteilung des Auricher Krankenhauses befand sich im fünften Stock. Rose stürmte das Treppenhaus hinauf, als wären tausend Teufel hinter ihr her.

Er wusste schon im Voraus, dass er mit ihr nicht mithalten konnte. Ein Grund mehr, in aller Ruhe auf einen Fahrstuhl zu warten. Als die Fahrstuhltür aufging, stand der kleine Phillip vor ihm in der Kabine. Der alte Mann war erstaunt. Er konnte seine spontane Freude nicht verbergen. Da die meisten Fahrstuhltüren sich sehr schnell schlossen, machte er einen kleinen Sprung nach vorne und drückte den Lockenkopf etwas zu heftig an sich. Zu spät merkte er, dass er dem Jungen damit wehtat. Der kleine Phillip beklagte sich sofort über erneute Kopfschmerzen. Als die Fahrstuhltür sich im fünften Stock öffnete, stand Rose davor. Sie war mittlerweile total durch den Wind, da sie ihren Sohn nicht in seinem Bett vorgefunden hatte. Sie sollte am besten gleich wissen, dass der kleine Luftgeiger immer noch über Kopfschmerzen klagte. Sie schwankte eine Sekunde dazwischen, böse zu sein wegen seines unüberlegten Fahrstuhlfahrens oder den Burschen einfach auf den Arm zu nehmen und zu küssen. Sie entschied sich für das Küssen.

Auf dem Weg zu Phillips Krankenzimmer begegnete ihnen der junge Stationsarzt der Kinderabteilung. Ein Dr. Kim Ran Yeo. Als er den kleinen Phillip erkannte, musste er lachen, da dieser nicht im Schlafanzug, sondern komplett in Straßenkleidung vor ihm stand. Dem alten Mann und Rose war das tatsächlich noch nicht aufgefallen. Dr. Kim bat Rose zu einem kurzen Gespräch in sein Büro. Phillip und er nahmen davor auf zwei Stühlen Platz. „Ist Mama jetzt sauer auf mich?", wollte sein kleiner Doppelgänger von ihm wissen.

„Die beste Nachricht von Dr. Kim wird sein, dass du gesund bist, dann ist alles andere vergessen."

Der kleine Phillip machte ein so nachdenkliches Gesicht, das er liebend gerne gewusst hätte, worüber der Knirps sich sein Hirn zermarterte.

„Weißt du ob Dr. Kim Chinese ist?"

Das war also seine Frage. Phillip Amsel schüttelte verneinend seinen Kopf. „So wie er spricht, könnte er hier in Deutschland geboren sein. Seine Vorfahren kamen aber mit Sicherheit aus Asien. Aber von wo genau, müssten wir ihn schon fragen."

Der alte Mann dachte sofort an Chinatown in der Sydney-City, mit dem irrsinnigen asiatischen Sprachengewirr rund um den alten Heumarkt und den umliegenden kleinen Gässchen wie Sussex, Hay und Little Hay Street. Chick und er waren in der City immer wieder auf Arbeitssuche unterwegs. Nachdem sich ihr Job bei NBN im wahrsten Sinne des Wortes zerschlagen hatte, wollten sie nichts unversucht lassen, am liebsten in einer Werbeagentur als Grafiker unterzukommen. Es hagelte leider nur Absagen. Um ihren Frust etwas abzumildern, gingen sie zum Abschluss meist chinesisch essen. Sie waren von Chinatown begeistert. Von den Weltenbummlern unter den Surfern hörten sie oft den Vergleich: „Wer das Gefühl haben möchte, für eine ganz kurze Zeit in Hongkong, Bangkok, Jakarta oder Hanoi zu sein, muss einfach nur hinunter nach Chinatown gehen.“ Der Ort war phänomenal und egal, wo man einkehrte, auch wenn der Schuppen noch so klein war, das Essen war immer sehr gut.

Rose kam strahlend aus dem Büro von Dr. Kim zurück. Es gab vermutlich keine offenen Fragen mehr. Der kleine Phillip war gesund. Rose sagte nur zu ihm: „Du kannst angezogen bleiben. Wir können gehen.“

Phillip Amsel ergriff die Gelegenheit, um beide zu einem chinesischen Essen bei Asia Do Anh in den Carolinenhof einzuladen. Das war das Mindeste, was er tun konnte, um sein Chinafeeling ein klein wenig festzuhalten.

Er hatte Huhn Chop Suey bestellt. Wenn er chinesisch essen ging, bestellte er in den meisten Fällen Huhn Chop Suey. Wahrscheinlich wurde es im Alter immer schlimmer mit den eingefahrenen Gewohnheiten. Rose und der kleine Phillip teilten sich Ente süß-sauer. Wenn er den kleinen Jungen ansah, kam bei ihm automatisch die Erinnerung an seine Kindheit zurück. Die Ähnlichkeit mit dem Lockenkopf war einfach augenscheinlich. Er war in seiner Kindheit nicht sehr oft mit seinem Vater Essen gegangen. Der Herr Direktor wählte immer, mit einem sehr wichtigen, sehr ernsten Gesicht als Vorspeise eine Ochsenschwanzsuppe. Das hatte sich bei ihm besonders eingeprägt.

Es war damals die Zeit, als die Balkonsegler langsam zu alt waren, um mit einem Sonnenschirm aus dem zweiten oder dritten Stockwerk eines Rohbaus hinunter auf einen

Sandhaufen zu segeln. Mittlerweile war bei ihnen das Fußballspielen und das Geldbeschaffen immer mehr in den Vordergrund gerückt.
Mit großem Erstaunen stellten sie fest, dass die Welt um sie herum im Wandel war. Alles bekam mit einem Mal ein neues, ein viel moderneres und ein viel bunteres Gesicht. Sogar einfache Gebrauchsgegenstände wurden neu gestaltet und aus einem teuren Edelmetall, Marke WMF oder – noch viel moderner – aus neuartigen Plastikmaterialien hergestellt. Die Wohnzimmereinrichtung aus der guten alten Eiche rustikal musste ebenso weichen wie die billigere Variante aus Kieferfurnier. Auch die Elektrogeräte wurden neu designt und selbst ein Fernseher sollte nicht mehr aussehen wie eine Kommode, ein Musikschrank oder eine Minibar … Eine völlig neue Formgebung eroberte den Markt.
Für ihn und seine Freunde gab es nur ein einziges Objekt der Begierde und das war ein Twen Tone 6 Transistor Taschenradio. *Charly hatte das Teil als Erster in der Auslage bei Neckermann entdeckt. Das lindgrüne Ding sollte 98 Mark kosten. Obwohl Charly ständig neue Ideen hatte, wie sie sich Kleingeld beschaffen konnten, waren fast 100 Mark für sie eine ziemlich hohe Messlatte.*
Tagelang standen sie vor dem Fußballtraining mit ihren Fahrrädern bei Neckermann an der Schaufensterfront herum. Eines Tages beschlossen sie, das lindgrüne Teil von der Nähe aus zu begutachten. Wenigstens einmal anfassen war ihr Traum. Sie mussten in den ersten Stock, denn die Elektroradio- und Fernsehabteilung war dort.
Die junge Verkäuferin schien mit ihnen von Anfang an überfordert. Außer dem Twen Tone 6 Transistor Taschenradio *gab es noch einige andere Modelle anzusehen.*
Charly witterte von einem auf den anderen Moment ihre Chance. Immer dann, wenn die junge Verkäuferin ihnen den Rücken zukehren musste und auf dem kurzen Weg

zu den Regalen war, lagen die kleinen Taschenradios außerhalb ihres Sichtfeldes auf der Theke. Je mehr Geräte sie sich zeigen ließen, um so unübersichtlicher wurde für die junge Frau die ganze Sache. Das war ihre große Gelegenheit.

Charly gab ihm ein unauffälliges Zeichen. Mit zwei Fingern der rechten Hand zeigte er an, dass sie zwei Taschenradios mitgehen lassen wollten. Sie waren zu viert. Kurtchen Zelich und der rote Hännes waren noch mit von der Partie. Kurtchen gehörte fest zu den Balkonseglern. Der rote Hännes war ein Risikofaktor. Er gehörte nicht richtig dazu, eigentlich gar nicht. Sie hatten ihn unterwegs auf dem Weg zum Training zufällig getroffen. Ihn konnte keiner richtig einschätzen. Hännes war ein Einzelgänger. Es musste schnell gehen. Dass sie die Radios heute klauen würden, war nie zur Sprache gekommen. Charly und er griffen gleichzeitig zu und steckten die flachen Dinger vorne in ihre Jeans. In den nächsten Minuten durften sie sich nichts anmerken lassen.

Charly verwickelte die nette Verkäuferin in ein belangloses Gespräch über die verschiedenen Preise der Geräte und die unterschiedliche Wirkung der Farben.

Der rote Hännes lief sogar zur Bestform auf und entschied sich spontan für ein größeres Taschenradio in schwarz und silber. Erst ganz zum Schluss lenkte er ein und gestand dem Fräulein, das er noch seinen Vater um das nötige Kleingeld bitten musste. Sie bedankten sich artig für die nette Bedienung und versuchten den Ausgang ohne auffällige Eile zu erreichen. Charly flüsterte ihnen ständig zu, sich ruhig und unauffällig nach draußen zu bewegen. Sie hatten es geschafft.

Um an Bargeld zu kommen, mussten sie ein Taschenradio verkaufen. Das andere gehörte den Balkonseglern. Charly kümmerte sich um den Verkauf und kam eines Tages mit stolzen fünfzig Mark ins Training. Der rote Hännes bekam fünf Mark Schweigegeld. Den Rest teilten

sie mit Kurtchen Zelich brüderlich.
Einige Tage danach musste er mit seiner Mutter nach Mainz zum Einkaufen. Seine Mutter liebte Kaufhäuser. Er brauchte zwei neue schwarze Turnhosen für das Training und seine Mutter zwei, drei Blusen. Sie liebte Blusen.
Nach dem Einkauf ging die halbe Welt in den Wienerwald. Essen im Wienerwald war fast so beliebt, wie heute bei McDonald's. Er fand das Lokal genauso langweilig wie Eiche-Rustikal-Möbel oder klappbare Fernsehsessel mit Stoff bezogenem Blumenmuster.
Genau gegenüber dem Wienerwald entdeckte er voller Begeisterung das erste Chinarestaurant seines Lebens. Es hatte erst wenige Tage vorher eröffnet. Rechts und links neben der Eingangstreppe thronten zwei gewaltige goldene Löwen auf einem knallroten Podest. Der Eingang selbst war gleichfalls durch ein rotes Pagodentor mit goldenen chinesischen Schriftzeichen verziert. Das sah alles nach großer weiter Welt für ihn aus. Leider konnte er seine Mutter nicht dazu überreden, hier einzukehren und nicht in dem Hähnchenimbiss. Ihr war das Ganze nicht sehr geheuer. Sie meinte sogar gehört zu haben, Chinesen würden sogar Hunde und Katzen essen. Von dem Transistor Radio-Verkauf hatte er immer noch seine fünfzehn Mark in der Tasche. Das tolle Chinarestaurant ging ihm nicht mehr aus dem Kopf. Am nächsten Nachmittag fuhr er nach der Schule allein mit der Bahn nach Mainz. Er hatte sich den Weg vom Bahnhof in die City gut gemerkt.
Es war sein erstes unvergessliches Restauranterlebnis. Leider sorgte seine Bestellung für ein kurzes, aber heftiges Kichern bei dem Ober. Nachdem er an einem der Fenster mit dem tollen Rundumblick über den Domplatz Platz genommen hatte, studierte er die Speisekarte. Das war für einen Zehnjährigen gar nicht so einfach. Kurzerhand entschied er sich für Huhn Chop Suey. Um vor dem

Ober erwachsener zu wirken, als er eigentlich war, bestellte er mit sehr wichtigem, sehr ernstem Gesicht eine Ochsenschwanzsuppe. Genau wie sein Vater.
Das war die Stelle, wo er unbeabsichtigt die Bedienung zum Kichern brachte. Der freundliche Mensch machte eine angedeutete Verbeugung und meinte lächelnd, „Sie meinen sicher eine Wan Tan Suppe, mein Herr."

Als sie in seinen VW-Käfer einstiegen, um Roses Leihwagen bei Hansen Automobile in der Emder Straße in Aurich abzuholen, drehte der kleine Phillip sich zu ihm um und meinte grinsend: „Hey Mate, how`re you going today?" Das war die Original-Begrüßung der Surfer am Strand. Der kleine Kerl hatte wohl alle kernigen Sprüche schon richtig gut drauf. Oder plagte ihn womöglich das Heimweh nach seinem Bondi Beach und seinem Freund Alex? Er selbst wusste damals mit dem Wort *Mate* sehr wenig anzufangen. Das klang für ihn eher bayerisch, nach einer gut gebauten Bedienung auf dem Oktoberfest. Tatsächlich bedeutet *Mate* in Australien unter Männern so viel wie Freund. Die drei hingen auf der kurzen Fahrt ihren Gedanken nach. Rose war bestimmt froh, durch den Leihwagen wieder unabhängig zu sein. Bevor er auf dem Parkplatz von Hansen Automobile in eine Parklücke einbog, meinte Rose so ganz nebenbei, sie hätte gestern Abend noch mit ihrer Mutter Katy telefoniert. Aus ihrem leicht forschen Unterton meinte er einen Vorwurf herauszuhören. Er war vorgewarnt. Was würde jetzt kommen? Um womöglich etwas Luft aus der Sache zu nehmen, erinnerte er Rose, dass sie ihm schon heute Morgen davon erzählt hätte.
„Das stimmt, Phillip Amsel. Das war aber nicht alles. Mir war zu diesem Zeitpunkt die Gesundheit

meines Sohnes wichtiger."
Rechts und links neben seinem Käfer standen viel größere Autos als sein Oldtimer. Er bekam richtig Platzangst in der alten Kiste. Oder hatte er womöglich eine komische Vorahnung? Rose machte es kurz, indem sie ihn geradeheraus fragte: „Was war mit dir und meiner Mutter?"
Das waren so Momente, wo man eine Stecknadel auf den Boden fallen hörte. Na ja, im übertragenen Sinn. Nicht in einem Käfer-Cabrio. Der alte Mann dachte kurz nach. Dann wurde er sogar etwas melancholisch.
Am liebsten würde er Rose fragen, was Cat ihr erzählt hatte. Aber das wirkte vielleicht etwas feige. Er schaute Rose direkt an, als er sagte: „Wir hatten eine sehr kurze Romanze." Phillip Amsel ließ bewusst das Wort *heftige* außen vor.
„Sie ist zusammen mit Harry aus der WG abgehauen. Also sind wir alle davon ausgegangen, dass die beiden etwas miteinander hatten. Von dir weiß ich seit ein paar Tagen, dass unsere Vermutung richtig war. Bitte entschuldige, aber es konnte damals keiner verstehen."
Der alte Mann schluckte. „Mir ist bis heute schleierhaft, was der Schweizer ihr erzählt hat, um sie herumzubekommen. Für mich ist damals eine Welt zusammengebrochen."
Rose schaute ihn nur an. Ihre Augen schwammen in kleinen Seen, als sie wortlos ausstieg und ihren Sitz nach vorne klappte, um den kleinen Phillip von der hinteren Sitzbank mitzunehmen. Bevor sie die Autotür schloss, nickte sie Phillip Amsel mit ausdrucksloser Miene zu. Was immer das zu bedeuten hatte.
Er blieb noch eine ganze Weile untätig mit dem

Lenkrad in der Hand in seinem alten Käfer sitzen und starrte durch die Frontscheibe auf eine riesige Werbetafel einer Mineralwasserfirma. Man hatte das Gefühl, die Flasche wäre kurz vor dem Explodieren. Als Cat damals einfach weg war, ging es ihm genauso.

Dass sie gegangen war, ohne ihm einen Brief zu hinterlassen. Ohne ihn anzurufen. Ohne ein Gespräch. Alles war auf einmal wieder da. Alles, was er längst überwunden hatte, kam durch das zufällige Treffen mit Rose und dem kleinen Phillip noch einmal mit aller Heftigkeit zurück.

Chick hatte immer gesagt: „Es gibt keine Zufälle, es gibt nur ein Zufallen."

Waren ihm Rose und der Junge vor ein paar Tagen zugefallen? Oder wie sollte er dies verstehen?

Für einen Moment dachte Phillip Amsel darüber nach, wie es wohl gewesen wäre, wenn er Cat gefunden hätte. Er hatte sich sogar ein Motorrad gekauft. Eine 175er Honda Geländemaschine. Natürlich hatte er überall nach ihr gesucht. Überall, das sagt sich so leicht dahin. Wo fängt man in einer Millionenstadt wie Sydney an und wo hört man auf? Damals war ihm siedend heiß klar geworden, dass er von Cat noch nicht einmal ihren Familiennamen wusste. Das war nichts Besonderes. Er wusste auch von keinem der WG-Mitbewohner den Nachnamen und von den Freunden bei den Surfern sowieso nicht. Die meisten kannte er nur mit ihren Spitznamen.

Auf ihrem Briefkasten in der Francis Street stand P. Amsel. Die Post seiner WG-Freunde hatte immer den Zusatz *to Phillip Amsel.*

Die ganze Geschichte war einfach hoffnungslos. Wäre Cat nicht verschwunden, wäre er heute vielleicht noch in Australien? Was für ein verrückter Gedanke.

Der Rückwärtsgang bei seinem Käfer-Cabrio ging immer etwas schwer zu schalten. Deswegen musste er sehr vorsichtig sein, um ein hässliches Krachen im Getriebe zu vermeiden. Hier auf dem Parkplatz vor dem überdimensionalen Mineralwasserplakat wollte er auf keinen Fall stehen bleiben.
Er wollte nur noch nach Hause.

Als er in Westgroßefehn ankam und seine Haustür aufschloss, fiel sein erster Blick auf sein Telefon. Jemand hatte versucht, ihn anzurufen und hatte dann auf den Anrufbeantworter gesprochen. Oben auf dem Gerät blinkte ein rotes Lämpchen. Beim Abhören erkannte er schon bei der ersten Silbe die Stimme von Chick. Wenn der alte Freund wüsste, wie oft er in den letzten Tagen mit seinen Gedanken in Australien war.
Chick wollte wissen, ob bei ihm alles in Ordnung sei. Er dachte einen Moment über die Frage nach und musste schweren Herzens feststellen, dass bei ihm gar nichts mehr in Ordnung war. Er fragte sich ernsthaft, wie der alte Bursche über tausende Kilometer hinweg seinen Seelenzustand spüren konnte. Er war sich sicher, Aborigines konnten so etwas. Man nennt diese Fähigkeit Telepathie. Als er damals für *Happy Red Car* als Fotograf im Outback unterwegs gewesen war, erzählte ihm ein Farmer eine außergewöhnliche Geschichte. Sie waren in Tennant Creek, an der Weggabelung auf den Stuart Highway abgebogen in Richtung Darwin und machten einen Zwischenstopp in einem Pub in Katherine.

Bill, so hieß der Farmer, saß mit seinen Stockmen – den australischen Cowboys – an der Bar. Eine Bar, das bedeutete in Australien eine Marathontheke mit unzähligen Zapfhähnen, flinken Wirten und Angestellten, die ständig damit beschäftigt waren, Bier zu zapfen.

Die trinkfreudigen, rauen Gesellen waren wie jeden Abend mit ihren Geländemaschinen und Stationwagons quer über die rote Staubpiste gekommen, um einige Bierchen zu genießen ... Ihre Cattle Station lag einige Meilen nordöstlich, Richtung Arnhem Land.

Bill erzählte von einem jährlichen Round Up. Bei diesem Ereignis kampierten sie wochenlang im Freien. Die Aufgabe der Stockmen war es, den Mob sicher von einem Wasserloch zum anderen zu führen.

Nicht selten stellte er für die Arbeit des Spurenlesens junge Aborigines ein. Die meisten von ihnen waren ausgezeichnete Reiter. Sie waren schon einige Tage unterwegs, als es abends am Lagerfeuer immer wieder Streitigkeiten bei der Essensausgabe gab. Die drei Aborigines bekamen wie alle anderen auch ihre Rationen zugeteilt. Zu dem einfachen Essen gab es noch zusätzlich Zucker, Tee und Zigaretten. Schon nach kurzer Zeit kamen die drei an die Essensausgabe zurück und verlangten nach mehr. Der Koch hatte keine Lust jeden Abend das Gleiche zu erklären. Deshalb wies er sie ab und nannte sie dumme Affen.

Die Aborigines verstanden die Welt nicht mehr und beschlossen, in der Nacht zu verschwinden. Weder die Pferde noch die Sättel waren ihr Eigentum. In der Früh wurde ihre Abwesenheit sofort bemerkt und dem Boss gemeldet. Er rief seine Spurenleser zu sich und ließ sofort Aufsatteln, um die Diebe zu verfolgen.

Weit draußen im Outback hielten sie an und zeigten auf kaum lesbare Hufabdrücke im Sand. „Genau hier haben sich die Flüchtenden in der Nacht mit ihren Frauen vom Stamme der Yawoyn getroffen, Boss", hieß es. Bill konnte

es nicht glauben. Wie in aller Welt sollen denn die Frauen eine Mitteilung erhalten haben?
Es gab kein Telefon und auch sonst keine Möglichkeit, in der kurzen Zeit eine Nachricht zu versenden. Eine weitere Verfolgung war sinnlos. Sie konnten in alle Himmelsrichtungen hin verschwunden sein. Im Sand gab es keine erkennbaren Spuren mehr. Um sich vor Verfolgern zu schützen, hatten die Diebe Äste oder Buschwerk hinter den Pferden hergezogen. Außerdem waren mittlerweile Stunden vergangen und der starke Wind in den Morgenstunden war auf der Seite der Aborigines. Bill schien noch immer ärgerlich über den Verlust der Pferde und der teuren Sättel zu sein. Doch was ihn bis heute vor allem beschäftigte, war die unfassbare Tatsache, dass die Kerle, wie er sie nannte, sich offenbar durch Telepathie verständigen konnten. Wenn sie zuerst zu ihrem Stamm geritten wären, um die Frauen abzuholen, wäre ihre Flucht zeitlich gescheitert.
Während der Farmer erzählt hatte, hatte Phillip Amsel sich jeden einzelnen der Jungs an der Theke angesehen und festgestellt, dass die unerbittliche Sonne und die Natur nicht nur das Land formten, sondern auch die Gesichter dieser australischen Cowboys.
Ihr Job war kein Zuckerschlecken. Im Gegenteil, er war die reinste Knochenarbeit.
Sie ritten auf ihren Pferden oder fuhren auf ihren Großmaschinen wie die Teufel. Der rote Staub war ihr ärgster Feind. Er drang in die feinsten Poren ihrer Haut und wurde auf ihren verschwitzten Gesichtern zu einer dicken, verkrusteten Masse. Bei einem Viehtrieb waren sie ununterbrochen damit beschäftigt, gegen das helle Licht und die stechende Sonne die Herde zu beobachten und den einzigen Schatten bot ihnen dabei ihr weitkrempiger Hut. Trotz aller Widrigkeiten hieß es, ständig auf der Hut zu sein und rechtzeitig etwaige Gefahren zu erkennen.

Ehepaar aus dem Northern Territory

Bill drehte sich auf seinem Barhocker zu Phillip herum und war neugierig zu erfahren, was ihn und seine Freunde nach Katherine verschlagen hatte. Seine Augen bildeten zwei Schlitze unter seiner Hutkrempe. Er erzählte ihm in wenigen Sätzen von ihrem Vorhaben, möglichst spektakuläre Fotos von den Geländewagen mit der knalligen Werbeaufschrift im Outback zu schießen, für ein Hochglanzprospekt einer Autovermietung in Sydney.

Bills zweite Frage war schon etwas spezieller. „Was denkst du als Einwanderer über die Aborigines?" Was sollte er nach der verrückten Geschichte, die er gerade gehört hatte, so spontan sagen? Bisher hatte ihn noch kein Australier so direkt gefragt. Der speckige Endvierziger in seinem weißen Hemd und der kurzen Turnhose, der Nationaltracht der Australier, legte abwartend seinen massigen Kopf in den Nacken und schaute ihn dabei herausfordernd an. Um noch etwas Zeit zu gewinnen und etwas länger nachzudenken, bestellte er sich noch einen neuen Pot und schaute aus dem Fenster auf die Straße. Drüben auf der anderen Seite gab es eine Arztpraxis. Es war ein kleiner, flacher, weißer, lang hingestreckter Bau. Direkt davor stand eine Mutter mit ihrem kleinen Säugling auf dem Arm. Beide waren erschreckend dürr und die von der Wohlfahrt gespendeten Kleider hingen an der jungen Frau wie auf hölzernen Kleiderbügeln. Rechts vor der Frau saßen ein paar verhutzelte Ureinwohner und rauchten an ihren filterlosen Zigaretten, bis sie sie nur noch mit spitzen Fingern festhalten konnten. Er deutet mit der ausgestreckten rechten Hand hinüber zu der bedauernswürdigen Gruppe und sagte zu seinem Gegenüber: „Man hat ihnen abgelegte Kleidung gegeben, man gibt ihnen Geld. Sie können Lebensmittel kaufen, Rauchwaren, Alkohol, all die Dinge, die der Supermarkt im Überfluss in seinen Regalen hat. Doch man hat noch nicht einmal den Versuch gemacht, sie zu verstehen. Auf der Fahrt von Sydney bis hierher haben wir in unzähligen kleinen Ortschaften und Siedlungen diese in Lumpen gekleideten Menschen gesehen und in ihren Gesichtern stand immer wieder die gleiche Frage: Was ist der Sinn unseres Lebens?"

Vermutlich hatte Bill nicht mit dieser Antwort gerechnet. Er drehte sich von ihm weg und sein Blick richtet sich starr auf das Flaschenregal über der Theke.

Nach einer halben Ewigkeit meint er nur: „Du bist ehrlich, German."

Martini's Lawn Service

Der alte Mann war müde. Der Tag mit Rose und der unharmonische Abschied von ihr ließen seine Gedanken nicht zur Ruhe kommen. Es würde nicht leicht werden, ihr zu sagen, was er von ihrem Vater hielt. Auf der anderen Seite hatte sie in den ersten fünf Jahren ihres Lebens mit ihm zusammengelebt. Und hatte sich in dieser Zeit eine eigene, wenn auch nur kindliche Meinung gebildet. Er konnte sich ganz gut vorstellen, dass ein kleines Kind ein total verklärtes Bild von einem Menschen hatte, der ihm nie etwas Böses tat und es innig liebte.

Vielleicht wäre es gut, mit Chick über alles zu reden. Der alte Freund lebte seit ein paar Monaten in einer Künstlersiedlung in der Nähe von Brisbane und war erst in der Frühe aus Perth von einem Besuch bei seiner Tochter zurückgekommen, wie er gut gelaunt erzählte.

Phillip Amsel war noch gar nicht zu Wort gekommen. In kurzen Sätzen versuchte er Chick über den Stand der Dinge zu informieren. Der konnte sich damals Cat und Harry genau so wenig wie die anderen Mitbewohner als Paar vorstellen.

Harry musste etwas Unglaubliches erfunden haben, das Cat ihm ohne Wenn und Aber geglaubt hatte. Danach hatten beide auf der Stelle ihre Habseligkeiten gepackt, um die WG fluchtartig zu ver-

lassen. Die beiden Freunde waren sich an diesem Punkt einig, die Wahrheit konnte ihnen nur Cat oder Harry selbst erzählen.
Chick war über den Freund erstaunt, dass ihn diese Frage nach fast fünfzig Jahren noch einmal so aufrührte und brennend beschäftigte. Als der alte Mann aufgelegt hatte, war er keinen Millimeter weitergekommen. Im Gegenteil, er fühlte sich in den letzten Tagen, durch die sich ständig wechselten Ereignisse und Stimmungen mit Rose und dem Jungen, furchtbar fahrig und ruhelos. Er lief durch sein Haus, wie ein aufgeschrecktes Huhn. Gab es womöglich doch einen Hinweis über Cats Flucht, den er übersehen hatte? Wenn ja, dann hatte er nie richtig darauf geachtet und irgendwo in seinen chaotischen Fotokisten lag friedlich schlummernd eine Notiz oder eine Fotografie, tief vergraben zwischen unwichtigen Schnappschüssen oder noch unwichtigeren Landschaftsbildern. Die nächsten Tage würde er sich nicht vom Fleck bewegen. Er hatte genügend Vorräte in seinem Kühlschrank, dass er keinen Fuß vor die Tür setzen musste. Außerdem gab es mindestens zwei gute Gründe, weshalb er den ganzen Foto- und Papierberg endlich ordnen und sortieren sollte.
Der erste Grund war sein Australien-Buch, dass er gerne schreiben wollte. Viele seiner Fotos lieferten ihm gleichzeitig längst verschüttete Geschichten. Der zweite Grund war die Hoffnung, einen Hinweis auf die ungeklärte Frage zu Cats Verschwinden zu finden. Nach einer halben Ewigkeit gab es tatsächlich etwas Licht am Horizont. Die zwei großen Fotoberge nahmen langsam ab. Dafür gab es am äußeren Ende seines Schreibtisches etliche kleinere Berge, die er in verschiedene Kartons einsortie-

ren musste. Auf dem Boden standen, neu beschriftet, die alten Kisten und Kartons. Er hatte ein System gefunden und das gab ihm ein gutes Gefühl. Sein Rücken tat ihm von dem vielen Bücken und Verteilen höllisch weh. Es war Zeit, Schluss zu machen und etwas zu essen.

Als er endlich vor dem bodentiefen Fenster im Lesezimmer saß, war es schon tiefe Nacht. Sein allabendlicher geliebter Sonnenuntergang war längst vorbei.
Das schwache Licht der Deckenlampe reichte nicht sehr weit in seinen Garten hinaus. Draußen gab es außer dunklen wackelnden Schatten, die der Wind verursachte, nichts mehr zu erkennen. Während er seinen Tee trank und sein Käsebrot aß, waren seine Gedanken immer noch bei Cat. Gab es denn wirklich keine einzige Person aus der damaligen Zeit, die ihm etwas mehr über die beiden Verschwundenen erzählen konnte?
Ihm war beim Sortieren der Fotografien ein Schnappschuss von ihm und Georg in die Hände gefallen. Daran musste er jetzt gerade denken. Sie standen beide auf einem sehr gepflegten Rasengrundstück hinter zwei nagelneuen Profi-Rasenmähern irgendwo in Rose Bay. Der gute Georg.
Mit ihm hatte er von heute auf morgen ein Rasenmäher-Geschäft aufgemacht. Sie nannten sich Matini's Lawn Service. Diese Geschichte war mehr als verrückt.

Eines Tages erschien Georg auf dem Gelände der Car Wash, um sich bei allen möglichen Leuten nach Harry zu erkundigen. Irgendjemand hatte den schüchternen Kerl damals zu ihm geschickt. Harry war schon vor längerer

Zeit wegen des Diebstahls entlassen worden. Im ersten Moment wirkte die Nachricht auf den armen Georg ziemlich überraschend. Wie sich herausstellte, wollten beide als Partner einen Lawn Service eröffnen. Georg hatte in der Zeitung inseriert, dass er nach einem Geschäftspartner suchte und Harry hatte sich bei ihm gemeldet. Natürlich war er nicht der einzige, der auf die Anzeige reagierte, aber er war der einzige Schweizer. Da Georg auch Schweizer war, konnten sie das Geschäft unter Landsleuten ausmachen.

Leider hatte sich Harry seit diesem Tag nicht mehr bei ihm gemeldet. Aus ihrem Gespräch wusste er allerdings, dass sein neuer Partner schon eine längere Zeit hier in Bondi Junction bei der Car Wash arbeitete.

Georg war kein großer Redner. Als sie beide so zusammen vor der Overallkiste standen, direkt neben der riesigen, ratternden Waschmaschine, fragte er ihn geradeheraus, ob er nicht anstelle von Harry sein Partner werden wollte.

Er hätte das ganze Equipment schon so weit angeschafft, dass sie sofort durchstarten könnten. Wenn er dazu Lust hätte, könnten sie sich am Abend bei ihm zu Hause in Coogee Beach treffen und über alles reden. Irgendwie war der dünne zappelige Typ ein netter Kerl. Warum sollte er sich eine solche Gelegenheit entgehen lassen. Hier bei der Car Wash gab es nichts zu verlieren. Er wollte sich alles, was der Schweizer zu sagen hatte, in Ruhe anhören. Danach würde er sich entscheiden.

Seit Phillip Amsel ein Motorrad hatte, waren solche Einladungen kein Problem mehr. Als er Chick von seinem Vorhaben erzählte, war dieser so neugierig wie ein altes Waschweib, sodass er unbedingt dabei sein wollte.

Georg wohnte in Coogee Beach, zusammen mit seiner Schwester Anna und deren Mann Peter, einem gebürtigen Holländer. Gleich zu Anfang ihres Gespräches fiel ihm diesmal auf, dass Georg eine schlecht operierte Ha-

senscharte unter seinem Vollbart versteckte. Das war ihm am Morgen in der Car Wash nicht im Geringsten aufgefallen. Dies war wohl auch der Grund, dass er beim Reden seltsame Pfeifgeräusche machte.
Es war offensichtlich, dass er sich in seinem gewohnten, familiären Umfeld viel sicherer fühlte, da er hier viel freier reden konnte als unter fremden Menschen in einer fremden Umgebung. Georg hatte zusammen mit seiner Schwester die ganze Geschäftsidee schon zu einhundert Prozent durchgeplant.
Ihr Vorhaben war recht einfach: In den Nobelvierteln Sydneys hatte keiner der Millionäre und Neureichen so richtig Lust, ihre Luxusvillen und alles, was an Händearbeit sonst noch damit zusammenhing, selbst zu pflegen. Aus diesem Grund nutzte der Geldadel sehr gerne sämtliche Dienste.
Georgs Plan war es, genau dies auszunutzen und einen Lawn Service nur in den feinsten Stadtteilen Sydneys anzubieten. Sein Augenmerk lag hauptsächlich auf der Double Bay. Dazu zählte er Rose Bay, Darling Point und ein kleines Randgebiet von Kings Cross.
Seine Schwester sollte die Buchhaltung übernehmen und weiterhin die Zeitungsinserate schalten, um die Auftragsbücher vollzubekommen.
Zu guter Letzt stellte sich noch heraus, dass der verrückte Kerl nach dem letzten Treffen mit Harry die komplette Ausrüstung bereits angeschafft hatte. Er war felsenfest davon überzeugt, in dem Landsmann einen zuverlässigen Partner gefunden zu haben. Seine Doppelgarage war eine tipptopp eingerichtete Werkstatt und hier standen sauber geputzt: ein Stationwagon, zwei Rasenmäher, ein Edge Cutter, Besen, Rechen und einige Heckenscheren. Als gelernter Flugzeugmonteur traute er sich die Wartung und Reparatur der Mähermotoren natürlich selbst zu. Als Georg mit seiner langen Rede am Ende war, schaute er ihn fragend an. So, als wollte er sa-

gen: Gibt es irgendetwas dagegen einzuwenden?
Phillip Amsel war von der Geschäftsidee rundum überzeugt. Aus diesem Grund blieb ihm nichts anderes übrig, als zu sagen: „Wann fangen wir an?"
An Georgs Gesicht konnte er in diesem Augenblick die Erleichterung ablesen. Der zappelige Schweizer hatte nach der schweren Enttäuschung mit Harry dringend darauf gehofft, in ihm einen neuen Partner zu finden. Zu allem Überfluss gab es noch eine zweite Überraschung an diesem Abend, in Person des holländischen Schwagers von Georg. Peter hatte angeblich eine Menge Dollars auf den Opalfeldern in Coober Pedy verdient. Sein Traum war es schon seit Jahren, Glasmosaik-Kruzifixe herzustellen. Vielleicht wollte er sich mit den Kreuzen für seinen Reichtum bei seinem Herrgott bedanken. Peter hatte selbst keinerlei künstlerische Begabung. Er brauchte unbedingt einen kreativen Kopf an seiner Seite.
Vermutlich hatte er Chick mit seiner Partnerschaft mit Georg angesteckt. Der Freund überlegte keine Minute und willigte strahlend ein, bei dem Holländer als Künstler mitzumachen. Georg scharrte ungeduldig mit den Hufen und meinte, sie könnten problemlos am nächsten Tag mit der Arbeit loslegen. Seine Schwester hatte tatsächlich schon die ersten Millionäre in der Double Bay als Kunden angeworben.
Die beiden neuen Partner verabredeten sich voller Erwartung in der Francis Street in Bondi Beach um halb acht. Ihr erster Auftrag war eine imposante Villa im viktorianischen Stil erbaut, mit riesigem Grundstück in der Rose Bay.
Er fühlte sich wie Cary Grant als Gärtner in einem Hollywoodfilm. Die weiße Villa ruhte auf massiven Marmorsäulen und war von der Straße aus über eine breite Kiesauffahrt zu erreichen. Für das Personal gab es natürlich seitlich einen Nebeneingang. Den Haupteingang und die prachtvolle Marmortreppe bewachten zwei le-

bensgroße steinerne Löwen auf schneeweißen Podesten. Am Ende des Kiesweges standen die Nobelkarossen des Besitzers unter stilvollen weißen, efeubewachsenen Carports. Links davon, hinter blühenden Hibiskus- und meterhohen Rhododendronhecken versteckte sich ein nierenförmiger silbrig schimmernder Swimmingpool. Die gepflegte Rasenfläche erstreckte sich leicht hüglig abfallend bis hinunter zum Ufer des Hafenbeckens, wo an einem hölzernen Bootsanleger die Motoryacht vor sich hin dümpelte. Er war im Paradies angekommen.

Phillip Amsel

Er saß noch immer vor dem kleinen Tisch am Gartenfenster. Wer ihn so sah, könnte meinen, er würde draußen irgendwelche Tiere beobachten. Aber es war tiefe Nacht. Der alte Mann träumte mit offenen Augen.

Neben seinem Teller lag das Foto von Georg und ihm als junge Unternehmer. Auf der Rückseite der Fotografie hatte er sich vor fast fünfzig Jahren eine Notiz gemacht. Da stand: *Martini's Lawn Service, Coogee Beach, Battery St. 1012. Phone: 37655555.* Das war damals ihre alte Geschäftsadresse mit ihrer Telefonnummer. Unvermittelt huschte ein kleines Grinsen über sein Gesicht. War das wieder so ein Zufall? Seitdem Chick zu ihm gesagt hatte: „Es gibt keine Zufälle, es gibt nur ein Zufallen", musste er immer daran denken.

Oder war es das, wonach er in den Bilderkästen und Kisten gesucht hatte? Eine mögliche Chance, um eine rätselhafte Frage zu lösen?

Die Telefonnummer war ein halbes Jahrhundert alt. Sie musste längst nicht mehr stimmen. Trotzdem wollte er es wissen. Was konnte man verlieren, wenn man eine uralte Telefonnummer wählte und eine falsche, nicht gewünschte Person abhob? Man würde sich entschuldigen und vermutlich nie wieder im Leben etwas voneinander hören.

In Sydney müsste es später Vormittag sein. Auf der anderen Seite der Welt würde nach seiner Wunschvorstellung ein alter Mann namens Georg in seinem Armchair sitzen und hinaus in seinen Garten schauen.
Er wählte mit leichtem Herzklopfen die Telefonnummer und hörte kurz darauf den australischen Freizeichenton. Eine weibliche Stimme meldete sich mit „Martini."
Wow ...!

Georg hatte geheiratet. Wahnsinn. Tatsächlich - der extrem schüchterne, nervöse, zappelige Kerl mit der schlecht operierten Hasenscharte und dem komischen Pfeifton beim Sprechen hatte geheiratet.
Bis die zaghafte Stimme am anderen Ende wissen wollte, wer er sei und was er wolle. Er bat um Entschuldigung und nannte seinen Namen. „Hier ist Phillip Amsel aus Germany." Er fragte noch gleich hinterher, ob er Georg sprechen könnte.
In der Leitung gab es eine längere, unangenehme Pause. Etwas lief falsch.
Wusste die Dame etwa von ihrem Streit, den er zum Schluss mit seinem Partner hatte und dem er danach von jetzt auf gleich die Freundschaft und die Zusammenarbeit aufgekündigt hatte? Er hatte gehofft, dass längst genügend Gras über die Sache gewachsen war.
Die Stimme räusperte sich und stellte sich als Anna Martini vor, die Schwester von Georg. Sie hatte ihn erkannt. Das spürte er. Das hörte er zwischen den unausgesprochenen Worten heraus. Sie nannte ihn jetzt Phillip und teilte ihm mit, dass Georg schon vor drei Jahren nach langer Krankheit an Lungenkrebs verstorben war. Ein Jahr danach folgte ihm

ihr Mann Peter völlig unverhofft nach einem Herzinfarkt.
Er wusste keine richtige Antwort auf so viel unverhofftes Leid.
In der Telefonleitung rauschte und knackte es. Keiner sprach, bis Anna von ihm den Grund seines Anrufes wissen wollte. Es war ihm in dieser Situation fast schon unangenehm, die Wahrheit zu sagen. Aber was sollte er erfinden?
Also erzählte er Anna seine ganze Geschichte. Von Rose und dem kleinen Phillip, die er beide bei einem Arztbesuch in Ostfriesland kennengelernt hatte und von der Tatsache, dass Rose die Tochter von Cat sei. Jene Cat, die ihn damals Hals über Kopf für Harry verlassen hatte. Genau hier war der Punkt, wo er ansetzen konnte, um Anna zu fragen, ob ihr verstorbener Bruder in den vielen vergangenen Jahren jemals wieder Kontakt mit Harry hatte.
„Du meinst Harry, den Blödmann?" fragte sie.
„Genau den. Du wirst es nicht glauben, was es für seltsame Dinge im Leben gibt." Aber Georg hat ihn tatsächlich auf eine ganz seltsame Weise wiedergetroffen.
Leider musste Anna seine Geduld an dieser Stelle auf eine harte Probe stellen, denn sie hatte einen festen Zahnarzttermin, den sie auf keinen Fall versäumen durfte. Sie hätte aber keinerlei Probleme damit, ihm die Geschichte weiterzuerzählen, wenn er sich morgen noch einmal bei ihr melden würde. Auf der einen Seite schien er tatsächlich auf einer neuen Spur zu sein. Auf der anderen Seite musste er gerade jetzt Geduld üben. Das war noch nie seine Stärke.
Zum Schlafen war es längst Zeit geworden.
Er war viel zu nervös, um ruhig einzuschlafen. Tau-

send Gedanken schwirrten ihm wie summende Bienenvölker durch den Kopf. Am liebsten wäre er aufgestanden, um Georgs Schwester zu erklären, dass er unmöglich länger warten konnte.
Der alte Sprungrahmen in seinem Bett hatte mit seiner Unruhe die größten Probleme und quietschte nervig bei jeder seiner ungeduldigen Umdrehungen.
Als der erste Lastwagen vor seinem Haus früh am Morgen über das bucklige Kopfsteinpflaster ratterte, war für ihn die Nacht endgültig vorbei.
Es hielt ihn keine Sekunde länger im Bett.
Immerhin hatte er es doch geschafft, bis sieben Uhr abzuwarten. In Sydney war es sechszehn Uhr Ortszeit. Er wollte wenigstens noch eine Tasse Earl Grey Tee trinken.

Am anderen Ende nahm Anna schon beim ersten Klingelton den Hörer ab, als hätte sie auf seinen Anruf gewartet.
Das „Hallo Phillip," klang für ihn so vertraut wie bei alten Bekannten, die fast täglich miteinander telefonierten.
Er wollte witzig sein und fragte nach ihren Zähnen. Sie konterte und sagte frech: „Die stehen noch vor mir im Glas." Das war für den Anfang nicht schlecht.
Doch Annas Geschichte interessierte ihn in Wirklichkeit viel mehr. Deshalb sprach er sie auch geradeheraus darauf an.
Sie holte noch einmal hörbar tief Luft, bevor sie mit der Story begann.
„Also Phillip, es ist alles schon eine Ewigkeit her", begann sie. „Aber trotzdem ist es mir, als wäre Georg erst gestern durch die Haustür hereingekom-

men und hätte mir schon vom Flur aus zugerufen: ‚Du glaubst nicht, wen ich heute getroffen habe'."

„Damals", sagte Anna wehmütig, „als ihr euch zerstritten hattet, war mein Bruder mit dem Lawn Service so gut wie am Ende." Offenbar hatte Georg all die Zeit keinen Pfennig Steuern gezahlt und das gute Finanzamt war ihm auf die Schliche gekommen. Wie, wusste keiner so genau. „Womöglich hattet ihr einen Kunden verärgert, der euch eins auswischen wollte. Der gute Georg hatte nicht den Mut, dir die Wahrheit zu gestehen. Auf keinen Fall wollte er das Geschäft aufgeben. Um von den hohen Kosten herunterzukommen, kamen wir auf die Idee, dir einen Lohnvertrag anzubieten" erzählte Anna. „Dass du damals so empört reagiert hast und mitten auf der New Beach Road aus dem Stationwagon ausgestiegen bist, war nicht vorhersehbar. Georg hat es ewig bereut, dich als Partner verloren zu haben. Auf jeden Fall konnte er die viele Arbeit nicht sehr lange allein bewerkstelligen. Eines Tages hatte er die Nase gestrichen voll."

Er war felsenfest davon überzeugt, sich eine feste Anstellung zu suchen. Es sollte nach Möglichkeit in der Nähe von Coogee sein, sodass er auch mit dem Fahrrad zur Arbeit fahren konnte. „Kurz und gut, er fand einen tollen Job als Hausmeister und Gärtner in der German International School in Kensington, direkt am Centennial Park auf der Darley Road."

Genau in diesem Moment gingen bei ihm, wie nach einer Kinovorstellung, tausend Lichter an und er war froh, dass ihn Anna nicht sehen konnte. Die Gute war im Redefluss und er hatte das Gefühl, dass sie noch lange nicht fertig war.

„Georg war mit seiner neuen Arbeit happy. Er

konnte sich seine Tätigkeit selbst einteilen und war sein eigener Herr. Eines Tages machten ihn einige der größeren Schüler auf einen komischen Kerl aufmerksam, der sich in den Pausen nahe des Schulhofes hinter den großen Mülltonnen aufhielt." Vermutlich hatten sie dort unauffällig eine Zigarette rauchen wollen. Sie äußerten den schlimmen Verdacht, dass es ein Pädophiler sein könnte.

„Georg musste der Sache nachgehen. Er schickte die Jugendlichen in den Innenhof, dort wo der Kiosk ist. Dann umkreiste er den ganzen Schultrakt, um sich unauffällig von der Parkseite aus dem Fremden zu nähern."

Harry hatte ihn erst gesehen, als er direkt vor ihm stand.

„Der Angsthase muss fast aus den Schuhen gekippt sein. Er musste sich natürlich rechtfertigen, was er hinter den Abfalltonnen zu suchen hatte."

Anna atmete hörbar aus. „Was mein Bruder zu hören bekam, war eine sehr traurige Geschichte. Georg hatte das Gefühl, dass sein Gegenüber froh war, endlich jemand gefunden zu haben, der ihm zuhörte."

Harry war drogenabhängig geworden. Bevor er nach Australien kam, war er schon wegen seiner Abhängigkeit und vieler kleiner krimineller Delikte rechtzeitig vor der Justiz aus der Schweiz geflohen. In Australien hatte er vor langer Zeit den Neuanfang gesucht. „Er fand eure Surfer-Clique in Bondi und war glücklich darüber, ein Teil davon zu sein. Leider war er aber nie richtig dabei. Er war süchtig und er fühlte sich als Außenseiter."

Sie fuhr fort. „Er musste seine Drogenabhängigkeit geheim halten. Er fand in der Gruppe keinen Komplizen. Das Schlimmste aber war das viele Geld, das

er ständig beschaffen musste, um seine Sucht zu befriedigen."
Das Elend hatte ihn immer wieder dazu getrieben, zum Dieb zu werden. Der Rauswurf bei der Car Wash in Bondi Junction war nicht der einzige Tiefpunkt in seinem Leben geblieben.
„Es gab sogar immer wieder einmal Hoffnung für ihn. Als er sich damals bei euch mit Cat aus dem Staub machte, war er voller guter Vorsätze."
Harry hatte durch einen alten Bekannten aus seiner Zeit als Dekorateur bei Grace's Brothers einen neuen Job als Plakatmaler in einer Werbeagentur in Kensington bekommen. „Endlich konnte er einen Neuanfang, zusammen mit einer sehr hübschen Partnerin an seiner Seite, starten. Das alte Leben war Vergangenheit. Es war alles neu angerichtet. Sogar mit einer schönen Zwei-Zimmer-Wohnung, zwei Schritte von der Werbeagentur entfernt."

Bis zu diesem Zeitpunkt hatte der alte Mann still zugehört. Die ganze Zeit über hatte nur Anna geredet. Ihre Geschichte über Harry klang für ihn plausibel. Bis auf einen Punkt – und das war Cat. Was hatte sie im Leben eines Drogenabhängigen verloren? Noch unerklärlicher blieb nach wie vor die Frage: wie hatte er es geschafft, sie davon zu überzeugen, mit ihm zu gehen?
Anna musste ihm recht geben. Zu seiner Überraschung wusste sie sogar die Antwort.
Ihr Bruder hatte sich in den kommenden Wochen immer wieder mit Harry getroffen. Meistens machten ihn die jugendlichen, heimlichen Raucher auf den „Penner bei den Mülltonnen" aufmerksam, wie sie ihn leider nannten.
„Harry hatte, wie du ja mittlerweile weißt, eine

Tochter namens Rose, die damals auf die German International School ging. Das war der Grund seiner heimlichen Beobachtungen. Er wollte auf keinen Fall von seiner Tochter in seinem verwahrlosten Zustand erkannt werden. Sie sollte nicht sehen, was die Sucht aus ihm gemacht hatte." Mittlerweile, so Anna weiter, machte er sich tatsächlich massive Vorwürfe darüber, dass er Cat dazu überredet hatte, mit ihm zu kommen. Er sah sich als Versager und Verlierer.

„Eines Tages gestand er Georg, wie er sie dazu gebracht hatte: Harry bewunderte euch alle in der Surfer-Clique und in der WG. In Cat verliebte er sich wohl am gleichen Tag wie du, als sie als Model an der Car Wash gebucht war. Von diesem Moment an versuchte er einen Keil zwischen euch zu treiben. Schließlich erfand er eine richtig miese Geschichte ... Er erzählte Cat, dass Chick und du ein schwules Paar seid. Ihr hättet euch aber neuerdings für eine offene Beziehung entschieden und du wolltest zumindest einmal eine Liebelei mit einer Surfi ausprobieren. Tatsächlich sei es aber so gewesen, dass du mit Chick in jeder freien Minute weiter zusammenhingst. Er wäre fest davon überzeugt, dass ihr nicht voneinander lassen könnt." Das muss Cat an diesem Tag einen richtigen Schlag versetzt haben.

Der alte Mann musste schwer durchatmen. Wie konnte ein Mensch nur so hinterhältig und fies sein?

Anna hörte sein herzzerreißendes Aufstöhnen.

Nach einer halben Ewigkeit sagte Phillip Amsel, was er tatsächlich dachte: „Am liebsten würde ich dem Kerl heute noch dafür an den Kragen gehen."

„Es weiß keiner, wo er ist, Phillip", so Anna. Er

hatte Georg auch noch in der Schule besucht, als Rose längst keine Schülerin mehr war und an der Macquarie University Jura studierte.
Sie atmete hörbar aus und fuhr dann fort. „Als mein Bruder vor ein paar Jahren pensioniert wurde, ist der Kontakt schlagartig abgebrochen. Harry wollte immer zurück in die Schweiz. Das ist das einzige, was ich dir noch sagen kann.“ Sollte er wirklich dort noch leben, würdest du vermutlich heute einen alten, kranken, gebrochenen Menschen vorfinden, der sein ganzes Leben durch Drogen, Lügen und Stehlen vergeudet hat.“
Für Cat musste die Trennung von Harry wie eine Befreiung gewesen sein. Da er es nie länger in einem Job aushielt, war sie diejenige, die den Unterhalt für die Familie durch ihre Aufträge als Model aufbringen musste. Die große internationale Karriere blieb ihr leider verwehrt. Ihr war es viel wichtiger, dass Rose in einer gesunden Umgebung aufwuchs. Wenn man den Artikeln in der *Woman's Weekly* Glauben schenken konnte, zählte sie in ihren besten Jahren zu den Topmodels des Landes.
„Jetzt kennst du die Wahrheit“, schloss Anna. „Was du mit ihr machen willst, ist ganz allein deine Entscheidung.“
Der alte Mann fühlte sich überfordert und innerlich leer. Leer wie ein toter Baum, den irgendein schrecklicher Parasit von innen heraus aufgefressen hatte. Harry war ein Parasit. Er biss sich ganz gezielt an Menschen fest, von denen er glaubte, dass sie stark genug seien, ihn mit durchzufüttern.
Wie hatte Cat es nur geschafft, die schreckliche Wahrheit über ihren Vater von Rose fernzuhalten? Anna war immer noch in der Leitung. Er hatte sie bei seinem wirren Gedankenkarussell vergessen.

Sie konnte ganz gut seine Gefühlsregungen verstehen. Aus diesem Grund verlangte sie von ihm keine großen Worte.
Das Einzige, was sie zu ihm sagte, war: „Du wirst Zeit brauchen, um die Wahrheit zu verdauen. Wenn du so weit bist, würde ich mich über einen Anruf von dir sehr freuen."

Er hatte noch einmal frischen Tee gekocht. Earl Grey, seine Lieblingssorte. Es war eigentlich viel zu früh am Tag, um sich an seinen Fensterplatz im Gartenzimmer zu setzen. Aber hier kam er am besten zur Ruhe. Vielleicht war das bodentiefe Fenster mit dem kleinen Tisch und dem Stuhl davor, mit dem freien Blick in den Garten, ein magischer oder mystischer Ort in seinem Haus, ohne dass er es wusste.
In seinem Leben gab es bisher nur einen magischen Ort, der bei ihm eine bleibende, tiefe Erinnerung hinterlassen hatte und das war der Uluru im Zentrum Australiens.
Damals, als er für *Happy Red Car* als Fotograf mit den beiden Fahrern Barry und Dan im Outback unterwegs war, konnte er den Uluru oder *Oolera,* wie ihn die Aborigines nannten, aus nächster Nähe kennenlernen.

Kuperee

Sie waren erst gegen Mittag aus Alice Springs Richtung Uluru und Kata Tjuta, den Mount Olgas, losgefahren. Die vierhundert Kilometer durch The Red Central *erschienen ihm damals wie eine halbe Ewigkeit. Von allen Seiten drang der rote Sand als feiner Sandstaub in die Fahrerkabine. Stunde um Stunde fuhren sie durch dürres, trostloses, menschenleeres Niemandsland. Nur ab und zu wurde die Einöde aufgelockert durch fahle Eukalyptusbäume und gigantische Termitenhügel. Bis am Abend mit dem letzten Tageslicht der Zauberberg in seinem leuchtenden Rot endlich rechts von der Fahrspur am Horizont auftauchte.*

Durch die unterschiedlichen Sonnenstände und die wechselnden Tageszeiten änderten sich die Farbtöne seiner Oberfläche von braungrau über braun bis orange und einem kräftigen Rot zur Tagesneige.

Sie fanden schnell einen geschützten Lagerplatz und ohne viel zu reden baute jeder sein einfaches Zelt auf, das mit einer einzigen Stange in der Mitte in wenigen Minuten stand. Jemand sollte ein Lagerfeuer machen.

Er bot sich freiwillig an und suchte in der näheren Umgebung nach Feuerholz. Es herrschte eine beängstigende Stille. So, als wollte der Ort zu ihnen sagen: Ihr habt hier nichts zu suchen. Das ist das Land der Aborigines. Das ist heiliges Land, schert euch zum Teufel.

Doch keiner von ihnen beachtete die Warnung.

Durch die wahnsinnige Vielzahl der Sterne am Himmel konnte er immer noch genügend sehen.
Trotzdem musste er vorsichtig sein. Jeder Ast konnte sich auch als eine Schlange entpuppen, die immer noch faul im warmen Sand lag.
Plötzlich merkte er, dass er beobachtet wurden. Am Rande der Lichtung bewegte sich etwas Dünnes und Großes, ganz langsam, wie in Zeitlupe. Es sah für ihn aus wie eine schwankende Vogelscheuche mit wackelnden Ohren.
Bei näherem Hinsehen erkannte er an der witzigen Haltung, dass es ein ausgewachsenes Känguru war, mit den viel zu kurzen Vorderläufen und einem niedlichen Hasenkopf. Es war kein kleines Red Boomers Baumkänguru.
Als er das Tier so ansah, musste er an eine mystische Geschichte aus der Mythologie der Aborigines denken, die von einem schwarzen, riesigen Känguru und dem magischen Ort rund um den Uluru erzählte.

Einst hielt ein riesiges Känguru namens Kuperee das Land um den heiligen Berg in Angst und Schrecken. Tod und Zerstörung waren sein Werk. Die Aborigines, die damals hier lebten, waren auf der Sonnenseite die Mala, genannt die Hasenkänguru-Menschen und auf der Schattenseite die Kunia, genannt die Teppichschlangen-Menschen. Beide Stämme wussten sich keinen Rat mehr. Wer sich gegen das schwarze Ungeheuer stellte, war dem Tode geweiht. Viele waren schon ausgezogen, um ihren Mut zu beweisen und nie mehr nach Hause zurückgekehrt. Da erzählte man sich, dass Burdamuk, der Führer der Hasenkänguru-Menschen eine Steinaxt besaß, mit großer Zauberkraft.
Doch Burdamuk war schon alt und sehr gebrechlich. Aus diesem Grund traute er sich auch nicht mehr zu, selbst mit der Zauberaxt gegen das schwarze, mächtige Känguru anzutreten. Sein Stamm beschwor ihn in seiner

Angst, trotz seiner körperlichen Schwäche, das Land von dem Monster zu befreien und sich ganz auf die Zauberkräfte seiner Axt zu verlassen. Doch Burdamuk war ein schlauer Mann und wusste, dass die Zeit noch nicht gekommen war. Die Menschen hingegen konnten ihn nicht verstehen. Die Situation schien aussichtslos. Da erschienen Indinya und Pilia, die beiden ältesten Söhne des weisen Führers und baten darum, mit ihrem Vater zu sprechen.

„Das schwarze Känguru hat unser Volk und unser ganzes Land in Angst und Schrecken versetzt. Das schlimme Ungeheuer herrscht mit einer unermesslichen Kraft über die Stämme der Mala und der Kunia und alles Getier. Das grausame Töten muss ein Ende haben", sagten sie. „Wir sind bereit, Vater, denn mit deiner Zauberaxt können wir Kuperee vernichten."

Der alte Anführer war voller Stolz auf seine Söhne. Er rief die Ältesten beider Sippen auf dem Versammlungsplatz zusammen und die ganze Nacht besangen und betanzten beide Stämme die Zauberaxt, bis die goldene Sonne am Himmel aufging.

Gestärkt durch den mächtigen Zauber des Corroborees machten sich die beiden Brüder auf den Weg, das Ungeheuer in seinem Nachtlager zu überraschen und zu töten. Als sie an ihrem Ziel ankamen, war ihre Enttäuschung groß. Alles, was sie vorfanden war eine ausgedörrte tiefe Sandmulde, randvoll gefüllt mit den abgenagten Knochen der letzten Opfer des Monsters. Indinya, der ältere der beiden Brüder, war sich sicher, dass das unheimliche Tier nach geglückter Jagd an diesen Ort zurückkommen würde. Zur Vorsicht versteckten sich die beiden ganz in der Nähe, im Geäst eines dichten Laubbaumes und warteten dort, in sicherer Höhe voller Tatendrang.

Plötzlich hörten sie ein tiefes, grollendes Donnern und für einen kurzen Moment blieb die goldene Sonne verdeckt. Mit einem mächtigen Satz war das schwarze Un-

geheuer an ihnen vorbeigesprungen und zwischen den vielen hundert Knochen in seiner Schlafmulde gelandet. Kuperee war viel größer, als die Brüder es sich jemals vorgestellt hatten. Aufgeregt schleuderten sie zuerst ihre Speere gegen den schwarzen Koloss. Doch die Waffen zerbrachen, ohne den geringsten Schaden anzurichten. Wild und rasend vor Wut erhob sich das Monster aus der Knochengrube und stürzte brüllend und schnaufend seinen Angreifern entgegen.
Vor lauter Angst hatten sich die Brüder in der Zwischenzeit noch viel höher in die Baumkrone geflüchtet. Kuperee war nicht nur riesig und stark, es war auch wahnsinnig schlau. Innerhalb eines Wimpernschlages versuchte das teuflische Tier mit seinen scharfen Krallen den Baum auszugraben. Den beiden Brüdern konnte einzig und allein nur noch die Zauberaxt helfen. Indinya hatte sie schon ungeduldig in seine Wurfhand genommen und wartete auf den passenden Augenblick. Der Baum, auf dem sie saßen, begann schon beängstigend unter ihren nackten Füßen zu schwanken. Als das riesige Monstertier endlich nach oben, in das Geäst hinaufblickte, war der passende Moment gekommen, auf den der junge Krieger gewartet hatte, um die Axt des Vaters mit aller Kraft gegen den Schädel des Ungeheuers zu schleudern. Wie von selbst grub sich die geweihte Waffe des alten Burdamuk tief in das Hirn des wilden Tieres, das auf der Stelle tot war. Die Kunde der erfolgreichen Jagd verbreitete sich schnell rund um den Uluru. Von diesem Tag an konnten die beiden Stämme, die Mala und die Kunia, wieder ohne Furcht jagen und über die weite Steppe ziehen.

Phillip Amsel hatte eine ganze Weile vor sich hingeträumt. Als er genug trockenes Geäst aufgesammelt hatte, stellte er fest, dass das lange, dünne Känguru ihn aus sicherer Entfernung immer noch beo-

bachtete.
Durch das viele Feuerholz war er mittlerweile bis unters Kinn beladen und praktisch wehrlos, falls ihn das Tier angreifen sollte.
Bisher hatte er noch nie gehört, das Kängurus grundlos Menschen angriffen, außer wenn sie sich in die Enge getrieben fühlten oder wie in seiner Traumzeitgeschichte, wenn das lange, dünne Tier, das ihn ständig beobachtete, wie Kuperee ein Monster wäre. Wieder einmal wurde ihm bewusst, dass in allen Geschichten, die er über die Aborigines gehört oder gelesen hatte, die Grundlage ihres Glaubens immer die *Traumzeit* war. Eine endlose Periode, die sich von der Vergangenheit bis zur Gegenwart erstreckt und in dieser Traumzeit bevölkern Totems wie das Känguru, das Opossum und die Wasserschlange die Wüste. An heiligen Plätzen wie dem Uluru hinterließen sie für die nachfolgenden Generationen ihre Kraft.
Spuren dieser Traumzeit, so war es überliefert, überzogen die Wüsten und Steppen Australiens kreuz und quer wie ein Spinnennetz.

Durch das Suchen des Feuerholzes hatte er sich immer mehr von ihrem Lagerplatz entfernt. Ab und zu schaute er hinüber zu dem anhänglichen Tier, das ständig mit ihm lief. Bei seiner Rückkehr in das Lager hatten Barry und Dan schon längst Feuer entfacht. Sie waren besorgt darüber, weshalb und wo er so lange in der Dunkelheit unterwegs war. Er überlegte kurz, ob er ihnen von dem komischen Känguru berichten sollte, das ihn die ganze Zeit in der Dunkelheit begleitet hatte. Oder die verrückte Geschichte von Kuperee, dem schwarzen Ungeheuer. Besser nicht.
Deshalb legte er die trockenen Äste an der Feuerstelle ab

und murmelte eine Entschuldigung, dass er sich lediglich etwas verlaufen hätte. Im australischen Outback war Dosenbier das wichtigste Getränk überhaupt. An jedem Lagerfeuer gehörte es genauso dazu wie die unvermeidliche Packung Marlboro.

Als er eine Stunde später in seinem Zelt lag, dauerte es keine Minute und er war nach dem anstrengenden Tag tief und fest eingeschlafen.

Lange nach Mitternacht riss ihn ein mächtiges Getöse aus der ersten Tiefschlafphase. Draußen rasten ungeheure Windkräfte über die Steppe und ihre drei Zelte hinweg. Kräfte, gegen die der Mensch machtlos ist. Er war schon nach dem ersten Windstoß aufgesprungen und hatte mit beiden Händen versucht, die Zeltstange festzuhalten.

Das Rütteln und Pfeifen entfernte sich nur kurz, um danach noch heftiger zurückzukommen. In der Ferne hörte er jämmerlich zwei, drei Dingos heulen.

Nebenan konnte er seine beiden Kameraden Barry und Dan fluchen hören. Anscheinend waren ihre Zelte zusammengebrochen. Es war ein Sandsturm, der in wenigen Minuten um den Uluru herum sein Unheil anrichtete.

Als alles vorbei war, konnten sie noch in zehn, zwanzig Metern Entfernung ihre Kochutensilien und Wasserbehälter zusammensuchen. War das der etwas heftigere Hinweis, dass sie auf heiligem Land nicht erwünscht waren?

Coober Pedy

Das Telefon klingelte und riss ihn unsanft aus seinen Tagträumen in die Realität zurück. Wie immer hatte er eine Vorahnung, wer es sein könnte, bevor er den Hörer abhob. Auf dem Weg zu dem altmodischen Gerät, von dem er sich, wie von so vielen liebgewonnenen Dingen, nicht trennen konnte, dachte er an Rose.

Von dem langen Sitzen an seinem Fensterplatz hatte er, wie so oft in letzter Zeit, Kreuzschmerzen bekommen, die er jetzt beim Laufen erst so richtig spürte.

Am anderen Ende der Leitung war es wirklich Rose, die ihn mit einem freundlichen Hallo begrüßte. Er war erleichtert. Schließlich war ihr letztes Gespräch, auf dem Parkplatz vor dem Autohaus von Hansen Automobile in Aurich, nicht gerade harmonisch verlaufen. Um ihre Unterhaltung schnell in ein ruhiges Fahrwasser zu bringen, fragte er nach dem Befinden des kleinen Phillip.

Rose konnte ihn beruhigen, der Junge sei wieder genauso quirlig und fit wie vor dem Unfall. Sie war sogar davon überzeugt, er käme ihr noch viel aufgedrehter vor, was aber eigentlich gar nicht sein könnte.

Auf jeden Fall wollte er morgen zum ersten Mal nach Friedeburg zum Fußballtraining und das sei

auch der Grund ihres Anrufs. Der kleine Phillip wünschte sich nämlich, dass der alte Mann ihn begleitete.
Phillip Amsel war im ersten Moment sprachlos.
Er war es ganz und gar nicht gewohnt, dass jemand über seine Zeit bestimmte. Außerdem befiel ihn in den vergangenen Wochen immer wieder das starke Gefühl, dass durch die Zufallsbegegnung mit Rose und dem Jungen sein ganzes Leben von heute auf morgen auf den Kopf gestellt wurde. Auf der anderen Seite fühlte er sich sogar etwas geschmeichelt darüber, dass der kleine Kerl gerade ihn dabei haben wollte. Womöglich hatten den Lockenkopf sogar seine Fußballgeschichten mit Charly und dem roten Hännes dazu animiert. Dass er unbedingt mit ihm zum Training gehen wollte, könnte natürlich auch damit im Zusammenhang stehen, dass er keinen Vater mehr hatte. Es gab bestimmt eine Menge Jungs, die auf gar keinen Fall mit ihrer Mutter zum Fußballtraining gehen wollten. Zu dieser Spezies würde er sich selbst auch zählen. Damals, in seiner Kindheit, wäre er mit seinem dominanten Vater aber auch nicht gerne zum Training gegangen. Rose wollte wissen, ob er noch in der Leitung sei. Natürlich. Er blieb bei der Wahrheit und sagte ihr, dass er nur ganz kurz über seine eigene Fußballzeit nachgedacht habe. Außerdem sei es für ihn eine große Ehre, einem zukünftigen Fußballstar bei seinem ersten Training zu zuschauen.
Dass Rose sich freute, konnte er leicht an ihrem mädchenhaften Lachen erkennen. Dann wurde sie doch noch ernst und meinte: „Phillip vermisst in solchen Situationen Eike, seinen Vater, sehr."
Der alte Mann sagte ihr, dass er noch eben genau den gleichen Gedanken hatte. „Vielleicht möchtest

du mir ja bei einer Tasse Tee mehr über Eike erzählen?“ Er konnte es in der Leitung knistern hören, als Rose darüber nachdachte.
Ihre Antwort war so kurz, dass er daraus keine wirklichen Schlüsse ziehen konnte. Sie hatte ihm nur mit „morgen, vierzehn Uhr“ geantwortet und dann einfach aufgelegt.

Draußen regnete es Bindfäden. Im Radio meldete eine nette Frauenstimme erst zum Abend hin eine Wetterbesserung. Für den morgigen Tag war Sonnenschein angesagt. Damit wäre zumindest das Fußballtraining für den kleinen Lockenkopf in trockenen Tüchern, wie man so schön sagte.
Den Rest des heutigen Tages könnte er mit dem stumpfsinnigen Sortieren seiner Fotokisten sinnvoll ausfüllen. Von Anna hatte er am frühen Morgen eine Menge Informationen über Harry erfahren, die er noch gar nicht richtig verarbeiten konnte.
Eigentlich wäre es am leichtesten für ihn, wenn er mit Rose über alles reden würde. Doch dann bestand die Gefahr, ihr auch noch ihre glücklichen fünf Kindheitsjahre mit ihrem Vater zunichte zu machen. Das konnte er auf keinen Fall riskieren.
Wenn er darüber nachdachte und die ganze Wahrheit wissen wollte, blieb ihm nur das direkte Gespräch mit Cat übrig. Doch dazu fühlte er sich im Moment noch nicht im Stande. Er ging hinüber zu seinem überladenen Schreibtisch, und setzte sich mit einem müden Seufzer auf den lederbezogenen, wippenden Schreibtischstuhl.
Mit einem blinden Griff bediente er sich an einem der unzähligen Fotoberge, die vor ihm lagen und fand auf Anhieb zwei Fotos von Barry, Dan und sich am Lagerfeuer vor dem Uluru sitzend. Das Bild

passte wunderbar zu seiner verrückten Geschichte von dem schwarzen Känguru Kuperee und dem anschließenden unheimlichen Sandsturm in der Nacht, unter dem Stern des Südens. Das zweite Foto zeigte ihre drei roten Range Rover mit der knalligen Beschriftung von *Happy Red Car* kurz vor Coober Pedy, der legendären Opalstadt mit ihren tausenden und abertausenden Maulwurfshügeln im Hintergrund, mitten in der Leere des Outbacks.

Sie hatten alle drei einstimmig beschlossen, den heiligen, 500 Millionen Jahre alten Berg der Aborigines nicht zu besteigen, wie so viele Backpacker und Touristen vor ihnen; sondern ihn zurückhaltend und mit dem nötigen Respekt den Ureinwohnern gegenüber zu behandeln, wie es der Stamm der Anangu schon seit vielen Jahrzehnten forderte, auf dessen Land sich der Uluru befand. Für sie war der leuchtende Fels von großer spiritueller und kultureller Bedeutung und kein Spielplatz für Wochenendbergsteiger. Natürlich gab es diese Verbote der Besteigung heiliger Berge auch an anderen Orten. Als der heiligste Berg aller Berge galt der Kailash in Tibet. Da nach dem Glauben der Buddhisten und Hindus Shiva auf dem Berg thronte, wäre eine Bergtour einer Gotteslästerung gleichgekommen. Parallel dazu galt das gleich Tabu für den Jichu Drake im Himalaya-Königreich Bhutan.
Aus diesem Bewusstsein heraus schien eine Wanderung hinüber zu den Mount Olgas oder Kata Tjuta, wie sie die Ureinwohner nannten, und eine Umrundung des Uluru viel angebrachter. Außerdem konnte man im Outback überall spektakuläre Fotos für das Happy Red Car *Hochglanzprospekt schießen.*
Da ihre vorgegebene Reisezeit immer mehr zur Neige ging, mussten sie schon am nächsten Tag das spirituelle Zentrum der Aborigines verlassen. Für die Ureinwohner

hatte der magische Berg mit Sicherheit die gleiche Bedeutung wie für die Katholiken der Vatikan in Rom. Am frühen Morgen ging es schon wieder zurück auf den Stuart Highway Richtung Coober Pedy, die Stadt der Opal Digger. Die Stadt der Glücksritter, die Opalhauptstadt der Welt. Wer einmal hier gelandet war und mit der Suche nach den weißen oder schwarzen Halbedelsteinen begonnen hatte, kam selten wieder davon los. Es war einer der seltenen Plätze auf dieser Erde, wo die Menschen es vorzogen, zum Schutz gegen die sengende Sonne, dem immerwährenden Staub, den Millionen lästiger Fliegen und der bitteren Kälte der Nacht in unterirdischen Wohnhöhlen, in so genannten Dug-Outs zu leben. Er hatte schon vorher davon gehört, dass es diese Höhlen gab und schließlich Barry und Dan leicht davon überzeugen können, dass es bestimmt eine riesige Sache sei, die einmalige Schlafgelegenheit für ein oder zwei Nächte zu nutzen.

Wegen der leidigen Staubwolken, die ihre drei Land Rover verursachten, war es ratsam, langsam auf der Mainstreet in die Maulwurfshügel-Stadt hineinzufahren.

Wahrscheinlich war für alle Besucher von Coober Pedy, nach einer acht- oder neunstündigen monotonen Autofahrt aus dem roten Zentrum Australiens und das auch noch auf der staubigsten Piste der Welt, die wichtigste Anlaufstelle der Supermarkt. Beim Aussteigen aus den Geländefahrzeugen begann schon der erste Insektenüberfall auf sie in Form von Millionen lästiger Fliegen. Sie kamen in riesigen, schwarzen Wolken und hatten keine andere Aufgabe, als die Menschen in der Opalminensiedlung zu quälen. Innerhalb nur weniger Sekunden versuchten sie ohne Erbarmen in die Nasenlöcher und die Ohren ihrer Opfer zu kriechen.

Sie hatten alle drei das gleiche Bedürfnis und wollten au-

genblicklich in ein Wasserbassin springen, um die Schmarotzer in ihrer ohnmächtigen Wut zu ersäufen. Doch das Naheliegendste war nun mal die Flucht nach vorn in den Supermarkt.
Hier war sogar die Ware in den Regalen durch eine dicke Plastikfolie vor dem elenden, roten Wüstenstaub geschützt. Dieser feine Staub machte vor nichts und niemandem halt. Er kroch durch die Türen der Shops, der Hütten, der Pubs, er lag auf den Theken und Regalen und würde sofort wieder alles unter sich begraben, was der Mensch in unsäglich mühevoller Anstrengung erschaffen hatte. Wie viel Tage betrug wohl die Zeit auf der Sanduhr, bevor die Stadt wieder unter einem dichten undurchdringlichen Staub und Sandmantel erdrückt würde, wenn die Bewohner nicht zu jeder Stunde darangingen, sie wieder frei zu schaufeln? Vermutlich wären die wenigen Hütten, Häuser und Gerätschaften in weniger als einem Jahr von der Erdoberfläche verschwunden. Barry meinte damals, sie würden wenigstens noch als komische Sandhügel in der Wüste herumstehen. Bevor sie nach Coober Pedy kamen, hatten sie sich keine richtigen Gedanken über die Digger gemacht, die hier tagtäglich einen irrsinnigen Kampf gegen die Natur austragen mussten, um zu überleben.
Schon der Name der Stadt hatte einen geheimnisvollen Klang, wie aus einer Abenteuergeschichte von Jack London – der Vergleich mit den rauen Gesellen aus der Zeit des Goldfiebers war gar nicht so verkehrt.
Coober Pedy hieß in der Sprache der Ureinwohner kupa piti *und bedeutete so viel wie „weißer Mann lebt in Loch“. Irgendjemand hatte hier 1915 Gold gewittert und stattdessen Opale gefunden. Danach kamen immer mehr Glücksritter und seit dieser Zeit gab es die Stadt in der Wüste.*

Mit etwas Glück war es ihnen tatsächlich gelungen, über

den Geschäftsführer des Supermarktes eine der unterirdischen, leer stehenden Wohnhöhlen zu mieten.
Sie waren alle drei begeistert, den Fliegen, dem Wüstensand und der Hitze entfliehen zu können. Über Tage zeigte das Thermometer 40°C-50°C an. Unter der Erde herrschte dagegen immer eine gleichmäßige Temperatur von 23°C.
Außerdem hatte die Luxushöhlenwohnung ohne Fenster eine Dusche mit einem vollen Wassertank. Das war nach der tagelangen Fahrt durch das rote Zentrum Australiens, das sogenannte never never, *auf der sie bloß die Möglichkeit zur Katzenwäsche hatten, ein wahrer Segen. Leider war das mit dem Wasser in der Wüstenstadt keine Selbstverständlichkeit. Jeder Tropfen kostete die Bewohner richtig Geld. Um Regenwasser in großen Wassertanks aufzufangen, wie es allerorten in Australien üblich war, regnete es in dieser Region zu selten, so gut wie nie. Deshalb erfanden schlaue Menschen eine Wasserplantage, wo das knappe Brunnenwasser unter länglichen Glasdächern kondensiert und entsalzen wurde. Was man aus einem Dug-Out-Home alles machen konnte, war die nächste Überraschung und grenzte fast schon an ein kleines schöpferisches Wunder.*
Die tonfarbenen Wände mit den vielen Abrundungen und eingemeißelten, ausgefrästen Nischen, Regalen und Podesten hätten sogar das Herz von Designern wie Luigi Colani oder Künstlern wie Friedensreich Hundertwasser höher schlagen lassen. Nach dem Duschen waren sie alle drei hungrig wie die Wölfe. Der Lebensmittelpunkt – wie sollte es in einem Nest wie Coober Pedy anders sein – war natürlich das Pub. Als sie aus ihrer Höhle hinaustraten, fühlte sich Phillip wie ein Maulwurf, der unvorbereitet aus seinem Erdloch an die Erdoberfläche kommt und direkt mit der Sonne konfrontiert wird.
Die grelle Helligkeit erschlug ihn fast. Der Horizont verschob sich und ein unwirkliches Flimmern überlagerte

die Zone, wo der Himmel und die Erde zusammenstießen. Unablässig rieselte der aufgewirbelte Staub auf die schmutzige Mainstreet herab.
In Johnny's Pub war es ein bisschen so, als würden man mit dem Betreten der Bar von einer Zeitmaschine einhundertfünfzig Jahre zurückgebeamt.
Sie standen unvermittelt den Pionieren, den Entdeckern der ersten Stunde gegenüber. Genau so konnte man sich die verwegenen Haudegen vorstellen. Die Kerle mit ihren ungepflegten Bärten und den typischen, zerdellten Akubrahüten auf den Köpfen. Sie hießen die drei Fremden lautstark herzlich willkommen, obwohl sie sichtlich ausgelaugt waren nach ihrer 12-14-Stunden-Schicht in einer Mine. Dort hatten sie in vierzig Metern Tiefe, wie an jedem anderen Tag auch, nach dem sogenannten Level gesucht, jener waagerechten Gipsschicht, in der im besten Fall der Opal vorkommen kann.
Wie es in Australien Sitte war, wurden sie zu dem ersten Glas Bier eingeladen, als ob sie schon ewig dazugehörten.
Es wurde spät.
Als Jonny das Pub zumachte, nahmen alle ihre kurzen, dicken Bierflaschen mit auf die Straße und redeten dort weiter, bis keiner von ihnen mehr gerade stehen konnte. Es waren wahrscheinlich immer die gleichen Geschichten. Geschichten, die fest in den Stein von Coober Pedy eingemeißelt und längst zur Legende geworden waren.
Geschichten von Boys, die so reich wurden, dass sie in Adelaide ganze Hotels mieteten und mit den Weibern so lange soffen und hurten, bis kein Pfennig mehr da war. Irgendwann kamen sie zurück nach Coober Pedy, um von Neuem anzufangen – nach dem Opal zu suchen, der ihnen neuen Reichtum versprach.
Als sie am nächsten Morgen weiterfuhren, hatte er das Gefühl, als wäre mit der Wüstenstadt ein Kapitel Australien, ein Kapitel, das für ihn das Outback bedeutete, abgeschlossen.

Eike

Als vor der Mühle, auf der anderen Seite des schmalen Kanals, das große schmiedeeiserne und halbrunde Tor mit einem lauten, metallenen Knall geschlossen wurde, wurde ihm bewusst, dass es Zeit war, sein Abendbrot anzurichten.
Wie so oft in den letzten Tagen hatte er es verpasst, seine Gedanken für sein Australien-Buch aufzuschreiben.
Morgen gegen zwei Uhr war er bei Rose und dem Jungen zum Tee eingeladen. Wie es schien, hatte Rose ihre Verstimmtheit längst vergessen.
Zuerst war er von dem Gedanken gar nicht so begeistert gewesen, bei dem kleinen Phillip eine Art Opa-Rolle zu übernehmen, aber mittlerweile freute er sich über die unvorhergesehene Abwechslung.

Der nächste Morgen begann schon früh mit hellem Sonnenschein. Es würde ein herrlicher Tag werden. An solchen Sommertagen liebte er sein altes Käfer-Cabrio noch viel mehr. Jede auch noch so kleine Strecke konnte er bei offenem Verdeck genießen. Er fühlte sich fast so frei wie der graue große Vogel, der hoch über ihm, unter den bauschigen Wolken und dem blauen Himmel dahinflog. Der alte Mann war wie immer viel zu schnell in Reepsholt angekommen und ratterte mit hüpfenden Reifen über

die mit Kopfstein gepflasterte Hauptstraße hinweg. Hinter dem Kirchenhügel begann die schmale landwirtschaftliche Verbindungsstraße in Richtung Friedeburg. Von hier aus waren es nur noch zweieinhalb Kilometer bis zu dem kleinen Landhaus von Rose. Als er nach der schmalen Weide die Hagebuttenhecke umfahren hatte und auf den Kiesweg einbiegen wollte, lag der riesige Bernhardiner diesmal mitten in der Einfahrt.
Er machte auf ihn nicht den Eindruck, als würde er in nächster Zeit den Weg freigeben. Phillip Amsel tippte ganz vorsichtig auf die Hupe, was bei Bernhard lediglich ein leichtes Ohrenwackeln auslöste.
Rose und der kleine Phillip hatten die Arbeitsverweigerung ihres Hundes vom Küchenfenster aus beobachtet und kamen lachend auf ihn zugelaufen. Der kleine Lockenkopf war schon von Kopf bis Fuß mit seiner nagelneuen rotweißen Fußballkluft eingekleidet. Wahrscheinlich hatte er in der vergangenen Nacht auch darin geschlafen.
Auf der Terrasse war, wie bei ihrem ersten Treffen, sehr stilvoll zur Teatime eingedeckt. Er war von dem englischen Porzellan, dem feinen Silberbesteck und den vielen wertvollen Accessoires erneut beeindruckt.
Rose hatte einen sehr guten Geschmack. Als er ihr seine Bewunderung aussprechen wollte, wurde er von einem wahnsinnigen Getöse am Himmel über ihnen geradezu übertönt. Drei Kampfflugzeuge vom nahen Stützpunkt in Wittmund absolvierten direkt über ihren Köpfen einen rasanten Übungsflug.
Die Flieger sahen schon nach einer Sekunde aus wie kleine Silberpfeile auf dem Weg zur Sonne. Man konnte sich lebhaft vorstellen, wie viel Spaß die Pi-

loten bei solch einem Spektakel verspürten, so lange es nicht ernst wurde und man sie in die Wüste, oder zu einem anderen Einsatz schickte.
Als die drei winzigen Punkte am Horizont verschwanden, schaute ihm Rose, seit sie sich kannten, zum ersten Mal tief in die Augen und meinte: „Eikes großer Wunsch war es auch, Pilot zu werden.“
Irgendwie musste er dann aber lange vor ihrer Zeit davon abgekommen sein. Später, während seines Studiums, erlag er dann der Faszination der modernen Windmühlen oder besser gesagt, der Windkraftanlagen.
Der alte Mann musste herzhaft lachen. Er hatte kurz das Bild von Don Quijote vor Augen, der als Ritter mit der traurigen Gestalt gegen Windmühlen kämpfte.
Das war aber keine gute Idee, um mit Rose über Eike zu reden.
Er sagte stattdessen, dass er sich ihren Mann nicht als Soldat vorstellen könne. Auch wenn Piloten sicher noch einen ganz eigenen Status bei der Bundeswehr innehätten.
Eike sah auf allen Fotos, die er von ihm in ihrem Flur gesehen hatte, wie der typische freiheits-, natur- und abenteuerliebende, freche Junge aus.
So jemand passt nicht in die Kaserne.
Rose nickte ihm nur still zu. Als wollte sie sagen: „Du hast ihn richtig erkannt.“
Danach schaute sie noch einmal in den Himmel, wo die Silberpfeile lange, weiße Kondensstreifen hinterlassen hatten. „Eike hätte dir gefallen, Phillip Amsel … Er kam 2006 als junger Ingenieur von *Amunwind* von Wilhelmshaven nach Australien.
„Das war damals eine ganz große Sache.“ Rose war mit einem Mal total aufgedreht. Ihr fiel ein Zei-

tungsartikel ein, den sie erst vor wenigen Tagen bei Eikes Sachen gefunden hatte und den sie unbedingt dem alten Mann zeigen wollte.
Phillip Amsel konnte in diesem Moment die neue Situation noch nicht richtig einschätzen, aber Rose war auch schon wieder mit dem Zeitungsausschnitt zurückgekommen. Er war noch etwas verwundert, wie mitteilsam sie ihm gegenüber geworden war, als sie ihm auch schon die einzelnen Blätter reichte. Er lehnte sich in dem Korbsessel zurück, um in Ruhe zu lesen.
Es war am 10. November 2005, als der Tagesanzeiger in Wilhelmshaven folgendes berichtete:

Sydney/Wilhelmshaven.

Im Mittelpunkt der 5. Energiekonferenz im australischen Sydney steht eine Weltneuheit.

Es ist die erste Sechs-Megawatt-Windkraftanlage der Welt.
Ein solches Riesenwindrad, etwas kleiner als der Messeturm in Frankfurt, produziert Strom für 20. 000 Menschen und wird von der Firma Amunwind *in Wilhelmshaven gebaut.*

Auf der nächsten Seite ging es weiter mit einem umfassenden Aufsatz über einen Windpark mit dem Namen Bungalally Windpark in der Nähe von Horsham in Western Victoria/Australien. Hier würden in einem ersten Teilabschnitt allein 100 Amunwind-Turbinen des Typs 1 aufgestellt werden.

Der Artikel umfasste noch eineinhalb weitere Sei-

ten, die er auch bei voller Konzentration nicht verstand, da sie in bestem Fachchinesisch verfasst waren.
Was er allerdings sehr gut verstand, war, dass Eike als einer der ausgesuchten Ingenieure nach Australien geschickt wurde, die *Amunwind* mit dem Aufbau der Anlage betraut hatte.
An Roses verklärtem Gesichtsausdruck konnte er vor allem Stolz ablesen.
Sie war sogar mächtig stolz darauf, dass ihr Eike damals ein wichtiger Teil eines solch aufsehenerregenden Projektes war.
Als der alte Mann die Blätter aus der Hand legte, fragte er sich, wie sich die beiden wohl kennengelernt hatten. Rose machte den Eindruck, als wüsste sie ziemlich genau, was in seinem Kopf vorging. Deshalb war er auch gar nicht überrascht, als sie ihm geradeheraus die Antwort gab, bevor er sie danach fragen konnte.
Sie war zu dieser Zeit mit ihren 32 Jahren als junge Anwältin für eine Umweltorganisation in Sydney tätig gewesen, die sich für Projekte der alternativen Stromgewinnung stark machte.
Eike war einer ihrer ersten Gesprächspartner in Bungalally, der ihr über die Vorteile des geplanten Windparks Auskunft geben sollte.
„Um die Wahrheit zu sagen …“, so Rose, „allein der Gedanke, dass ein einziges Riesenwindrad Strom für 20.000 Menschen produzieren konnte, war für uns Umweltschützer eine unvorstellbare Vorstellung. Eike brannte für seine Firma. Neben dem Bungalally Windpark-Projekt in Australien gab es gleichzeitig in Deutschland Verhandlungen mit einer der größten Ölfirmen der Welt, die zweihundert dieser Windkraftanlagen in die Nordsee stellen

wollten. Allein ein solcher Windpark würde ein Atomkraftwerk ersetzen."

Rose hatte eine flammende Rede ohne Punkt und Komma gehalten.

Der alte Mann fühlte sich von ihrer Euphorie geradezu überrollt. Was sollte er sagen?

Er fragte einfach das, was ihn an der Geschichte am meisten interessierte, und das waren nicht die Windräder. Ihn interessierte die spannende Frage, ob sie sich schon bei diesem ersten Treffen in Eike verliebt hatte.

Roses Gesichtsausdruck nach hätte er sich diese sehr persönliche Frage auch sparen können. Natürlich hatte sie sich verliebt. Die beiden gehörten von diesem Moment an zusammen wie Pech und Schwefel. Am Anfang telefonierten sie noch täglich in den Abendstunden miteinander. Die Entfernung zwischen Sydney und Bugalally betrug über tausend Kilometer. Das war auch für Australier kein einfacher Wochenendtrip mit dem Auto. Nach einigen Flügen hin und her folgte sie ihrem Herzen und zog zu ihm. Sie waren von Anfang an ein glückliches Paar und zehn Jahre später wurden sie mit der Geburt des kleinen Phillip eine glückliche Familie.

Bis das Schicksal zuschlug.

Rose wollte noch immer nicht über den Tod von Eike reden. Das spürte er. Stattdessen schlug sie ihm vor, gemeinsam ein Glas Sherry im Wohnzimmer zu genießen. Auf dem Weg durch die Küche fiel ihm jetzt erst auf, dass der kleine Phillip die ganze Zeit nicht anwesend gewesen war. Rose servierte ihm das Getränk in einer wunderschönen, gläsernen Sherrykaraffe. Das edle Teil hatte Ähnlichkeit mit einem stolzen Schwan. Das dünne Glas schien mundgeblasen. Der bauchige untere Teil ging über in einen langen, dünnen Hals, an dessen Ende ein flacher, schmaler Silberring den Ausguss veredelte. Er konnte mit seiner Bewunderung nicht hinter dem Berg halten. Beim neugierigen Umherschauen entdeckte er, dass, wie selbstverständlich, überall wertvolle Antiquitäten herumstanden. Wieder kam Rose seiner Frage zuvor.

„Viele der Dinge, die du siehst, standen schon immer hier im Haus. Eikes Eltern waren Antiquitätenhändler. Sie hatten ein sehr renommiertes Geschäft in der Mottenstraße in Oldenburg." Sie seufzte. „Tragischerweise sind sie vor zwei Jahren bei einem Urlaub in den Bergen von La Palma, bei Garafia, auf einer engen Gebirgsstraße durch einen Autounfall ums Leben gekommen. Es kommt dort immer wieder vor, dass sich große Gesteinsmassen aus den hochragenden Felsen lösen und auf die Straße fallen."

Eikes Vater hatte das Hindernis vermutlich zu spät bemerkt und den Leihwagen nach rechts in die steile Böschung gelenkt. Das Fahrzeug hatte sich mehrmals überschlagen. „Das war auch der eigentliche Grund, weshalb wir nach Deutschland gekommen sind. Eike musste hier nach dem schrecklichen Ereignis eine Menge regeln. Für uns alle war es eine schlimme Zeit. Als Eike irgendwann schlapp machte, hatte jeder Verständnis dafür. Doch deswegen zum Arzt zu gehen, kam für ihn überhaupt nicht in Frage. Vermutlich hätte ihm eine rechtzeitige Untersuchung das Leben retten können."

Rose schaute auf ihre Uhr und der alte Mann wusste, dass es Zeit war, um mit Phillip zum Fußballtraining aufzubrechen.

Wo war der kleine Kerl eigentlich die ganze Zeit? Suchend schaute er sich erneut nach ihm um. Rose

klärte ihn auf. „Phillip ist in seinem Zimmer und telefoniert mit meiner Mutter. Das macht er in letzter Zeit fast täglich. Im Zeitalter von Whatsapp ist es wenigstens kein Kostenfaktor mehr und Mum ist vor dem Zubettgehen ganz nah bei ihrem Enkel."
Rose war sich ganz sicher, dass es beiden guttat.
Sie blieb vor ihm stehen und hielt seine rechte Hand mit ihren beiden Händen fest.
„Eike hatte wohl ein Burnout in der Zeit, als er hier nach dem Tod seiner Eltern mit wahnsinnig viel Papierkram, Erbschaftsangelegenheiten, Behörden und Bankterminen - also massenhaft Bürokratie - überlastet war. Das war nie seine Stärke. Er ist einfach an einem Herzinfarkt gestorben, Phillip Amsel."
Das kam für ihn jetzt ohne Vorwarnung.
Völlig ohne Vorwarnung.

Als er kurze Zeit später mit dem kleinen Phillip in seinem alten Cabrio saß, musste er auf der Fahrt nach Friedeburg erst einmal seine Gedanken neu sortieren.
Das, was Rose ihm heute Mittag alles erzählt hatte, war eine Menge Schicksal auf einmal, das erst jetzt wie eine große Welle heftig über ihm zusammenschlug.
Bei diesem Gedanken fielen ihm sofort die riesigen Wellen ein, die er bei einem Trip mit Chick zusammen Richtung Gold Coast kurz vor Brisbane erlebt hatte. Das war eine verrückte Zeit.

Der Zyklon namens Simon

Sie hätten damals die ganze Fahrt einfach abblasen sollen. Das wäre im Nachhinein das Beste gewesen. Aber allein der Gedanke an die tollen Strände wie Byron Bay und Surfer's Paradise ließen alle Zweifel verblassen. Wegen einer sehr ernst zu nehmenden Zyklon-Warnung saßen sie seit Tagen in Sydney wie auf heißen Kohlen. Ein Wirbelsturm namens Simon *schob sich aus nördlicher Richtung, von Darwin aus kommend, über den fünften Kontinent und ließ hinter sich ein unglaubliches Trümmerfeld zurück.*
Die Meteorologen hatten große Hoffnung, dass Simon *ziemlich in der Mitte Australiens, kurz vor Brisbane nach Osten über das Meer und Richtung Barrier Reef abwandern könnte. Diese Prognose schien sich durch die stündlichen Wettervorhersagen von NBN zu verhärten. Trotzdem wurde von staatlicher Seite aus davon abgeraten, in die schwächeren Ausläufer des Sturmes einfach hineinzufahren.*

Sie hatten einen alten, zwanzigjährigen Volvo Caravan gekauft, der ihnen als Fortbewegungsmittel dienen sollte. Was sollte ihnen also passieren, mit so einem Panzer auf vier Rädern? Sie pokerten und gingen voll auf Risiko. Kurz nach den letzten Frühnachrichten fuhren sie einfach los.
Je näher sie sich gegen Mittag der Byron Bay näherten, umso mehr verfinsterte sich der Himmel. Es regnete

schon seit Stunden in Strömen und ihnen wurde bewusst, dass sie die Ausläufer von Simon längst erreicht hatten. Sie befanden sich mittendrin. Die alten Scheibenwischer ihres Volvo waren schlichtweg von den Wassermassen überfordert. Die Sicht durch die Frontscheibe glich einem Blick aus einem Bullauge. Chick meinte, er fühlte sich wie in dem Film Abenteuer unter Wasser.
Als der Himmel plötzlich aufriss, fühlten sie sich, als wären sie durch die Helligkeit wie vom Blitz getroffen. Genau an dieser Stelle zog der Zyklon auf das offene Meer hinaus. Die Meteorologen hatten Recht behalten mit ihrer Vorhersage. Chick und er konnten an dem endlos langen Strand von Byron Bay die höchsten Wellen bewundern, die sie jemals gesehen hatten. Weit draußen auf dem Meer war der Wirbelsturm nur noch als eine schwarze Wand über dem Wasser zu sehen.
Sie zogen ihre Surferhosen im Auto an und rannten wie aufgezogen über den weichen, perlweißen, feinen Sandstrand Richtung Wasser und Richtung Wellen.
„Stopp ...!“ Der Muskelmensch von der Baywatch stellte sich ihnen breitbeinig in den Weg. Wo kam der auf einmal her?
„Keine Chance, Mates. Der Strand ist wegen des Zyklons gesperrt.“
Sie mimten natürlich Enttäuschung. Als der Proteinfresser ihnen den Rücken zukehrte und auf dem Rückweg zu seinem Aussichtsturm war, rannten sie einfach los. Sie waren nicht die Einzigen: Etwas weiter draußen in einem Wellental trafen sie auf Gleichgesinnte. Das Schlimmste, was beim Bodysurfen passieren konnte, war tatsächlich die Welle falsch zu berechnen. Bei normalem Meeresrhythmus war jede siebte Welle die Größte. Das lag an der Magnetkraft des Mondes. Dies galt leider nicht, wenn ein Zyklon mit dem Meer machte, was er wollte. Zum Bodysurfen brauchte man eine Welle, die sich hoch aufbäumte, um danach gewaltig abzurollen. Die Surfer-

Meute im Wasser rief sich ständig Informationen zu, an welcher Stelle sie die beste und die höchste Welle vermutete.
Hatte man eine Welle ins Auge gefasst, hieß es loszukraulen, was das Zeug hielt. Leider konnte man erst am höchsten Punkt des Wasserberges feststellen, ob er brach oder abrollte. Es gab nur eine Sekunde. Eine Sekunde, um sich an der Rückseite zurückgleiten zu lassen und im Wellental auszuruhen. Oder man hatte verloren.
Leider hatte er damals verloren. Es gab einen freien Fall aus drei, vier Metern Höhe und es folgten gewaltige Wassermassen, die ihn bis auf den Meeresgrund drückten.
Er hatte unter Wasser die Orientierung verloren. Er suchte nach dem hellen Licht. Durch den Zyklon war der Himmel über ihm dunkel. Ihm fehlte vollkommen das Gefühl dafür, wie weit er unter Wasser war.
Wenn er später daran dachte, waren die Erstickungsängste seine schlimmste Erinnerung. Als er nach Luft japsend endlich die Wasseroberfläche durchbrochen hatte, waren seine Kräfte am Ende. Um an den Strand zu gelangen, brauchte er unbedingt eine einfache Welle, die ihn aufnahm und zurücktrug. Irgendwie war es ihm mit allerletzter Willenskraft gelungen.

Medizinisch gesehen hatte ihm der Kurztrip zur Byron Bay einen Bandscheibenvorfall, ein Schleudersyndrom und einen angeknacksten Nackenwirbel eingebracht.

Der kleine Phillip schaute ihn an, als wäre er ein Geist. Er hatte mindestens viermal laut gerufen, dass er an der nächsten Kreuzung links abbiegen sollte.
Stattdessen war er gedankenversunken geradeaus weitergefahren, als wäre er taub.
Erst als der Lockenkopf ihn an seinem Arm schüt-

telte, trat er etwas zu schnell und zu heftig auf die Bremse.

Gott sei Dank waren die Straßen in den ländlichen Regionen Ostfrieslands nicht so befahren, wie man das an anderen Orten kannte. Eigentlich war weit und breit kein anderes Fahrzeug in Sicht. Der alte Mann schaute etwas überrascht in alle Himmelsrichtungen, so als wäre er aus Versehen gerade hier gelandet.

Der Kleine neben ihm fand die Situation äußerst amüsant. Phillip Amsel war gerade so tief in seinen Erinnerungen versunken, dass sie für ihn mehr als real gewesen waren. Er konnte es gar nicht glauben, dass er tatsächlich in seinem alten Käfer saß und mit dem Lockenkopf an seiner Seite über das Land fuhr. Gerade hatte er noch kräftig Wasser geschluckt und war kurz vor dem Ertrinken noch in letzter Sekunde aus dem tobenden Meer aufgetaucht. Die Wellen, der Zyklon – alles war schrecklich … und schön zugleich. In Wirklichkeit lag das Ereignis fast fünfzig Jahre zurück. Wie war er überhaupt auf die alte Geschichte gekommen?

Der kleine Phillip

Der Kleine hatte ihm gesagt, er müsste wenden, um nach Friedeburg zu kommen. Die Worte klangen noch nach in seinen Ohren. Das war jetzt das Wichtigste, um noch rechtzeitig auf dem Trainingsgelände anzukommen.

Der zukünftige Fußballstar neben ihm wurde von Minute zu Minute unruhiger. Die ersten Häuser von Friedeburg tauchten vor ihnen auf und wie in jedem Ort in Ostfriesland, lag der Sportplatz am Ortsende.

Bevor sie ihr Ziel erreicht hatten, wollte der Junge noch unbedingt von ihm wissen, ob seine Ausrüstung okay sei. Er fand die gelben, plastikartigen Fußballschuhe, die er anhatte, ehrlich gesagt grauenhaft, aber das konnte er schlecht sagen. Wenn zu seiner Zeit einer seiner Freunde mit gelben Schuhen zum Fußballspielen gekommen wäre, hätten sie sich ernsthaft Gedanken gemacht. Damals gab es nur Adidas- oder Puma-Fußballschuhe und die waren aus schwarzem Leder.

Vor dem Clubhaus standen schon jede Menge Leute herum. Die meisten waren mit ihren Hollandrädern gekommen. Auch hier fielen ihm bei den anderen Jungs die bunten Fußballschuhe zuerst ins Auge. Die Plastikdinger waren wohl im Moment der Moderenner überhaupt. Der kleine Phillip lag also gar nicht so verkehrt mit seinem Geschmack. Die Mannschaft schien ein wilder Haufen zu sein. Genau wie bei ihm damals, mit Charly Blanko, Kurtchen Zelisch, dem roten Hännes und all den anderen. Nur die Klamotten sahen heute, genau wie die beknackten Schuhe, anders aus. Sie waren schlichtweg vom Feinsten. Über den Fußballplatz hallte ein schriller Pfiff und alle versammelten sich um den jungen Trainer. Phillip Amsel suchte sich am Spielfeldrand eine der Bänke aus, die am weitesten abseits standen.

Er hatte keine Lust, mit den zahlreichen anwesenden Müttern über ihre Söhne oder andere Probleme zu reden. Er hatte überhaupt keine Lust zu reden.

Der kleine Phillip bewegte sich frei und ungezwungen in der lärmenden Meute. Ihm schien das Spiel einen riesigen Spaß zu bereiten.

Sicher wäre sein Vater Eike sehr stolz auf ihn, wenn er seinen Sohn so begeistert sehen könnte. Der Lockenkopf war gar nicht schlecht. Im Gegenteil, er hatte wohl ein angeborenes Ballgefühl.

Es war angenehm warm auf der schmalen Holzbank. Der Platzwart musste in der Früh gemäht haben. Er kannte den herzhaften Geruch nach frisch gemähtem Gras nur zu gut aus seiner Zeit in Australien, als Georg und er sich Martini's Lawn Services nannten. Wenn damals alles ganz normal gelaufen wäre, würde er heute vielleicht auf seiner Terrasse in der Double Bay oder Watson Bay auf seinem stabilen Schaukelstuhl sitzen und überlegen, ob er sich am nächsten Morgen mit Chick zum Segeln treffen sollte.

Chick würde wie immer kichern, um dann zu sagen: „That's a good idea." Alter Hund. Danach würde er den ganzen Satz noch einmal auf Deutsch

wiederholen. Er redete wie ein zerstreuter Professor Deutsch und Englisch ständig durcheinander.
Der kleine Phillip hatte sein erstes Tor geschossen. Seine Mannschaft jubelte und hüpfte und feierte ihn wie einen Superstar. Auch er sprang automatisch auf, um mitzujubeln. Als sich der Junge freudestrahlend zu ihm herumdrehte, wusste er, dass er ihn genau für solch einen Moment dabeihaben wollte.

Später auf der Rückfahrt konnte sich der Lockenkopf kaum beruhigen.
Phillip Amsel versuchte dem aufgekratzten Kerl klarzumachen, dass er von seiner Bank aus das ganze Spiel mit eigenen Augen wunderbar hatte sehen können.
Es nutzte nichts. Er bekam den kompletten Ablauf in allen Details, von Anfang bis zum Abpfiff noch einmal berichtet, wobei der Junge nicht genug davon bekam, ihm immer und immer wieder von seinem eigenen Torschuss vorzuschwärmen.
Mittlerweile hatte er seinen Kopf auf Dauernicken eingestellt.
Nur ab und zu, wenn es notwendig schien, unterstützte er das Nicken noch mit einzelnen *wow ... wow ... wow.*

Als sie endlich auf den Kiesweg hinter der Hagebuttenhecke einbogen und Bernhard, der riesige, zottelige Wachhund aus seinem Versteck unter dem dicken, verholzten Rhododendronbusch hervorkam, war er erleichtert.
Es war gar nicht so einfach, Ersatz-Opa zu sein.
Nachdem er den Motor seines Käfers abgestellt hatte, schaute ihm der Junge mit glücklichen, strah-

lenden Augen ins Gesicht und drückte gleichzeitig ganz fest seine Hand, so als wollte er sich bei ihm bedanken. Danach holte der kleine Kerl ganz tief Luft und meinte, er sei richtig froh, dass er jetzt sein Freund sei.
Phillip Amsel war gerührt von so viel Zuneigung. Trotzdem hatte er das Gefühl, dass, wenn er nicht aufpasste, ihm die ganze Geschichte langsam über den Kopf wachsen würde. Immer häufiger stellte sich für ihn die Frage, ob er das alles wirklich so wollte.
In diesem Moment kam Rose mit strahlendem Gesicht aus dem Haus auf sie zugelaufen und der kleine Phillip sprang ihr lachend in die Arme.
Schon im Anlaufen, noch bevor er zum Sprung angesetzt hatte, begann er mit seinem Bericht über das Fußballtraining und sein Hammer-Tor, wie er es nannte.
Spontan entschloss sich Phillip Amsel, die Gelegenheit zu nutzen und sich zu verabschieden.
Um nicht unhöflich zu erscheinen, gab er vor, noch etliche Besorgungen einholen zu müssen. Rose nahm ihm die Ausrede nicht ab. Merkte ihm aber an, dass er irgendwie überfordert war. Als sie ihm die Hand zum Dank und zum Abschied reichte, meinte sie nur, wenn er Lust hätte, könnten sie morgen gerne telefonieren.

Auf der Rückfahrt versuchte Phillip Amsel in sich selbst hineinzuhorchen, weshalb ihm diese neue Freundschaft mit Rose und dem Jungen so schwerfiel.
Er wusste aus vielen Gesprächen mit Freunden und Bekannten sehr gut, dass alle darauf hofften, im Alter nicht allein zu sein. Warum um alles in der Welt

wehrte er sich dann auch noch gegen diese kleine Möglichkeit einer Freundschaft?
Heute ging es den Menschen hauptsächlich um Karriere, Selbstbestätigung, Reichtum, Unabhängigkeit und persönliche Freiheit.
Er selbst war da nicht ausgenommen. Dass er allein in Ostfriesland auf seinem alten Resthof lebte, war kein Zufall.
Wenn ihn jemand direkt darauf ansprach, war seine Antwort meist eine billige Plattitüde, in der er antwortete: „Es hat sich nie anders ergeben."
In Wahrheit war ihm seine persönliche Freiheit immer am liebsten gewesen.

Vielleicht waren ihm auf seinen längeren Aufenthalten und den vielen Auslandsreisen als Fotograf irgendwo auf der Welt die richtigen Partnerinnen schon längst über den Weg gelaufen und er hatte sie nur nicht erkannt.
Sollte jeder Mensch im Leben nur eine Chance haben, den richtigen Partner zu finden, war für ihn die Zeit mittlerweile schon längst abgelaufen.
In seinem Alter hatte er gerade noch die Möglichkeit, sich einen Hund anzuschaffen, um mit ihm gemeinsam alt zu werden.
Als Phillip Amsel auf seinem Hof ankam, wurde ihm bewusst, dass er auf seinem Nachhauseweg in eine richtige depressive Phase gefallen war – konnte man denn in solch kurzer Zeit in eine derartig missmutige Stimmungslage geraten?
Beim Überqueren seines mit Kopfstein gepflasterten Hofes hörte er in der Diele sein Haustelefon klingeln. Er musste sich etwas beeilen, um den Anruf nicht zu verpassen.
Voller Freude stellte er fest, dass sein bester Freund

Chick aus Stokers Siding, aus Australien anrief. Chick hatte vor drei Tagen Geburtstag und war immer noch total euphorisch. Seine gute Laune war sogar durch das Telefon zu spüren. Da der Freund wie immer Deutsch und Englisch durcheinander sprach, konnte er oft den Inhalt seiner Sätze nicht ganz verstehen. Deshalb war er sich am Ende auch nicht sicher, ob Chick wirklich seinen Festtag in einem Top-Restaurant in Brisbane zusammen mit der Familie, vielen Freunden und Tom Hanks gefeiert hatte, der sich zurzeit gerade für Filmaufnahmen in Australien aufhielt.
Da sie ihr ganzes Leben noch nie Geheimnisse voreinander hatten, merkte der Freund natürlich sofort, dass mit ihm etwas nicht stimmte.
Es war für ihn in diesem Moment eine riesige Erleichterung, einfach nur mit einem vertrauten Menschen reden zu können. Er redete mehr als eine Viertelstunde, ohne Punkt und Komma. Am Ende fühlte er sich wie nach einem langen Waldlauf. Etwas müde, aber vollgepumpt mit Sauerstoff. Sein Kopf war wieder frei.
Nach einer kleinen Pause gab ihm Chick den gut gemeinten Rat, die Freundschaft mit Rose und dem Jungen anzunehmen. Er solle es wie ein Geschenk betrachten, das sein Leben bereichern konnte und nicht als eine Verpflichtung ansehen, die seine Zeit stehlen wollte.
Er musste lachen, denn er fand, Chick sprach zu ihm wie Jesu zu seinen Jüngern.
Das Lachen befreite ihn. Er konnte sich durch das offene, ehrliche Gespräch wenigstens für einen Moment vor sich selbst und vor seinen engen Gedankenmauern, die er um sich herum aufgebaut hatte, befreien.

Chick nahm den Faden wieder auf und sprach ihn auf das an, was er in letzter Zeit - oder vielleicht schon sein ganzes Leben - einfach nur verdrängt hatte.

„Lass' deine Gefühle endlich zu, alter Hund und vermassel' nicht wieder alles, wie damals mit Cat", sagte er. „Denk über all die Dinge nach, die du nach Möglichkeit nie wahrhaben wolltest. Und verhalte dich nicht ständig wie ein alter Mann, der nur noch mit seinen eigenen Gedanken beschäftigt ist. Der, ohne es zu merken, zu einem Eigenbrötler wurde und schon lange nur noch in der Vergangenheit lebt. Ein Mensch, der in seiner Einsiedelei Angst davor hat, etwas Neues an sich heranzulassen."

Das Letzte, was er zu ihm sagte, bevor er auflegte war: „Vergiss nicht, dass die Welt sich auch ohne dich weiterdreht. Du musst dir nur, wie bei einem Karussell auf der Kirmes, ein Ticket kaufen, um wieder aufzusteigen".

Tschanka Baroula

Er war mit seiner Tasse Earl Grey Tee und seinem Käsebrot zu seinem Fensterplatz gegangen. Sein Schaukelstuhl hieß in den englischsprachigen Ländern wie Australien Armchair. Das Besondere an ihm war seine breitere Armlehne, die zum Abstellen von Whiskygläsern, Teetassen, aber auch einem Teller mit einem Käsebrot hervorragende Dienste leistete. Man konnte leicht Schaukeln und dabei essen.

Ihm gingen immer noch Chicks eindringliche Worte durch den Kopf. Der Freund konnte in ihm lesen wie in einem offenen Buch. Mittlerweile kannten sie sich ein halbes Jahrhundert. Nach einer so langen Zeit durfte man sich vorbehaltlos alles sagen. Außerdem hatte Chick mit seiner Meinung recht. Dass er damals mit Cat einen Fehler gemacht hatte, wusste er selbst. Er hätte sie niemals ohne zu kämpfen gehen lassen dürfen.

Wenn er heute darüber nachdachte, kam er sich vor wie eine gekränkte Leberwurst, die vor lauter Selbstmitleid nie richtig Courage gezeigt hatte. Eigentlich hätte er alles Erdenkliche tun müssen, um nach ihr zu suchen.

Harry musste sich über seine lasche Gangart ins Fäustchen gelacht haben. Wahrscheinlich hatte er nie damit gerechnet, dass seine erfundene Ge-

schichte so gut funktionieren würde.
Langsam ging auch dieser Tag zur Neige. Die Dunkelheit draußen vor seinem Fenster kam schleichend und vorsichtig um die Ecke und brachte wie zu jeder Abendstunde die Krähen in die Kronen seiner alten, knorrigen Bäume zurück.
Ob diese abendlichen Schlafplätze für die schwarzen Vögel fest vergeben waren, erschien ihm plötzlich als eine spannende Frage … oder gab es genau aus diesem Grund, weil sich einige nicht an die Regeln hielten, immer das gleiche, ohrenbetäubende Gezanke um den vermeintlichen, schon seit etlichen Generationen vererbten Herbergsplatz?
Aus den Baumkronen hörte er die wüsten Beschimpfungen der Rabenvögel, die sich mittlerweile vermutlich die schlimmsten Kraftausdrücke entgegenschrien.
Er war sich sicher, dass sie einen Vogelältesten oder einen Tschipi, einen Schamanen, gut gebrauchen könnten. Als hätten sie seine Gedanken empfangen, war wie auf ein stilles Kommando hin mit einem Mal Ruhe in der Krähenversammlung.
Für den alten Mann wurde es Zeit, schlafenzugehen. Als er noch jung war, hatte er Tage wie diesen geliebt. Tage, die von der ersten bis zur letzten Minute ausgefüllt waren mit den unterschiedlichsten Tätigkeiten. Heute war er nur müde. Er sehnte sich danach, die Augen zu schließen und einfach einzuschlafen.

Als er mitten in der Nacht seinen Namen hörte, wusste er sofort, dass er sich an einem Ort befand, den er vor sehr langer Zeit schon einmal besucht hatte. Jemand rief ein zweites Mal nach ihm. Jemand rief ihn bei seinem Aborigine-Namen, Coloboo. Das war der Name, den ihm Tschanka Baroula von den Alwarra im Northern Territory gegeben hatte, als Dank für seine Körperbemalungen bei dem Corroboree. Wie er sehen konnte, hatte der Stamm schon mit einer großen Zermonie begonnen. Er kam zu spät.

Eine große stattliche Gestalt erhob sich vor dem hellen, prasselnden, funkensprühenden Lagerfeuer mitten auf dem Versammlungsplatz und schritt würdevoll direkt auf ihn zu.

Es war Tschanka Baroula.

Der Stammesälteste begrüßte ihn wie einen alten Freund und forderte ihn auf, am Lagerfeuer zwischen den Ältesten Platz zu nehmen.

Tschanka hatte, wie bei ihrem letzten Treffen, seine Strickmütze auf dem Kopf, die er wie eine Königskrone trug.

Viele der Gesichter erkannte er wieder. Wie damals wurde auch jetzt Pitscheri mit Holzasche vermischt gekaut. Die Asche hatte ihre Münder schwarz gefärbt.

Vom äußersten Rand des gestampften Versammlungsplatzes ertönte dumpf und mit nur zwei Schwingtönen der hohle Rhythmus eines Didgeridoos.

Sein Gastgeber meinte, er hätte dieses Mal sehr lange gebraucht, um auf sein Rufen hin zu kommen. Phillip Amsel entschuldigte sich, war sich aber sicher, nur zweimal seinen Namen gehört zu haben. Tschanka erklärte ihm, dass in der Nacht sehr viele Tänze stattfinden sollten. Die meisten davon dienten dazu, die guten Geister freundlich zu stimmen. Als erstes würden die Tänzer mit dem Jagdtanz des Wasserbüffels beginnen.

Tschanka Baroula

Der Tanz sollte die Geister dazu beeinflussen, ihnen mehr Büffel in ihr Jagdgebiet zu senden. Jeder einzelne Tanz, erklärte er, sei ein Sinnbild für wichtige Ereignisse der Alwarra. „Es wird eine lange Nacht für dich werden, denn du wirst danach noch einen Regentanz, einen Kängurutanz und einen Tanz, der Tod und Krankheiten abwenden soll, sehen."
Der alte Mann war beeindruckt. Gleichzeitig wunderte er sich, dass er bei so einem großen Ereignis die Ehre hatte, dabei sein zu dürfen.
Das Didgeridoo wurde plötzlich lauter und lauter und erzeugte durch schnell aufeinander folgende Tonstöße die klagenden Geräusche eines brüllenden Wasserbüffels im Todeskampf.
Genau an dieser Stelle setzten ein zweites und ein drittes Didgeridoo ein und er hatte den Eindruck, als würde eine ganze Büffelherde vor einem Abgrund stehen und die Tiere würden verzweifelt um ihr Leben brüllen. Die starken Schwingungen ebbten auf ihrem Höhepunkt ab und die erste Gruppe junger Männer betrat den Tanzplatz: Sie hielten sich krumme Astgabeln in Form von Büffelhörnern vor die Stirn und um ihre Knöchel hatten sie sich Eukalyptusblätter gebunden, die bei jedem Schritt raschelten. Die Didgeridoos waren längst nicht mehr allein. Monoton hackten noch vier oder fünf Rhythmushölzer ihren eintönigen geraden Takt dazu und von einem der nahen Sandhügel aus war das helle Pfeifen eines Schwirrholzes zu hören, das die Macht des Windes symbolisierte.
Ein alter Mann, dessen ganzer Oberkörper mit Blutfedern beklebt war, führte die Tänzer an. Der Alte stampfte mit beiden Füßen auf den roten Wüstenboden, bis der Staub als zarter Nebel an ihm emporkroch. Langsam drehte er sich mit seinem langen

Holzspeer in der rechten Hand zu ihm herum und schaute ihm für einen kurzen Augenblick mitten in sein Gesicht.
Ein riesiger Schreck durchfuhr ihn wie ein Faustschlag, der ihn schwer in seinen Eingeweiden und seinem Gedärm traf. Es war vollkommen unglaublich, aber der alte Tänzer war er selbst. Als er das erkannte, war es schon zu spät, denn der Alte stieß ihm mit einer blitzschnellen Bewegung den tödlichen Speer in sein Herz. Phillip Amsel spürt mit einem Mal die Todesangst der brüllenden Wasserbüffel am eigenen Körper. Mit seiner letzten Lebenskraft stimmte er in ihr qualvolles Brüllen mit ein, um gemeinsam mit der Herde in den Abgrund von einer Felskante in die Tiefe zu springen. Sein Sturz war nicht sehr tief, aber äußerst schmerzhaft.
Ehrlich gesagt, er hatte sich den Fall in die Tiefe viel schlimmer vorgestellt. Wahrscheinlich war er auf dem toten Leib eines Wasserbüffels gelandet, dachte er, der den Aufprall auf dem Felsgestein verhindert hatte. Wie er so da lag, grenzte es für ihn fast schon an ein Wunder, dass der teuflische Speerstoß und der nachfolgende Sturz sein Leben nicht beendet hatten.
Von weit über ihm hörte er noch immer die klagenden, lang gezogenen Laute der Didgeridoos durch die sternenklare Nacht zu ihm fliegen.
Er wusste, dass seine offene Wunde schnellstens versorgt werden musste. Fast wie ein Betender presste er beide Hände gegen die pulsierende, pochende, hässliche Öffnung in seinem Brustkasten. Beim Fallen hatte er sich nur beide Knie aufgeschlagen. Das war alles. Der Sturz hätte nach seiner Einschätzung viel schlimmere Folgen haben können. Es war eine grausame Jagd, in die er hineingeraten

war. Die jungen Männer hatten geschickt einige Tiere von der großen Herde abgesprengt und danach in den sicheren Tod über die Felskante getrieben.

Der starke Blutgeruch der aufgebrochenen Büffelkadaver um ihn herum erzeugte bei ihm eine heftige Übelkeit. Phillip Amsel versuchte sich aufzustellen. Vielleicht ging es ihm im Stehen etwas besser? Es war sinnlos. Sein Kreislauf war völlig am Ende und brachte ihn sofort wieder zum Schwanken. Er musste sich dringend irgendwo festhalten, um nicht umzukippen.

Unsicher griff er in die Finsternis und etwas samtweiches glitt für einen kurzen Moment durch seine Finger, ohne ihm den richtigen Halt zu verschaffen. Erneut stürzte er auf seine geschundenen Knie. Er war endgültig mit seinen Kräften am Ende. Phillip Amsel gab auf. Bevor er starb, legte sich ein samtweicher Schleier wie ein Schutzengel über seine geschundene Gestalt.

Als er Stunden später wach wurde, fand er sich zu seinem eigenen Erstaunen vor dem Fenster liegend vor. Über ihm lag seine naturfarbene Übergardine, die er vermutlich in der Nacht aus ihrer Halterung gerissen hatte.

Langsam, ganz langsam kam er zu sich. Seine Zunge war schwer und pelzig und er hatte einen Geschmack im Mund, als hätte er Pitscheri mit den Ältesten am Lagerfeuer gekaut, das bei den Ureinwohnern zu sehr starken Halluzinationen führte. Es machte ihm sehr große Mühe, seine Gedanken zu sortieren.

Vorsichtig tastete er seinen Körper nach schweren Verletzungen ab.

Zu seiner Erleichterung konnte er nichts finden. Auch als seine rechte Hand vorsichtig die Stelle befühlte, wo sein Herz geschützt hinter dem Brustkasten schlug, fand er keine tiefe, blutende Wunde. Langsam wurde ihm klar, dass nichts davon wirklich passiert war. Es war alles, Gott sei Dank, nur ein Traum und er war nicht zusammen mit den Wasserbüffeln gestorben. Wenn er darüber nachdachte, musste er sich selbst gestehen, wie verdammt realistisch sein Traum gewesen war.
Er fragte sich, ob es vermessen war zu glauben, er als Auserwählter hatte einem Corroboree beiwohnen dürfen und dadurch einen Einblick in die metaphysische Parallelwelt der Aborigines bekommen. Oder musste man als Aborigine geboren sein, um sich jederzeit in die spirituelle Energie der Schöpfungszeit hineinversetzen zu können?
Von Chick wusste er, dass der Freund sehr viel Zeit mit Aborigine-Künstlern verbrachte. Womöglich hatte er bei solchen Treffen schon öfter die Gelegenheit, das Thema Traumzeit zu diskutieren. Nach der schrecklichen letzten Nacht konnte er sich gut vorstellen, dass sein Traum für ihn eine verborgene Botschaft beinhaltete, die es galt herauszufinden.

Cat II

Phillip Amsel war in erster Linie ein Mensch, der mit beiden Füßen auf der Erde stand und das, bei allem was er tat. Um auch weiterhin dort zu bleiben, beschloss er den neuen Tag mit einem ausgiebigen Frühstück zu beginnen.
Der Blick in seinen Kühlschrank verhieß ihm nichts Gutes. Er war in den vergangenen Tagen durch seine Bekanntschaft mit Rose und dem Jungen etwas aus der Bahn geraten und hatte tatsächlich den nötigen Einkauf vergessen. Also musste er, was das Frühstück betraf, bescheiden bleiben. Natürlich fand er doch noch etwas Toastbrot, ein klein wenig Butter, ein Reststück Gouda und zwei Hühnereier. Das war alles zusammen besser als gar nichts. Draußen zauberte währenddessen die Natur einen herrlichen, sonnigen Morgen in seinen Garten. Durch den leichten Morgentau glitzerte und leuchtete es, als wären überall auf den Büschen und Bäumen Millionen kleiner Spiegel verteilt.
Bei diesem verzauberten Anblick blieb ihm gar keine andere Wahl, als im Freien zu frühstücken. Der schmale Tisch aus dem Gartenzimmer und einer der Küchenstühle reichten aus, um den Tag wie ein König zu beginnen.
Als er kurze Zeit danach sein Frühstückstablett auf dem Tischchen im Garten abstellte, bemerkte er,

dass es sich eine getigerte Katze auf dem Küchenstuhl bequem gemacht hatte. Sie schaute ihn an, als wären sie alte Bekannte.

Phillip Amsel glaubte ganz sicher an eine Verwechslung.

Er hatte nie eine Katze besessen.

Kaum war dieser Gedanke von ihm zu Ende gedacht, schaute ihn das schläfrige Tier erneut so ungläubig an, als würde es an seinem Verstand zweifeln.

Beschwichtigend kniete er sich zu ihr nieder, um ihr das seidige Fell zu streicheln.

Ein zufriedenes Schnurren war ihre Antwort.

Sie war zweifellos eine Schönheit. Außerdem war sie viel größer als die normalen Bauernkatzen auf den Höfen ringsum sein Anwesen. Also war sie auch eine Persönlichkeit. Trotz seiner Bewunderung für das Tier meldete sich unabwendbar sein Frühstückshunger zurück. Auf dem Tisch stand sein Earl Grey Tee und der mickrige Rest Essbares, den er im Kühlschrank gefunden hatte. Doch seinen Sitzplatz hielt charmant die fremde Besucherin besetzt. Es blieb ihm keine andere Wahl. Er musste einen zweiten Stuhl aus der Küche holen.

Als er sich aus seiner knienden, unbequemen Stellung aufrichtete, drehte ihm das Katzentier verärgert und beleidigt den Rücken zu.

Phillip Amsel hatte es mit einer Diva zu tun. In diesem Moment wäre noch genügend Zeit gewesen, um den ungebetenen Eindringling ein für alle Mal vor die Tür zu setzen und sein Frühstück unbelastet fortzuführen.

Auf dem Weg zur Küche fiel ihm ein, dass er sich irrte. Natürlich hatte er schon einmal eine Katze besessen. Es war in den ersten Wochen in Bondi

Beach, in der neuen Wohngemeinschaft.
Vollkommen verschreckt und jämmerlich miauend stand damals das kleine Häufchen Elend vor der Haustür in der Francis Street und hatte es sich offensichtlich in den Kopf gesetzt, bei ihnen zu wohnen.
Er hatte kein Problem damit gehabt, sie einfach reinzulassen. Auch war er an diesem Tag nicht zur Arbeit gefahren, ohne viel nachzudenken.
Viel lieber blieb er mit der kleinen Katze im sonnendurchfluteten Sun Room und drehte ihr aus dem Silberpapier seiner Marlboro-Packung glitzernde, murmelgroße Kugeln zum Jagen und Fangenspielen. Bevor seine Mitbewohner von ihrer Arbeit nach Hause kamen, schaute er ihr noch einmal ganz fest in die Augen und gab ihr den Namen Cat. Vielleicht wollte er sicherstellen, dass sie ganz allein seine Katze war. Drei oder vier Tage später lernte er dann die richtige Cat bei der Car Wash kennen.

Als er aus der Küche in den Garten zurückkam, hatte sich die neue Tigerkatze zu einem Knäuel zusammengerollt und schlief tief und fest.
Phillip Amsel dachte, es sei gar keine schlechte Idee, sie Cat II zu nennen, falls sie bei ihm bleiben wollte. Durch seine Frühstücksgeräusche aufgeweckt, schaute sie ihn für einen kurzen Moment an und der alte Mann glaubte ein zufriedenes Lächeln in ihrem Katzengesicht zu erkennen. Also würde sie bleiben und er konnte endlich sein Frühstück im Garten genießen. Bevor er einige Zeit später den Tisch abräumte, goss er noch etwas Teesahne in seine Untertasse und versuchte diese ohne den Inhalt zu verschütten auf ihrem Stuhl abzustellen. Katzen bemerkten auch während des Schlafes jede

kleinste Regung in ihrer unmittelbaren Umgebung. Cat II war auf jeden Fall hochsensibel. Innerhalb eines Wimpernschlags stand sie ohne Vorankündigung über der randvollen Untertasse und schlabberte die süße Sahne.

Erneut glaubte er auf ihrem Gesicht ein zufriedenes Lächeln zu erkennen. Währenddessen zankte über ihm in der Baumkrone ein Finkenpärchen erbärmlich um den besseren Sitzplatz. Die beiden hatten keine Bedenken, ihre Wut aufeinander mit zwei hässlichen Kotklecksen zu krönen, die mitten auf dem Frühstückstisch, zwischen Teekanne und Toastteller, landeten.
Auch dieses Mal reichten seine Sinne nicht aus, um zu verfolgen, wie atemberaubend schnell Cat II durch das Geäst fegte, um die beiden Vögel mit einem einzigen Tatzenhieb in die Flucht zu schlagen. Er empfand beim Zuschauen seltsamerweise die gleiche Bewunderung wie am Vortag auf dem Fußballplatz, als der kleine Phillip sein erstes Tor schoss.
Seine neue Mitbewohnerin beherrschte auf jeden Fall die Kunst, ihn mächtig zu beeindrucken.
Er war sich nicht sicher, ob es von Cat I in Australien noch Fotos gab. Um das herauszufinden, würde es bestimmt nicht leicht sein, in seinem elenden Wirrwarr auf seinem Schreibtisch danach zu suchen.
Wie oft hatte er sich in den letzten Tagen eine sinnvolle, übersichtliche Sortierarbeit vorgenommen. Wenn er ehrlich war, war das Ergebnis nicht sehr berauschend. Trotzdem ging er guten Mutes und mit den besten Vorsätzen in sein Arbeitszimmer, um dem Elend ein Ende zu bereiten. Es sah alles

noch genau so aus, wie er es verlassen hatte. Leider gab es nach wie vor, noch immer eine nicht gerade geringe Anzahl ungesichteten Materials. Trotzdem kam er heute ganz gut voran. Es war schon fast Mittag, als plötzlich einige längst vergessene, interessante Fotos aus der WG-Zeit auftauchten.

Mittlerweile war sein ganz persönliches Feindbild, nach dem er unterschwellig mit viel größerer Aufmerksamkeit suchte, Harry.
An zweiter Stelle stand Cat, allerdings nicht als Feindbild.
Der große Fotoberg in der Mitte seines Schreibtisches war schon längst nicht mehr so riesig und angsteinflößend wie am Anfang des Tages. Irgendwie fühlte er sich heute viel energiegeladener, viel positiver als an den vergangenen Tagen. Bei diesem Gedanken musste er sofort an Cat II denken. Er hatte sie total vergessen. Nachdem er das Frühstückstablett neben der Küchenspüle abgestellt und vor seinem Schreibtisch Platz genommen hatte, war er mit seinen Gedanken schon wieder nach Australien abgedriftet. Schuldbewusst drehte er seinen Schreibtischstuhl in Richtung Gartenfenster, ohne die geringste Chance zu haben, von diesem Winkel seines Hauses aus den Garten einsehen zu können.
Mit drei, vier Fotografien in der Hand machte er sich deshalb auf die Suche nach seiner neuen Mitbewohnerin.
Als er auf dem Weg in den Garten an seinem Schaukelstuhl vorbeikam, blieb er überrascht stehen. Da lag sie, schlafend und zufrieden mit der Welt.
Sie war schon längst ins Haus gekommen und hatte es sich in dem weichen Schaffell, das ihm als Unterlage diente, bequem gemacht.

Einen kurzen Moment musste er darüber nachdenken, dass Katzen fünfzig bis sechzig Prozent ihres Tages verschliefen. Vor vielen Jahren hatte er das Glück, in Namibia oder genauer gesagt auf Okonjima, auf dem Gelände der *Africat Foundation,* an einer Fotoreportage über Geparden mitarbeiten zu dürfen. Damals hatte er sich nicht nur in diesen kleinen südlichen Teil Afrikas, sondern auch in die wunderschönen Großkatzen verliebt.
Als er einige Monate später zum zweiten Mal nach Namibia kam, ging es diesmal um eine Dokumentation über die Haikom in Tsintsabis. Dort gab es im Nordosten Namibias am Rande der Etoshapfanne das Marimba Bushman-Camp von Rainhard Friedrich. Wie bei den Aborigines in Australien, faszinierten ihn im südlichen Afrika gleichfalls die naiven Fels- und Höhlenmalereien der Buschmänner.
Bei einigen der Kunstwerke, deren Entstehungsgeschichte bis in die Zeit zwischen 4400 vor Chr. und 100 nach Chr. zurückreicht, glaubte Phillip Amsel eine gewisse Parallelität der Motive feststellen zu können. Besondere Aufmerksamkeit hatte er in der Geschichte der Felsmalerei der sogenannten weißen Dame aus dem Tsisab-Tal des Brandbergmassivs in der Nähe von Uis geschenkt. Lange Zeit glaubte man der Einschätzung des Professors Henri Breuil aus Frankreich, der als Experte für europäische Felskunst galt. Nachdem der deutsche Geologe und Landvermesser Reinhard Maack im Januar 1918 eine Karte des Brandbergmassivs anfertigte, entdeckte er die außergewöhnliche Felsmalerei und machte von der weißen Dame eine Skizze.
Um sich als Wissenschaftler hervorzutun, nutzte Professor Breuil die Gelegenheit und eilte in das Tsisab-Tal zu den Malereien am Brandberg.

Hier erkannte er angeblich unverkennbare Parallelen zu der Kunst alter Kulturen am Mittelmeer. An den langen weißen Haaren und der weißen Farbe an den Beinen und dem Unterleib der Dame sah er deutliche Merkmale einer europäischen Frau.
So entstand die Geschichte, dass vor rund 2.000 Jahren phönizische Seefahrer an der Küste Afrikas entlang segelten und schließlich in Namibia an Land gingen.
Nachdem sich die Phönizier nach ihrem Landgang noch fit genug fühlten, die Wüste Namib zu durchqueren, gönnten sie sich einen kleinen Zwischenstopp im Tsisab-Tal und malten bei dieser Gelegenheit gleich ein Portrait ihrer Fürstin an die Felswand.
Eigentlich muss man kein Wissenschaftler sein, um auf solch einen Tobak nicht hereinzufallen.
Zumal die weiße Dame auch keinen Musikbogen trug, wie damals behauptet, sondern Pfeil und Bogen und gleichwohl das männliche Geschlecht eines Buschmannes bei der Jagd an der richtigen Stelle ganz gut zu erkennen war.
Weil die Geschichte aber so schön schien, gehörte sie, genau wie die Geschichte vom schwarzen Känguru Kuperee im roten Zentrum Australiens, in die Kategorie der Fabeln, Legenden und Mythen. Als Phillip Amsel zum ersten Mal von der weißen Dame hörte, musste er sofort an die Begegnung mit der weißen Lady am Hawkesbury River in Mount Kuring-Gai denken.

Gedankenversunken stand er schon einige Minuten lang mit seinen Fotos in der Hand vor der schlafenden Cat II und war wie so oft in sein Kopfkino abgedriftet.

Er wollte eigentlich vom Garten den Küchenstuhl holen, um bei ihr zu sitzen und in aller Ruhe die Fotos genauer anzuschauen. Als er mit dem Stuhl zurückkam, war sie auf seinem Sessel bereits aufgewacht.
Ihr Schnurren konnte man laut und deutlich hören. Bei dieser Lautstärke musste er davon ausgehen, dass sie sich sehr freute, ihn zu sehen.
Mit der linken Hand kraulte er ihr den Nacken, was das Schnurren nur noch verstärkte, während er mit der rechten Hand versuchte, die wenigen Fotos auf dem Tisch in irgendeiner Reihenfolge, vielleicht wie ein Quartett zu ordnen. Die Schnappschüsse hatten eine Gemeinsamkeit: Auf allen Abbildungen waren die Mitglieder der damaligen WG zu sehen, als Harry und Cat noch dabei waren.
Ihm fiel als erstes Harrys neidvoller Blick auf, mit dem er Cat anschaute, die lachend an seiner Schulter lag. Als Ersatz für die richtige Cat hielt Harry lediglich die ihm zugelaufene Katze in seinen Armen. Bei genauerem Hinschauen glaubte er eine fatale Ähnlichkeit zwischen Cat I und Cat II festzustellen. Das ließ ihm natürlich keine Ruhe. Um sicherzugehen, musste er eine Lupe zur Hilfe nehmen. Cat II war natürlich nicht begeistert von seinem Vorhaben, seinen Platz neben ihr zu verlassen. Doch seine Neugierde war viel stärker, als der Gedanke, das Tier bei guter Laune zu halten. Mit der Lupe vor dem Auge, ergab sich ein ganz neues Bild. Es war verrückt zu sehen, wie viele Details die Fotografie vor dem normalen, oberflächlichen Blick versteckt hielt und was erst mithilfe der Vergrößerung zum Vorschein kam. Zuerst begann er damit, penibel die Tigerstreifen von Cat I und Cat II zu vergleichen. Schon nach kurzer Zeit wurde ihm klar, dass beide

bis auf den kleinsten Punkt im Fell übereinstimmten. Das schien verrückt, aber es war so.

Das Erschütterndste seiner Studien war für ihn die Tatsache, dass der bekloppte Harry auf jeder einzelnen Fotografie seiner Cat versteckte Liebesbekundungen übermittelte. Er zwinkerte ihr zu. Oder er zeigte ihr einen Kussmund. Auf jeden Fall war er ständig damit beschäftigt, Cat zu zeigen, wie toll er sie fand.

Wie blind musste er eigentlich gewesen sein, um das nicht zu bemerken?

Gedankenversunken und traurig nahm er die Katze in beide Arme und drückte sie ganz fest an seine Brust. Langsam wurde es Zeit, mit Rose über die ganze Vergangenheit zu reden.

Chick stellt in Sydney aus

Er hatte sich nach dem Studium der Fotografien hingelegt und eine kleine Siesta gemacht - was ansonsten gar nicht seine Art war -, als ihn das Telefon aus einem kurzen Nickerchen riss.
Es musste Rose sein. Er wollte sowieso mit ihr dringend über Harry reden.
Etwas benommen schlurfte er in die Diele zu dem alten Gerät und spürte erschrocken, wie sein Herz raste und alle seine Knochen schmerzten. Leider spürte er diese Beschwerden in der letzten Zeit immer öfter.
Am anderen Ende der Leitung war Chick und nicht Rose, wie er vermutet hatte.
Der alte Freund klang seltsamerweise sehr aufgeregt, was ansonsten gar nicht seiner Art entsprach und wollte ihm ganz dringend etwas Wichtiges mitteilen. Phillip Amsel war viel zu verpeilt, um auch nur die geringste Veränderung an dem alten Weggefährten zu bemerken. Sofort nachdem sich Chick mit Namen gemeldet hatte, musste er ihm von der neuen Katze, die er Cat II getauft hatte, berichten. Doch noch viel dringender musste er von den entlarvenden Fotografien erzählen, auf welchen er Harry dabei erwischt hatte, wie er Cat ungeniert zuzwinkerte und einen Kussmund zeigte.
Er betonte, dass er das alles mit einer Lupe genau-

estens geprüft und zu seinem Erstaunen festgestellt hatte, dass seine neue Cat II einhundert Prozent mit der alten Cat I übereinstimmte. Am anderen Ende war ein lautes, ungehaltenes Atmen zu hören. Chick war spürbar sauer. Als er loslegte, wusste Phillip Amsel nicht mehr, wie ihm geschah.
Er nannte ihn einen alten, verkalkten Vollidioten, der auf dem besten Weg sei, total zu verblöden, wenn ihm nicht endlich jemand die Meinung sagen würde.
„Es kann nicht sein, alter Mann, dass du Tag für Tag deine uralten Fotos anschaust und in sentimentalen Erinnerungen versinkst. Was interessiert es dich heute, dass der verkorkste Harry deiner herzallerliebsten Cat auf einem fünfzig Jahre alten Foto einen Kussmund zeigt?" Er atmete einmal tief ein und aus. „Wenn du weiter glaubst, der Welt eine wissenschaftliche Entdeckung mitteilen zu müssen, in der Form, dass deine neue Cat II genau die gleiche Fellströmung hat wie Cat I, kann ich dir garantieren, dass du in den nächsten Tagen in Ostfriesland in einer Anstalt landest. Es wäre für dich bestimmt das Beste, schnellstens diesen angesammelten Fotomist zurück in eine Kiste zu kippen und das ganze Teil tief im Garten zu vergraben. Am besten da, wo es in der Zukunft kein Mensch mehr findet."
Phillip Amsel war so schockiert, dass er sich setzen musste.
Er konnte sich nicht daran erinnern, Chick schon einmal so aufgebracht erlebt zu haben. Das einzige, was er nach dieser massiven Beschimpfung herausbrachte, war die bescheidene Frage, ob er deshalb angerufen habe.
Chick verneinte noch immer stinksauer. Fuhr danach aber fast schon in gewohntem Ton fort: „Ich

hab eigentlich 'ne tolle Nachricht, von der ich dir erzählen wollte. Es geht um eine große Kunstausstellung in Sydney, in dem *Museum of Contemporary Art & Design* in der Harrington Street, zu der ich zusammen mit Percy Trezy, Nelson Yakama und Paul Harris eingeladen wurde. Da es sich für mich um eine große Ehre handelt, möchte ich dich bitten, unser vorheriges Gespräch zu vergessen, damit wir wieder vernünftig miteinander reden können."

Phillip Amsel konnte Chicks Moralpredigt nicht so schnell vergessen. Und trotzdem war er schrecklich neugierig, von welcher Ausstellung er redete.

„Vielleicht kannst du dich noch an das noble Hochglanzkunstmagazin *Art & Gallery* erinnern?" fragte Chick. „Die Redaktion arbeitet mit den renommiertesten Galerien Australiens zusammen. In diesem Jahr konnten sich die Top-Galerien Sydneys und gleichzeitig die vermeintlich besten Kunstmaler der Stadt um eine Gruppenausstellung bewerben. Kurz und gut: Die Leser des Magazins hatten in den vergangenen Monaten die Aufgabe, anhand der Woche für Woche abgebildeten Arbeiten der verschiedensten Künstler, die beste Galerie und die vier besten Künstler auszuwählen."

Er machte eine kurze Pause bevor er fortfuhr: „Als ich die Nachricht erhielt, dabei zu sein, war ich natürlich überglücklich. Du kannst dir sicher vorstellen, wie sehr ich mich über diesen Ritterschlag freute. Mit so einer Nominierung wird man hier in Australien in den Kunstolymp erhoben."

Dem alten Mann war natürlich schlagartig klar, was das für den Freund bedeutete.

Chick hatte es geschafft. Er hatte sein ganzes Leben der Malerei gewidmet und war jetzt ganz oben angelangt.

Deshalb sagte er auch sehr bescheiden: „Gratulation, du alter Hund." Auf diese einfache Art und Weise war zwischen ihnen eine ganze Menge Hochachtung ausgedrückt.
Chick war noch nicht fertig: „Es gibt da noch eine Kleinigkeit, die ich mir für meinen großen Tag von dir wünsche. Die Nominierung hat nämlich außergewöhnliche Regeln. Dazu gehört auch, dass jeder Künstler seinen eigenen Laudator benennt. Wenn es dir recht ist, würde ich dich gern als meinen Sprecher benennen." Phillip Amsel war froh, dass er saß. Das haute ihn jetzt um.
Es würde ja bedeuten, dass er nach Sydney kommen musste. Phillip Amsel hatte vor lauter Schreck laut vor sich hingeredet. Nicht nur das, der Freund konnte wieder lachen. Dann sagte Chick: „Du müsstest sogar ziemlich bald kommen, da die Ausstellung schon in etwas mehr als zwei Monaten stattfindet. Das klingt für dich mit Sicherheit verrückt, aber der ganze Zinnober gehört mit zu den Ausstellungsbedingungen."
Die Künstler und die Galerie bekamen erst zweieinhalb Monate vor Beginn der Vernissage Bescheid. Danach lief der Countdown. Jeder Teilnehmer musste fünfzehn Werke in das Kunstdepot des Museums nach Sydney bringen. Der Laudator musste in dieser Zeit benannt werden. Die Galerie musste die Presse und TV-Einladungen verschicken.
Plakate und Ausstellungskataloge mussten in Druck gehen und vieles mehr. „Du siehst, ich brauche deine Hilfe. Übrigens, ich stelle meine Serie *Erde, Wasser und Himmel* aus."
Der alte Mann kannte die Gemälde aus dem Internet und fand sie fantastisch.
Chick war schon vor einem Jahr mit seinen aufse-

henerregenden Werken in die engere Auswahl für den Brisbane Kunstpreis gekommen.
Außerdem beruhte die Entstehung der Arbeiten auf einer historischen Geschichte.
Im Jahr 1894 war der französische Künstler Henri Matthieu aus Boulogne, einem Vorort von Paris, nach Australien ausgewandert. Aus irgendeinem, heute nicht mehr nachvollziehbaren Grund landete er als Farmarbeiter in der Nähe von Rockhampton. Matthieu nutzte an den freien Wochenenden seine Zeit, um mit einem einfachen Segelboot ausgerüstet an der Küste der Keppel Bay entlangzuschippern und die Landschaft von seiner Meersicht aus zu skizzieren. So entstanden wunderschöne Ansichten von Inseln und verborgenen Stränden.
Von seinen besten Arbeiten schuf der Franzose nach und nach künstlerisch sehr hochwertige Kupferstiche, die ein von der Kunst begeisterter Zeitungsverleger als kleines Kunstbuch in einer geringen Auflage druckte.
125 Jahre später kamen die Nachfolger des Verlegers zu ihrem Firmenjubiläum auf die Idee, einen Künstler zu beauftragen, fünfzehn der Landschaftsansichten Matthieus in seinem eigenen Stil neu zu schaffen. Voraussetzung war es, die Ansichten von der See aus zu finden und von dort aus auch zu malen.
Die ganze Aktion zog sich über mehrere Monate hin und wurde von dem Fernsehsender EBC Brisbane begleitet und als Dokumentation in einigen Fortsetzungen ausgestrahlt.

Phillip Amsel war sich dem Anspruch seiner Aufgabe bewusst, die ihn unvermittelt und aus heiterem Himmel getroffen hatte. Gleichzeitig war ihm

aber auch klar, dass eine Absage den Freund tief treffen und enttäuschen würde.
Um doch noch etwas Zeit zu gewinnen, fragte er etwas zurückhaltend, bis wann er sich entscheiden müsse.

Chick fing wieder an zu lachen und meinte frech: „In zwei Minuten, alter Hund."
Er spürte, wie er für einen Moment kreidebleich wurde. Gleichzeitig überrollte ihn eine Welle der Vorfreude und der Begeisterung.
Und plötzlich fühlte er sich wieder wie beim Bodysurfen. Die Welle nahm ihn mit. Die Welle riss ihn in die Höhe und als er den Gipfel erreichte, empfing ihn eine unendliche Seligkeit, die ihm das Gefühl gab, die ganze Welt umarmen zu können.
Natürlich war er dabei. Das war die Gelegenheit, wieder in sein geliebtes Australien und in sein geliebtes Sydney zu kommen.
Außerdem musste er sich in seinem Alter noch einmal neuen Aufgaben und Herausforderungen stellen. Chick war erleichtert, das konnte er ganz gut an seiner Reaktion spüren. Jetzt ging es nur noch um die zeitliche Absprache.
Als er den Hörer auflegte, wusste er, dass noch eine Menge Dinge zu regeln waren. Er würde in drei Tagen von Frankfurt aus mit Qantas direkt nach Sydney fliegen. So hatten Chick und er es zum Schluss abgesprochen.

Am wichtigsten war es für ihn, heute noch Rose anzurufen und ihr von den verrückten Neuigkeiten zu berichten und sie gleichzeitig zu bitten, in seiner Abwesenheit auf seinen alten Resthof aufzupassen. Zuvor hatte er aber das dringende Bedürfnis, nach

Cat II zu schauen. Durch das lange Telefonat mit dem Freund saß er noch immer in der Diele und hatte den Telefonhörer in der Hand. Überrascht stellte er zwei Minuten später fest, dass sein Schaukelstuhl mit dem weichen Schaffell als Unterlage leer war. Auch auf sein Rufen hin bekam er keine Antwort. Blieb nur noch der Garten übrig, aber auch hier ergab sein Suchen keinen Erfolg. Cat II blieb verschwunden.

Zurück in seinem Arbeitsraum fiel sein Blick sofort auf das unsägliche Fotowirrwarr auf seinem Schreibtisch.

Kurzerhand tat er das, wozu ihm Chick geraten hatte. Er beförderte mit einer weit ausholenden Wischbewegung alle Fotografien von der Schreibtischplatte, zurück in die große, mit Messing beschlagene Seekiste, wo sie vermutlich für die nächsten zwanzig Jahre gut aufgehoben waren.

Aus seinem Bücherregal hinter sich zog er das alte, grüne Familienalbum und legte auch dies etwas wehmütig mit hinein. Zum Abschluss holte er noch aus der Küche zwei abgenutzte Holzkochlöffel, die obenauf den krönenden Abschluss in seiner Vergangenheitskiste bilden sollten.

Als er den schweren Deckel zuschnappen ließ, murmelte er kaum hörbar:

„Ruhe in Frieden, Harry.“

Zum Schluss blieb ihm nur noch als einzige Aufgabe, die Kiste auf das Bücherregal zu hieven und seine trüben Gedanken loszulassen. Er schlug abergläubisch drei Kreuze und hoffte, das Thema wäre hiermit abgeschlossen. Dummerweise war ihm eine der Fotografien vom Tisch gefallen und lag mit der Bildseite nach unten seitlich unter seinem Schreibtischstuhl.

Nur wegen dieser einzigen Aufnahme die schwere Kiste noch einmal vom Regal herunterzuholen, empfand er als sehr ärgerlich.
Wenn es ein Foto von Harry sein sollte, würde er es einfach zerreißen und in den Müll werfen.
Zu seiner Überraschung war es die Portraitaufnahme von Tschanka Baroula von den Alwarra, der ihm in seinem letzten Traum eine verborgene Botschaft übermitteln hatte. Plötzlich wurde ihm glasklar, welchen wichtigen Weg ihm der Aborigine zeigen wollte. Es war der Weg zu seinem Herzen, das er für eine viel zu lange Zeit für alles und jeden auf dieser Welt verschlossen hatte. Der Speerstoß des alten Vortänzers bei dem Corroboree sollte der symbolische Hinweis sein, es wieder zu öffnen.

Drei Tage später, an einem Sonntag, flog Phillip Amsel mit einem Direktflug nach Sydney. Dreiundzwanzig Stunden später landete er auf dem Sydney International Airport, ziemlich geschafft, aber glücklich.
Rose hatte ihm bei den Vorbereitungen geholfen. Sonst hätte er es vermutlich in der kurzen Zeit organisatorisch auch nicht geschafft.
Ihm fiel es erneut sehr schwer, das leidige Thema Harry anzuschneiden.
Um nicht im Streit auseinander zu gehen, verschob er es, wie schon so oft, aber diesmal auf unbestimmte Zeit. Natürlich hatte Rose Cat über sein Kommen informiert. Sie wollte sogar wissen, ob er bei ihr wohnen wollte. Phillip Amsel war erstaunt über das Angebot. Chick hatte schon alles bis auf den i-Punkt organisiert. Sie wohnten in Balmain East, in der Gallmore Avenue gegenüber von Goat Island. Hier hatte sich der verstorbene Schwieger-

vater des Freundes vor Jahrzehnten, als es noch bezahlbar war, eine noble Junggesellenbude, mit Tiefgarage und einem livrierten Pförtner in der Lobby, eingekauft.
Der alte Chick hatte ihn am Flughafen freudestrahlend abgeholt und gefragt, was er als Erstes machen wollte. Als sie sich eine gefühlte Stunde lang in den Armen lagen, kam bei ihm der Punkt, wo er vergessen hatte, dass er eigentlich todmüde war.
Es war verrückt. Aber Phillip Amsel stand auf australischem Boden. Roch die australische Luft. Schaute in den australischen Himmel und hatte mit einem Mal das wahnsinnige Gefühl, wie damals die Surfer-Clique hinten auf den Pick-Up laden zu müssen und nach Bondi Beach an den Strand zu fahren.
Deshalb sagte er auch: „Es ist Surfwetter, alter Hund."
Chick schaute ihn kopfschüttelnd an und erinnerte ihn daran, dass er heute so eine haushohe Welle wie damals am Strand von Byron Bay nicht mehr überleben würde.
Das war natürlich die bittere Wahrheit. Die besten Jahre ließen sich nicht mehr zurückholen. Was blieb, waren die Erinnerungen.
Der Freund versprach ihm, an einem der nächsten Tage nach Bondi zu fahren.
Um den heutigen Tag gebührend abzuschließen, schlug er vor, durch The Rocks zu bummeln und sich einfach in eines der unzähligen Lokale hineintreiben zu lassen.
„Ein bisschen so, wie wir es früher gerne in China Town gemacht haben."
Phillip Amsel hatte das Gefühl, wieder zu Hause zu sein.

Auf dem Weg vom Flughafen durch die City erzählte ihm Chick, wie viel Wirbel es mittlerweile schon durch die Bekanntgabe der diesjährigen Gewinner der Ausschreibung bei *Art & Gallery* gab. Ständig riefen Fernsehsender, Zeitungen, Kunstmagazine und Talkshows bei ihm an und bettelten um Exklusiv-Interviews.

Es gab Zeiten, da hätten sie ihn nicht weiter als zum Pförtnerhäuschen vorgelassen, wenn er etwas von ihnen gewollt hätte. Aber es war alles gut, so wie es war.

Er prophezeite dem Freund, dass er nach so vielen Jahrzehnten die Rocks nicht wiedererkennen würde.

In den Kolonialzeiten war der alte Stadtteil ein sehr zwielichtiges Viertel voller Pubs, Bordelle und voller Diebesgesindel. In den 1970er Jahren, als Chick und er die Gegend rund um den Circular Quay unsicher machten, sollten die historischen Gebäude für eine kurze Zeit der Abrissbirne weichen, um durch moderne Wohnhochhäuser ersetzt zu werden. Dies konnte, Gott sei Dank, die Bauarbeitergewerkschaft verhindern. Damals schickte der Staat die Polizei gegen die Demonstranten, heute standen die Rocks unter Denkmalschutz.

Chick fand einen Parkplatz in der Nähe des Lord Nelson Hotels. Sie waren mittlerweile beide mächtig hungrig. Deshalb trieb es sie schon nach einem kurzen Bummel durch die engen, romantischen Gassen in ein typisch italienisches Restaurant. Sie fanden im Freien einen leeren Tisch. Mit freiem Blick hinüber zum Circula Quay, dem Fährhafen und dem Sydney Opernhaus. Besser konnte man gar nicht sitzen. Darüber waren sich beide einig. Beim Studium der Speisekarte blieb Phillip Amsel

an dem Namen des Besitzers hängen, Rosario Ricioppo.
Sofort kam ihm ihr Lieblingsitaliener, Papa Ricioppo auf der Strandpromenade von Bondi Beach in den Sinn. Sollte der Besitzer des *Roma,* hier in den Rocks, vielleicht sogar sein Sohn oder Enkel sein? Chick hatte Bedenken, ob der alte Patron überhaupt noch lebte.
Die Bedienung war eine junge hübsche Russin, die kaum Englisch sprach.
Leider sagte sie zu allem, was sie gefragt wurde, „Yes". Also blieben alle ihre Fragen unbeantwortet. Die alten Freunde bestellten Spaghetti und Lasagne und wunderten sich über den Mut der jungen Frau, mit so wenig Englischkenntnissen auszuwandern.
Als der erste Hunger gestillt war, drehten sich ihre Gespräche nur noch um Chicks Ausstellung.
Verständlicherweise sprühte der Bursche vor lauter Enthusiasmus über.
Er hatte sogar schon seine Arbeiten im Magazin des Museums abgeliefert und von einem Angestellten erfahren, das die Direktorin der Galerie, eine Miss Rubinstein, von allen vier Ausstellern eine einheitliche schwarze Leistenrahmung verlangte. Phillip Amsel ergriff die Gelegenheit, um den Freund zu fragen, was er ihm von seinen Kollegen Percy Trezy, Nelson Yakama und Paul Harris erzählen könnte.
Chick strahlte bei dieser Frage über beide Backen.
„Das sind alles drei wahnsinnig gute Künstler. Richtig große Macher, mit Leib und Seele mit der Kunst verheiratet", sagte Chick. Nelson Yakata war schon seit Jahren ein enger, guter Freund von ihm. Sie kannten sich von vielen kleineren Ausstellungen rund um Brisbane und einigen Festivals, die je-

des Jahr, gemeinsam mit Aborigine-Künstlern und Musikern ausgerichtet wurden. Er kam aus der klassischen Schule der Landschaftsmalerei des bekannten Malers Albert Namatjira vom Stamm der Arrernte.

„Percy Trezy ist West-Australier und stammt aus der Nähe von Perth. Percy unterrichtet dort an der Freien Kunstakademie und ist Professor für freie Farb- und Formgestaltung. Sein Metier ist die freie Malerei. Arbeiten, die aus der impulsiven Bewegung entstehen. Aus dem Moment, aus einem Reflex. Aus einer plötzlichen Eingebung oder dem reinen Zufall. Wenn ich dir sage: ‚wie Ruben Zletzko von den neuen Wilden', kannst du dir in etwa vorstellen, was ich meine."

Chick fuhr fort. „Paul Harris hingegen beherrscht die alte Schule der Realisten. Er verkörpert in Australien den Fantastischen Realismus. Paul ist hier in Down Under so etwas wie Ernst Fuchs in Österreich. Oder damals in unserer Mannheimer Zeit Joe Hackbart."

Phillip Amsel fand die Zusammenstellung der vier Künstler richtig spannend. Deshalb glaubte er, dass ihnen eine aufregende Vorbereitungszeit bevorstand.

Langsam ging der erste Tag am anderen Ende der Welt zur Neige. Mittlerweile lag eine feine Dunkelheit über der Hafeneinfahrt und um sie herum strömten die Menschenmassen ein in die engen Gassen von The Rocks.

Phillip Amsel registrierte für sich, dass der historische Stadtteil Sydneys nicht nur bei den jungen Australiern äußerste Beliebtheit genoss. Mit einem Mal merkte der alte Mann, wie sich eine wahnsinnige Schwere über ihn senkte. Es fühlte sich an, als

hätte sich ein Riese auf ihn gestützt. Von einer Minute auf die andere befiel ihn eine bleierne Müdigkeit, gegen die er machtlos war.
Es wurde Zeit, über die Anzac Bridge und am Fish Market vorbei, hinüber nach Balmain in ihr Appartement zu fahren und einfach nur noch zu schlafen.
Als der Ober die Rechnung brachte, stand ein Abziehbild von Papa Ricioppo vor ihnen. Es war der Sohn; er sah fast genauso aus wie der alte Patron vor fünfzig Jahren.
Phillip Amsel war zu keinem Smalltalk mehr fähig. Chick erntete auf seine Frage nach dem alten Patron aber nur ein trauriges Kopfschütteln. Papa Ricioppo war schon vor zwanzig Jahren gestorben.

Der nächste Tag überraschte sie mit einem strahlend blauen Himmel und einem grandiosen Postkartenblick aus dem riesigen Panoramafenster ihres Appartements. Auf der anderen Seite der Johnstons Bay war die City schon längst erwacht, mit ihren Wolkenkratzern und der fantastischen Stahlkonstruktion der Harbour Bridge, die sich wie ein Bogen über die Hafeneinfahrt spannte.
Chick wollte am liebsten seinen Wagen in der Tiefgarage stehenlassen und mit der Fähre hinüber zu den Anlegern am Circular Quay fahren. Dort gab es jede Menge Buden, wo man sich ganz auf die Schnelle mit einem Frühstück versorgen konnte. Der Kühlschrank in der ehemaligen Junggesellenküche roch sowieso nach monatelanger Leere. Nach herrlichen, frischen und windigen fünfzehn Minuten auf dem Fährschiff war die letzte Müdigkeit aus Phillip Amsels alten Gliedern wie weggeblasen. Sie nahmen sich die Zeit, von einer der massiven, gusseisernen Bänke am Hafen aus das An- und Ablegen

der kleinen, grün-weißen Fährschiffe zu beobachten, während sie ihre Käsesandwiches aßen und Kaffee aus Pappbechern tranken. Über ihnen kreisten die Möwen und warteten darauf, dass sie etwas abbekamen. Chick überraschte ihn mit der Mitteilung, dass er gleich in der Galeriewerkstatt seine drei Mitstreiter Nelson, Percy und Paul kennenlernen würde.
Sie waren alle mit der Rahmung ihrer Werke beschäftigt. Gleichzeitig hatte das Kunstmagazin *Art & Gallery* Fotografen angesagt, die für den Druck des Ausstellungskataloges sämtliche Kunstwerke fotografieren mussten. Es würde eine Menge los sein.
„Wenn du irgendwo ein ungestörtes Plätzchen findest", so Chick, „solltest du dich nicht stören lassen und in aller Ruhe mit der Formulierung der Laudatio beginnen."
Phillip Amsel ließ den Rest seines Sandwiches in der fettigen Verpackung verschwinden und suchte nach einem Papierkorb.
Er würde sich nie an das labberige Sandwichbrot der Australier gewöhnen können.
Eine Alternative wären die Australian Pies. Doch allein der Gedanke daran erzeugte bei ihm schon Übelkeit. Als Chick die mächtige Stahltür auf der Rückseite des *Museum of Contemporary Art & Design* öffnete, kam ihnen der wohlvertraute Geruch der Mannheimer Kunstakademie entgegen.
Es roch nach Farben, Terpentin, Leim, Pinselreiniger, Holzleisten und vielen anderen altvertrauten Gerüchen. Einfach ein herrliches Giftgemisch für einen Künstler. Das Depot von *A & D* hatte auf der einen Seite die kalte Atmosphäre einer Tiefgarage, auf der anderen Seite gab es aber Räumlichkeiten,

die an sehr gut ausgestattete Ateliers mit fantastischem Oberlicht erinnerten.
Chick wurde von allen Anwesenden herzlich begrüßt und beeilte sich, ihn als seinen besten Freund und Künstlerkollegen aus Germany vorzustellen, der seine Laudatio halten würde. Die Erwähnung des Wortes *Laudatio* entfachte sofort eine wilde Diskussion. Wie sich herausstellte, waren sogar schon zwei Fotografen und der Creative Director Bill Norton von *Art & Gallery* anwesend.
Bei dieser Gelegenheit kam zur Sprache, welche Wichtigkeit die Laudatio für den Ausstellungskatalog hatte. Sie gehörte, genau wie die Arbeiten des Künstlers, zu seinem Gesamtbild. Bill Norton fragte etwas zynisch in den Raum, ob die anderen Artists auch schon ihre Laudatoren dabeihätten.
Die Bemerkung erntete besonders bei Nelson Yakama ungebremste Heiterkeit, die sich durch tiefes und gurgelndes Lachen äußerte.
Er war wohl deshalb so belustigt, weil sein Laudator der Parlamentsabgeordnete Janik Jakamarra war, der für die Interessen der Aborigines im Repräsentantenhaus in Canberra saß. Er wollte damit wohl zum Ausdruck bringen, dass er einen Parlamentsabgeordneten nicht so einfach zum Bilderrahmen mitbringen konnte.
Bei Percy Trezy würde seine Frau Shil die Laudatio halten. Sie war Schriftstellerin und hatte so bekannte Romane wie *Das graue Haus am schwarzen Fluss* und *Die Nacht der Libellen* geschrieben. Beides richtig gruselige Bestseller. Percy konnte mit einer lässigen Selbstverständlichkeit dem Creative Director seine Laudatio sogar jetzt schon überreichen, seine Frau hatte als Profi die paar Sätze wahrscheinlich so ganz nebenbei aus dem Ärmel geschüttelt.

Der geölte und akkurat gescheitelte Bill Norton schien freudig überrascht darüber und klatschte wie ein kleines Kind beim Kasperletheater Beifall. Phillip Amsel wusste in diesem Moment, dass sie mit dem geölten Bill noch eine Menge Spaß haben würden. Jetzt richteten sich alle Augen auf Paul Harris. Der bescheidene Künstler wirkte bei so viel Aufmerksamkeit tatsächlich etwas verlegen und tänzelte von einem Fuß auf den anderen.
In seiner langsamen, zurückhaltenden Art versuchte er zu erklären, dass ein mit ihm befreundeter Zeitungsredakteur, der schon einige Artikel über ihn verfasst hatte, über Nacht sehr schwer erkrankt sei. Wie die Ärzte mitteilten, war in nächster Zeit mit ihm nicht zu rechnen. Paul Harris entschuldigte sich, wusste aber auf die Schnelle keinen akzeptablen Ersatz.
Genau das waren die großen Momente im Leben von Bill Norton. Es waren die Momente, die der geölte Bill mehr liebte als seinen Chihuahua oder seinen Porsche. Würdevoll, wie zu einer Ordensverleihung schritt er auf den verdutzten Paul zu und drückte ihn ganz fest an seine Brust. Als die ganze Aufmerksamkeit auf ihm lag, bot er sich feierlich an, in diesem einzigartigen Fall persönlich die Laudatio zu übernehmen. Es war ein Schauspiel der besonderen Art. Phillip Amsel hatte sich mit seinem ersten Eindruck von dem geölten Billy nicht geirrt.

Museum of Contemporary Art & Design

Mit der Anfertigung der fünfzig Bilderleisten hatten alle Anwesenden genug zu tun.
Phillip Amsel fühlte sich etwas überflüssig, zumal genug Galerieangestellte den Künstlern zur Seite standen.
Er besprach sich kurz mit Chick und machte sich mit einem Ringbuch und einem Kugelschreiber bewaffnet auf den Weg zurück zu den Fähranlegern. In der Nähe von Cruise Bar, unterhalb der Elevated Road, fand er eine der gusseisernen Parkbänke, die er gesucht hatte, und tatsächlich gerade frei wurde. Ein älterer Herr mit kurzer Hose und einem zerknautschten Hut hatte hier in aller Ruhe seine Morgenzeitung gelesen. Die etwa drei Meter hohen Hibiskusbüsche im Hintergrund würden ihm genügend Schatten spenden, um den halben Tag hier schreibend zu verbringen. Vor ihm auf der spiegelglatten See transportierten ohne Unterlass die kleinen und wendigen grün-weißen Fähren ihre Passagiere in alle Himmelsrichtungen. Das Treiben im Hafen war phänomenal.
Vor seinen Augen kreuzten sich ständig flinke Segelbote mit riesigen Kreuzfahrtschiffen, während mutige Wasserskiläufer hinter pfeilschnellen Motorboten herjagten.
Phillip Amsel war fasziniert, allein vom Zuschauen.

Älterer Herr mit kurzer Hose und zerknautschtem Hut

Hinter ihm, von den hohen Büschen verdeckt, lag die Halbinsel von Balmain East. Dort hatte er letzte Nacht in dem Luxusappartement von Chicks verstorbenem Schwiegervater Jock übernachtet.
Wie stolz muss der gute Mann – Gott hab ihn selig – gewesen sein, dass er jeden Tag von seinem bequemen Sessel aus, diesen traumhaften Blick genießen konnte?
Genau das war der Grund, weshalb sehr viele Menschen Sydney als die schönste Stadt der Welt bezeichneten. Mit diesen Gedanken war Phillip Amsel auf der Parkbank glücklich eingeschlafen. Als er zwei Stunden später erwachte, hatte er noch kein einziges Wort auf die aufgeschlagene Ringbuchseite geschrieben.
Der gestrige anstrengende Anreisetag steckte ihm noch mächtig in seinen alten Knochen. Als er auf seine Uhr schaute, war er erschrocken, wie schnell die Zeit vergangen war.
Ihm fiel ein Gespräch ein, das er heute Morgen durch Zufall mitgehört hatte, als sich Chick mit seinen Künstlerkollegen für heute Abend im *Basement* verabredet hatte.
Das *Basement* war natürlich die beste Adresse für alle, die gute Musik liebten. Immerhin war dort in den altehrwürdigen Kellerräumen sogar Dizzy Gillespie mit seiner legendären Trompete aufgetreten.
Im Moment half ihm aber seine Träumerei über die alten Zeiten und den Trompeter keinen Millimeter weiter. Die alberne Laudatio über Chick machte ihm schon am ersten Tag mächtig zu schaffen. Er wusste ganz genau, wenn erst einmal der Anfang gemacht war, würde sich der Rest von selbst ergeben. So war es mit allem im Leben.

Leider fehlte ihm immer noch die zündende Idee. Außerdem meldete sich bei ihm pünktlich und ungebremst in der Magengegend der leidige Hunger. Es war Mittagszeit. Der kurze Weg hinüber an die Bootsanleger und zu den Imbissbuden war keine gute Idee.

Nur wenige Meter hinter ihm, über die Elevated Road hinweg lagen die engen Gassen der Rocks. In fünf Minuten konnte er in einem der maritimen Restaurants gepflegt an einem gedeckten Tisch sitzen und einen frischen, gegrillten Fisch bestellen. Das entsprach eher seinem Naturell. Als er sich auf den Weg machte, war es nicht seine Absicht, wieder im *Roma* einzukehren. Doch sein zweites Ich dirigierte ihn sogar an den gleichen Tisch wie am Vortag. Anders als auf der harten Parkbank hatte er hier eine feste Unterlage vor sich, die ihn impulsiv zum Schreiben einlud.

Womöglich war das auch so eine Gewohnheitssache von ihm, die mit seinem zweiten Ich zusammenhing.

Dieser konservative Phillip Amsel liebte das, was er kannte. Was noch viel schlimmer war, der Kerl war auch noch Perfektionist. Manchmal ging ihm dieser zweite spießige, konservative und perfektionistische Phillip gewaltig auf die Nerven.

Er verspürte große Lust, seinen konservativen Zwilling Konni zu nennen, was er im gleichen Moment, als er es dachte, sehr witzig fand. Konni fühlte sich wohl im *Roma*, das spürte er. Da es an jedem Ort auf der Welt ein *Roma*, *Italia*, oder *Venezia* gab, war für Konni hier an diesem Tisch seine innere Ruhe, sein Seelenfrieden garantiert.

Automatisch fühlte er sich geborgen und gut aufgehoben.

Bevor der Ober kam, hatte er fast schon eine A4-Seite an der Laudatio für Chick geschrieben. Es waren zwar nur die Eckdaten, die er notiert hatte:
Geboren in Gerlos /Tirol. Studiert an der Freien Akademie in Mannheim, bei Walter Schlegel, Paul Berger-Bergner und Hans Nagel. Genau wie er. Vater Buchhändler, die Mutter Hausfrau. Chick hatte insgesamt sieben Geschwister.
Als der Junge Rosario Ricioppo vor ihm stand, grinste ihn dieser wie einen alten Bekannten freundlich an und sagte das, was alle Italiener sagten, wenn sie die Speisekarte feierlich überreichen: „Prego Signore“.
Er grinste zurück und bestellte einen leichten Roséwein, dazu eine Karaffe stilles Wasser einen Loup de Mer à la Papa Ricioppo mit etwas Weißbrot und einem kleinen Salat.
Rosario war begeistert. „Signore haben eine gute Wahl getroffen.“ Er machte einen Schritt nach hinten, deutete eine kleine Verbeugung an und versicherte ihm, sofort seine Wünsche an die Küche weiterzugeben und den Roséwein, das Wasser und etwas Bruschetta in zwei Minuten vorbeizubringen.
Bevor er davoneilte wollte er noch schnell wissen, ob Signore Dottore schon einen Loup de Mer bei ihm gegessen habe. Phillip Amsel war amüsiert über den Eifer und die Ausdrucksweise des jungen Ricioppo. Er war ja am Vortage erst aus Deutschland angekommen. Deshalb erklärte er ihm, dass der Loup de Mer sein Lieblingsgericht vor fast fünfzig Jahren bei seinem alten Herren im *Papa Ricioppo,* in Bondi Beach, gewesen war.
Rosario blieb wie angewurzelt stehen und schaute seinen Gast ungläubig an.
Seine nächste Frage, die er an den alten Mann rich-

tete, war für diesen sehr wichtig. Er wollte wissen, ob er, Signore Dottore, eine Ahnung habe, was es für eine Kunst sei, einen Loup de Mer à la Papa Ricioppo zuzubereiten.
Der alte Mann konnte es nicht glauben, wie sehr sich Vater und Sohn in ihrer Gestik und Ernsthaftigkeit ähnelten, wenn es um ihre Kochkünste ging. Natürlich hatte er mit dem alten Patron über den Wolfsbarsch, wie er in Deutschland hieß, gesprochen. Es war schon deshalb notwendig, weil der aufwendige Kochvorgang fast eine Stunde dauerte. Papa Ricioppo hatte ihm damals ernsthaft erklärt: „Wenn ein Gast keine Ahnung und keine Zeit hat, soll er einfach Spaghetti bestellen."
Jetzt mussten beide gleichzeitig lachen. Wahrscheinlich stellten sie sich den dicken Wirt, mit seinem karierten, rot-weißen Handtuch vor, das er immer um den runden Bauch trug und wie er wild mit den Armen gestikulierend auf seine Gäste einredete.
Als Rosario davonging, murmelte er noch immer lachend irgendetwas von Knoblauch und Salbei.

Der alte Mann erschrak, als plötzlich sein Handy in seiner Hosentasche summte.
Es war ein Geschenk von Rose. Er hatte es, seit es in seinem Besitz war, noch kein einziges Mal benutzt. Sie hatte ihm das moderne Ding in der Wartehalle des Bremer Flughafens in die Hand gedrückt mit den Worten: „Ich weiß, dass du Handys nicht magst, aber ich würde gern ab und zu etwas von dir vom anderen Ende der Welt hören." Danach hatte sie versucht, ihm die nötigsten Kenntnisse im Schnellverfahren beizubringen.
Er war tatsächlich gerührt und hatte ihr impulsiv

einen Kuss auf die Wange gedrückt.
Jetzt bekam er den ersten Anruf. Phillip Amsel brauchte eine halbe Ewigkeit, um den Brummkreisel aus seiner Hosentasche zu fummeln. Auf dem Display sah er Roses Portraitfoto aufleuchten. Nachdem er sich gemeldet hatte, war es aber der kleine Phillip, der mit ihm reden wollte.
Der Lockenkopf schien total aufgeregt und fragte ohne Luft zu holen tausend Fragen auf einmal. Ob er schon in Bondi Beach gewesen sei, wo er wohnen würde, was er arbeiten müsse. Zum Schluss fragte er sogar, ob er seine Omi Katy schon getroffen hätte. Bevor er antworten konnte, meldete sich Rose.
Sie entschuldigte sich für Phillips Überfall, aber der freche Bursche hatte ihr einfach das Telefon aus der Hand genommen. Der alte Mann freute sich, ihre Stimme zu hören.
Zuerst erzählte er ihr davon, wo er sich gerade aufhielt. Natürlich kannte Rose das *Roma* in den Rocks. Sie wusste auch, dass der Laden von Papa Ricioppos Sohn geführt wurde und einen hervorragenden Ruf genoss.
Danach berichtete er ihr von den Vorbereitungen zu Chicks Ausstellung im *Museum of Contemporary Art & Design*, kurz *A&D*, und vermittelte ihr kurz seinen Eindruck von den drei Mitstreitern, Percy Trezy, Nelson Yakama und Paul Harris.
Gleichzeitig zeigte er sich etwas erstaunt darüber, dass das *A&D* keine kommerzielle Galerie war, wie er ursprünglich dachte, sondern eine städtische Einrichtung der Superlative. Man wollte fast sagen: „Das Beste, was Sydney an Kunsträumen zu bieten hat“. Allein die Art-Deco-Fassade und die exponierte Lage in der Hafengegend ließen keinen Zweifel darüber aufkommen, mit welchem Kunstpalast

man es hier zu tun hatte. Rose teilte seine Ansicht über das *A&D*. Gleichzeitig war sie sich sicher, dass sein bester Freund mächtig stolz sein müsste, zu den diesjährigen Auserwählten zu gehören. Nach einer kleinen Pause fügte sie noch hinzu, dass er eigentlich genauso stolz sein könnte, als Laudator dabei zu sein. Phillip Amsel wusste nicht so recht, was er entgegnen sollte. Tatsächlich sagte er, er sei total froh darüber, wieder in Australien zu sein.

Dann platzte es aber aus ihm heraus, dass er die meisten Reden, die über Kunst und Künstler gehalten wurden, für aufgeblasenes Geschwafel hielt.

Im schlimmsten Fall erinnerten sie ihn sogar an Trauerreden bei einer Beerdigung. Er versuchte Rose klarzumachen, dass jeder Maler beim Erarbeiten seiner Werke etwas ganz Intimes aus seinem Inneren, aus seiner Seele freiließ, der Betrachter hingegen sah das Kunstwerk aus seiner eigenen, ganz persönlichen Ansicht.

Rose meinte, er sollte genau das in seiner Laudatio erwähnen. Er sollte hineinschreiben, dass er bestimmt eine ganze Menge über den Menschen, den Freund Chick, erzählen könnte. Er sollte sich aber davor hüten, jedes einzelne seiner Bilder wie ein Radiologe zu durchleuchten und dem Betrachter dadurch seiner Fantasie zu berauben. Es war verrückt, aber Rose hatte ihm einen Weg gezeigt, wegzukommen von dem üblichen hochtrabenden Kunstgequatsche, hin zu mehr Ehrlichkeit.

Auf der Terrasse des *Roma* herrschte an den anderen Tischen mittlerweile ein stetes Kommen und Gehen. Die Menschen hatten es eilig in ihrer Mittagspause. Sie wollten schnell essen und ebenso schnell zurück an ihre Arbeit. Um das Thema zu wechseln, erzählte er Rose, dass er heute Abend sehr wahrscheinlich mit Chick und den anderen Künstlern im *Basement* sein würde.

Auf der anderen Seite erklang wieder einmal ganz kurz Roses glockenklares Lachen.

Bevor er etwas sagen konnte, klärte sie ihn darüber auf, dass er bisher nur Plätze aufgesucht habe, die auch zu ihren Lieblingstreffpunkten in der City zählten.

„Übrigens, zu Mums auch." So nebenbei erwähnte sie, dass er nicht überrascht sein müsste, sie an einem dieser Orte irgendwann einmal anzutreffen.

Mit einem handlichen Tablett beladen, stand plötzlich der junge Ricioppo vor seinem Tisch. Der alte Mann war so in sein Gespräch mit Rose vertieft gewesen, dass er sein Mittagessen total vergessen hatte. Es folgte das obligatorische „Prego" und mit gekonntem Schwung balancierte der junge Mann den Loup de Mer samt dem kleinen Salatteller auf seinen Tisch. Verblüfft stellte Phillip Amsel fest, dass die Getränke und das Weißbrot wohl schon vor längerem gebracht worden waren, ohne dass er es bemerkt hatte.

Er konnte unmöglich das herrliche Fischgericht kalt werden lassen. Jetzt, wo er so weit weg war, wurde ihm mit einem Mal bewusst, wie wichtig ihm die Gespräche mit Rose waren. Sie wollte wissen, ob er Cats Telefonnummer haben wollte, um mit ihr Kontakt aufzunehmen. Phillip Amsel wurde in diesem Moment von all seinen Gefühlen überrumpelt, die sich in den letzten Tagen und Wochen bei ihm aufgestaut hatten. Wie im Traum griff er zu seinem Ringbuch und seinem Kugelschreiber. Auf ihre Frage antwortete er einsilbig mit einem „Ja".

Rose gab ihm Cats Telefonnummer und ihre Anschrift. Als sie damit fertig war, sagte er nur, dass sein Essen gerade gekommen sei und er auflegen müsse. Erschrocken bemerkte er, dass der junge Ricioppo noch immer in einem gewissen Abstand neben ihm stand. Der freundliche Bursche entschuldigte sich mit einer leicht angedeuteten Verbeugung und wollte lediglich wissen, ob er den Loup filetiert haben möchte. Phillip Amsel winkte ab. Er wollte allein sein.

Es dauerte eine ganze Weile, bis er sich auf seinen Mittagstisch konzentrieren konnte. Das mit Cat konnte er nicht so einfach abtun oder auf die lange Bank schieben. Außerdem hatte er in den letzten Tagen und Wochen immer öfter daran gedacht, sich mit ihr auszusprechen, um eine gewisse Klarheit über ihr damaliges plötzliches Verschwinden zu bekommen.

Auf seinen Block hatte er Clovelly geschrieben. Der Stadtteil lag direkt neben Kensington, Bronte und Coogee. Sie wohnte in der Eastbourne Ave 13, die lag nur wenige Minuten vom Queens Park entfernt und ebenso weit von Clovelly Beach und einigen der berühmten Vorortstrände. Außerdem war es von Clovelly auch nur einen Katzensprung zu Roses damaliger Schule.

Er würde noch ein paar Tage brauchen, um sie anzurufen.

Der Loup de Mer war schmackhaft, saftig und leicht. So, wie ein edler Fisch schmeckt, wenn ihn ein Meister zubereitet.

Der junge Ricioppo hatte einige Zeit darauf gewartet, an seinen Tisch heranzutreten. Phillip Amsel wirkte eine ganze Weile gedankenversunken. Mittlerweile war er der letzte Gast auf der Terrasse.

Er legte einen Geldschein auf den kleinen Teller

und drückte dem gespannten Restaurantbesitzer dankend die Hand. Als er die zwei Stufen von der Terrasse hinunter auf die Straße stieg, rief er ihm noch zu: „Papa Ricioppo wäre sehr stolz auf dich gewesen."

Er musste hinüber in die Harrington Street, zu dem Art-Deco-Museumsbau von *A&D*, um zu sehen, wie Chick und seine Kollegen mit ihrer Vorbereitung vorankamen. Der erste Eindruck verhieß nichts Gutes. Die Stimmung schien auf dem Tiefpunkt angelangt. Als Chick ihn sah, zog er ihn auf die Seite, um ihn schnell aufzuklären, was vorgefallen war.

Billi Norton, der Creative Direktor von *Art & Gallery* hatte einen heftigen Streit mit Paul Harris. Paul hatte versucht, kurz nachdem Phillip Amsel hinunter zum Fährhafen gegangen war, dem geölten Billy klarzumachen, dass er nicht sein Laudator sein konnte.

Daraufhin war der arrogante Kerl ausgerastet. „Percy, Nelson und ich haben sofort versucht zu schlichten, aber Billy Norton wurde immer hysterischer, bis er anfing mit seinem Verlag zu telefonieren und darauf bestand, dass Paul wegen seines schlechten Benehmens ihm gegenüber ausgeschlossen wurde."

Phillip Amsel konnte nicht glauben, was er gerade hörte. Chick meinte, das wäre noch nicht alles. Nachdem sie sich alle mit Paul solidarisch erklärt hatten, hat Nelson dem geölten Billy das Telefon aus der Hand genommen und dem Verlag ganz ruhig erklärt, dass alle vier Künstler ihre Werke zurücknähmen, wenn *Art & Gallery* ihren Kreativdirektor nicht augenblicklich von hier zurückbeor-

dern würden.
Phillip Amsel war sprachlos.
Nelson musste das Handy zurückgeben und Billy Norton war daraufhin wutentbrannt mit seinem Chihuahua im Arm nach draußen geeilt und wurde seitdem nicht mehr gesehen. Natürlich interessierte es ihn, wie es weitergehen sollte.
Chick meinte, dass sei für sie alle die Kernfrage. Zumal über den Tag eine Menge guter Arbeit geleistet wurde.
Die Fotografen hatten nach und nach ein Drittel der Gemälde für den Katalog fotografiert. Wenn alles so weiterging, wären sie Mitte der Woche mit den Aufnahmen fertig. Was ihm aber noch viel interessanter erschien, war die Arbeit des Innenarchitekten von *Art & Gallery*.
Der Raumgestalter hatte die Möglichkeit, mit einer Computeranimation die komplette Ausstellung, mit den Originalgemälden in den Originalräumlichkeiten virtuell darzustellen. Dazu benötigt er aber dringend die Fotos der Magazinfotografen.
Zwei Minuten später öffnete sich die große Stahltür hinter ihnen und die Museumsdirektorin, Frau Dr. Rubinstein durchschritt sehr energisch und zielgerichtet den Raum bis zu ihrer Gruppe. Sie konnten sich alle sehr gut vorstellen, mit welcher Inbrunst ihr Billy Norton seine Empörung vorgetragen hatte.
Die Direktorin wählte den geraden Weg. Sie war es gewöhnt, zu delegieren und Probleme an der Wurzel anzupacken. Für das Benehmen des Creative Directors von *Art & Gallery* entschuldigte sie sich, ohne weiter auf die Person einzugehen.
Den vier Akteuren versicherte sie, dass sie in aller Ruhe weiterarbeiten konnten. Sobald von *Art & Gallery* eine Entscheidung gefallen sei, wer ihr

neuer Ansprechpartner sei, würden sie umgehend benachrichtigt werden.
Sie nahm Paul Harris für einen Moment zur Seite, um sich bei ihm noch einmal persönlich zu entschuldigen und ihm mitzuteilen, dass er sich wegen der Laudatio keine unnötigen Sorgen machen müsse. Zur Not könnte sie noch immer selbst einspringen.

Man konnte sagen, die Jungs waren alle mächtig beeindruckt von der taffen Dr. Rubinstein. Chick meinte, sie alle sollten heute Abend im *Basement* auf die Frau Doktor anstoßen. Phillip Amsel zog sich in einen kleinen Atelierraum zurück, um einige wichtige Punkte in Chicks Laudatio festzuhalten, die bei dem Telefonat am Mittag mit Rose zur Sprache gekommen waren.
Das Verhältnis zu ihr und dem Jungen hatte sich bei ihm allein durch den riesigen räumlichen Abstand merklich verändert. Wenn er es auf einen einfachen Nenner bringen müsste, würde er sagen: Sie fehlten ihm.
Er war überrascht, dass seine Reise nach Australien derart komische Gefühle hervorrief. Beim Aufschlagen des Schreibblocks fiel sein erster Blick auf die Adresse und die Telefonnummer von Cat. Bei dem Gedanken, mit ihr zu telefonieren wurde ihm leicht schummerig zumute. Seine Gefühle fuhren mit ihm in letzter Zeit fast täglich Geisterbahn. Plötzlich schlug ihm sein Herz bis zum Hals und gleichzeitig begann sich der Raum um ihn herum mit so einer rasenden Geschwindigkeit zu drehen, dass ihm angst und bange wurde. Phillipp Amsel spürte, dass etwas Schreckliches mit ihm geschah. Es blieb nicht mehr sehr viel Zeit, um nach Hilfe zu rufen.

Sein Hals, seine Atemwege verkrampften und er spürte einen sehr starken Brechreiz. Sein Unterbewusstsein sagte ihm, wenn das rasende Drehen stärker würde, könnte er augenblicklich das Bewusstsein verlieren.
Mit letzter Kraft rief er nach dem Freund.

Sydney Day Hospital

Als er seine Augen aufschlug, fehlte ihm vollkommen die Orientierung. Es war dunkle Nacht. Er lag in einem ihm fremden Bett in einem fremden Raum. Es gab an der linken Wand ein Fenster, durch das man den Nachthimmel mit seinen unzähligen Sternen erkennen konnte. An der rechten Wand gab es eine Tür, die offen stand. Dahinter konnte er ein Stück Flur, in schwaches, gelbes Licht getaucht, erkennen. Sein linker Arm und sein Oberkörper waren an Schläuche und Leitungen angeschlossen. Direkt neben seinem Kopf zeigte ein Computer seinen Blutdruck und seinen Herzrhythmus an. Wie lange, dünne, gelbe und weiße Striche glitten die zittrigen Linien über den Bildschirm. Etwas weiter vorne, etwa in der Hälfte seines Bettes erkannte er einen Metallständer mit einer herunterhängenden Infusionsgummiflasche mit trübem Inhalt.

Bei Gott, er befand sich im Krankenhaus. Es hatte ihn erwischt. Langsam kam seine Erinnerung zurück. Dieser wahnsinnige Schwindelanfall hatte ihn umgehauen. Ihm einfach die Beine weggezogen. Danach war er in ein dunkles Loch gefallen. Wie viele Stunden in der Zwischenzeit vergangen waren, konnte er nicht sagen.

Sie hatten ihm seine Uhr und seinen Ring abgenommen.

Er klingelte nach der Schwester, um zu fragen, wie lange er schon hier sei und in welches Krankenhaus sie ihn gebracht hatten.
Auf dem kleinen weißen Messingschild über ihrem linken Busen stand Schwester Hilde. Als sie zur Tür hereinkam, glaubte er ihre Schritte auf dem Flur ihres alten WG-Hauses in der Francis Street zu hören. Genau wie damals trug sie immer noch ihre Birkenstock-Gesundheitslatschen. Hilde musste doch schon viel zu alt für diesen Job sein. An ihren Augen konnte er sehen, dass auch sie ihn erkannt hatte. In solchen Momenten wurde in den meisten Fällen Quatsch geredet. So auch Hilde, als sie ihn fragte, was er denn für Sachen mache.
Ihn ritt der Teufel, als er zurückgab, er habe neben dem Bondi Icebergs Club ganz vorne auf dem Felsvorsprung auf eine riesige Welle gewartet und die habe ihm dann mächtig eine aufs Dach gegeben.
Hilde schüttelte mit dem Kopf und meinte nur mit einem Schulterzucken, da habe sie keine Meinung zu. Genau das war immer ihr Spruch gewesen.
Es war ein gutes Gefühl, ein bekanntes Gesicht an seinem Krankenbett zu haben. Vielleicht war es auch gut, Deutsch zu reden.
Sie hatte graue, fast weiße Haare bekommen und trug eine runde Nickelbrille. Am Fußende seines Bettes befand sich seine Krankenakte in einer Plastikhalterung.
In gewohnter Routine schob sie ihre Brille auf dem Nasenrücken gerade und begann zu lesen.
Sehr viel konnte in der Akte nicht stehen, denn Hilde war schon wieder am kopfschütteln und schulterzucken. Natürlich war Phillip Amsel neugierig, schließlich stand da etwas über ihn.
Wieder erntete er nur ein zickiges Kopfschütteln.

Hilde verwies ihn auf den Stationsarzt, der zwischen sieben und halb acht seine Visite abhielt. Der alte Mann empfand das wiederum als keine sehr gute Idee und erinnerte sie an ihre alte WG-Freundschaft.
Er erntete ein kurz angebundenes „na jut“, und in den nächsten Minuten hörte er schweigend seiner eigenen Diagnose zu.
Hilde berlinerte, als wäre sie gestern erst aus der Bundeshauptstadt nach Australien gekommen. Das tat der ganzen Sache aber keinen Abbruch, denn was da schwarz auf weiß geschrieben stand, klang ziemlich kacke. Er hatte Drehschwindel bekommen und kurzzeitiges Vorhofflimmern.
Hilde machte über seinen Gesundheitszustand kein sehr glückliches Gesicht.
Natürlich wollte er von ihr wissen, was das alles zu bedeuten habe.
Wieder kam zuerst die Brille an die Reihe, dann er.
„Also, pass' auf, Phillip Amsel: Das kann eine einmalige stressbedingte Sache sein. Wahrscheinlich musst du in der Zukunft einige Medikamente nehmen, die das Schlimmste verhindern können.“ Er wollte noch wissen, was das Schlimmste sei, als sie auf dem Flur Stimmen hörten. Hilde gab ihm ein Zeichen, dass sie gehen musste, da der Stationsarzt mit seinem Gefolge zur Visite nahte.
Sie steckte die Akte am Fußende zurück in die Plastiktasche und warf ihm schnell eine witzige Kusshand zu, bevor sie aus dem Raum eilte.
Der alte Mann dachte: *die hat sich kein bisschen verändert.* Tatsächlich fand er die kleine Person schon immer bis auf die Knochen ehrlich.

Natürlich gibt es auch in Australien Lackaffen. Der

smarte Stationsarzt hätte ein Zwillingsbruder von Billy Norton sein können.
Er stand vor ihm und hielt ihm ein ausschweifendes Referat über Drehschwindel und Vorhofflimmern. Danach diktierte er einer der Schwestern zu seiner rechten, welche Untersuchungen noch heute bei ihm vorgenommen werden sollten.
Es folgte eine endlose Aufzählung von medizinischen Anordnungen wie: Radiologie, Orthopädie, MRT, Ultraschall, Röntgenabteilung und so weiter. Als der Gott in Weiß zu Ende diktiert hatte, erkannte Phillip Amsel in der hintersten Reihe Hilde. In diesem Augenblick war sie sein einziger Lichtblick. Sie musste ihm helfen, hier schnellstens zu verschwinden.
Als sich der Tross aus Schwestern und Ärzten endlich in Bewegung setzte, gab er ihr ein Zeichen, noch einen Moment zu bleiben.
Die kleine Berlinerin war geschickt. An der Tür blieb sie als Letzte einfach stehen. Etwas ängstlich schaute sie zu ihm herüber und fragte flüsternd, was er wolle.
Phillip Amsel machte ihr klar, dass sie ihn von dem ganzen Tand und Kabelkram befreien müsse, damit er auf eigenen Wunsch das Hospital verlassen könnte.

Eine Dreiviertelstunde später stand er auf der Macquarie Street. Sie hatten ihn gestern ins Sydney Day Hospital gebracht. Der Name stand groß über dem Haupteingang. Auf der anderen Straßenseite, neben einer kleinen Grünanlage, parkten jede Menge gelb-schwarze Taxen. Eines von ihnen könnte ihn zu Chick, in die Ateliers von *A & D* bringen. Beim Hinüberlaufen merkte er, dass ihm der gestrige

Schwächeanfall noch mächtig in den Knochen steckte. Etwas wackelig und noch immer leicht schwindlig, setzte er sich vorsichtshalber für ein paar Minuten auf die nächstbeste Parkbank.
Es hatte ihn all seine Überredungskünste gekostet, Hilde davon zu überzeugen, dass sie ihm dabei half, aus dem schrecklichen Krankenzimmer zu verschwinden.
Damit sie keine Schwierigkeiten bekam, musste er ihr unterschreiben, dass er den ganzen Schwachsinn, wie sie es nannte, auf eigene Verantwortung machte.

Aus dem Haupteingang des Sydney Day Hospitals trat ein alter weißhaariger, bärtiger Aborigine durch die hohe Glastür nach draußen und schaute glücklich in den Himmel. Er sprach mit sich selbst. Phillip Amsel konnte nichts davon verstehen, er saß viel zu weit weg. Doch je näher der Aborigine auf ihn zukam, desto beeindruckter war er von der Melodie, dem Rhythmus der aufeinanderfolgenden Worte. Er musste grinsen, denn das, was der Alte machte, klang für ihn wie ein Rap auf Pidgin-Englisch. Beim Näherkommen dachte er sogar für einen Moment, es sei Tschanka Baroula aus dem Northern Territory.
Doch den Gedanken verwarf er schnell wieder. Wie sollte es der Clanchef der Alwarra aus dem roten Zentrum Australiens, die vielen tausend Kilometer durch die Wüste, hier her nach Sydney geschafft haben?
Als der Aborigine vor ihm stand, hörte dieser mit seinem Sprechgesang auf und schaute ihm tief in die Augen. Sein Gesicht kam immer näher. Er beugte sich zu ihm herunter, bis ihre Nasen fast an-

einanderstießen und Phillip Amsel ganz deutlich sehen konnte, wie die Pupillen seines Gegenübers sich zu drehen begannen und in der Iris wie in einem gläsernen See hin- und herschwammen.
Es machte ihn leicht schwindelig. Doch plötzlich war alles schon wieder vorbei und der Fremde tippte ihm, bevor er davonging, ganz leicht mit seinem rechten Zeigefinger gegen die Stirn und stimmte dann, zufrieden und mit ruhiger sonorer Stimme, erneut seinen Sprechgesang von vorne an.
Als Phillip Amsel sich nach ihm umschaute, war der weißhaarige Aborigine verschwunden. Das konnte nicht sein, die Macquarie Street war ellenlang. Er hatte freie Sicht. Auf jeden Fall hätte er ihn rechts oder links auf dem Bürgersteig sehen müssen, wie er davonlief.
Beim Aufstehen von der Parkbank stellte er erstaunt fest, dass alle seine Beschwerden verschwunden waren. Sein wackeliges Schwindelgefühl, sein Herzrasen, alles war wie weggeblasen. Ihm gegenüber erstreckte sich die riesige Grünfläche des Hyde Parks und des Royal Botanic Gardens.
Viele Menschen nutzten schon am frühen Morgen die gepflegte Rasenfläche, um sich lang auszustrecken und dabei die Sonne zu genießen.

Bewundernd stellte er fest, dass sich die Macquarie Street in den letzten Jahrzehnten zu einer richtigen Prachtstraße entwickelt hatte. Sie begann an der Town Hall und verlief dann parallel an beiden Parks entlang, bis hinauf zum Hafen und dem Opernhaus.
Eine traumhaft schöne Straße zum Bummeln, jetzt wo er sich nicht mehr wie ein Betrunkener mit Herzrasen fühlte. Wieder wurde er durch das

Brummen seines Handys überrascht. Die Fummelei aus der Hosentasche war für ihn noch keine Routine. Auf dem Display stand diesmal *unbekannt*.
Da er schon einige Meter in Richtung Opernhaus unterwegs war, drückte er einfach den grünen Knopf und lief dabei weiter. Wie all die anderen Passanten um ihn herum, lief auch er mit dem blöden Ding am Ohr durch die Stadt.
Jemand rief „Hallo“, nachdem er sich gemeldet hatte. Das Hallo klang nach einer hellen Frauenstimme, die sich nach einer kurzen Pause noch einmal mit den Worten: „Hier ist Cat …“ meldete.
Phillip Amsel war total überrascht, Cats Stimme zu hören. Er brauchte einen Moment, um sich zu sammeln, hatte aber gleichzeitig ein gutes Bauchgefühl. Genau das sagte er zu ihr, ohne lange zu überlegen.
„Es tut gut, deine Stimme zu hören.“
Sie fragte ihn, wo er gerade sei. Phillip Amsel erzählte ihr in knappen Worten, was sich bei ihm in den beiden letzten Tagen ereignet hatte und schloss mit der Aussage, er habe vor einer knappen Stunde auf eigene Verantwortung das Sydney Day Hospital verlassen und wäre auf dem Weg zu dem *Museum of Contemporary Art and Design*.
Cat wusste Bescheid. Rose hatte ihr natürlich die ganze Geschichte von Chick und der Ausstellung bei *Art & Design* zusammen mit Paul Harris, Percy Trezy und Nelson Yakama erzählt. Etwas verwundert war er schon, wie einfach und problemlos man mit so einem kleinen Ding am Ohr mitten auf der Macquarie Street über alles reden konnte. Wie lange hätte er gebraucht, um diesen Schritt zu wagen und auf Cat zuzugehen?
Ihre nächste Frage war, ob er heute Abend schon etwas vorhätte.

Alter Mann im Botanic Garden

Sie war immer noch genauso direkt wie ganz am Anfang ihrer Beziehung. Cat wollte sich gerne mit ihm im *Roma*, bei Rosario Ricioppo treffen.
Natürlich hatte er Zeit. Nachdem sie beide aufgelegt hatten, hielt er immer noch eine kleine Ewigkeit den roten Knopf seines Handys gedrückt, als könnte er sie damit noch etwas länger festhalten.

In den Atelierräumen des *A&D* ging es mittlerweile richtig zur Sache.
Allein die Tatsache, dass keiner der Anwesenden bemerkte, dass er schon eine ganze Weile im Raum stand, war ein sicheres Zeichen dafür.
Nelson Yakama drehte sich als einziger zu ihm herum und brachte mit einem „Oh, Jesus!" sein Erstaunen zum Ausdruck.
Phillip Amsel musste herzlich über den Vergleich mit Jesus Christus lachen, vermutlich war sein gestriger Abgang für alle Anwesenden ein richtiger Schock gewesen.
Chick drückte ihn herzlich an seine Brust und alle anderen taten es ihm nach. Sogar die Fotografen von *Art & Gallery* kamen zu ihm herüber und reichten ihm die Hand.
Es tat ihm gut, unter Freunden zu sein. Natürlich wollte Chick von ihm wissen, was die Ärzte im Hospital feststellen konnten.
Er spielte die Sache herunter und faselte etwas von Jetlag und Schwächeanfall.
Chick war mit der Antwort zufrieden, nur Nelson Yakama hatte etwas feinere Sensoren. Der Aborigine glaubte ihm kein Wort. Deshalb sagte er auch, ohne dass es die anderen hören konnten: „Man kann sich selbst belügen, seinen Körper aber nicht. Irgendwann musst du dafür bezahlen."

Phillip Amsel drehte sich wortlos um und ging in den kleinen Atelierraum, wo noch immer sein Ringbuch und sein Kugelschreiber vom gestrigen Tag lagen.
Er wollte in seiner Laudatio auf den Freund als Mensch, als Naturburschen eingehen. Chick war als junger Kerl tatsächlich bei den Gebirgsjägern gewesen. Er wurde in Gerlos, in Tirol, geboren und kam erst viel später, fast zwanzigjährig, in dem nicht gerade sehr idyllischen Mannheim an, wo sie in der Freien Kunstakademie aufeinandergetroffen waren.
Ihm war wichtig festzuhalten, dass ein Kletterer, ein Bergsteiger, ein Wanderer, ein Pflanzen- und Tierversteher, ein Naturmensch die Welt ganz anders wahrnahm als ein Stadtmensch. Chick hatte sich seine intuitive Wachheit und Klarheit für die Natur aus seiner Kindheit und Jugendzeit erhalten.
Aus diesem Grund war auch der Zyklus seines Freundes, *Himmel, Wasser und Erde,* etwas ganz Besonderes. So, wie er die drei Elemente sah und auf die Leinwand brachte, würden es vermutlich auch die letzten Erben der Ureinwohner dieser Erde tun, wenn sie über das gleiche Talent verfügen könnten. Nur wer eine tiefe Erd- oder Naturverbundenheit fühlte, konnte solche Werke hervorbringen. Davon war er überzeugt. Phillip Amsel hatte in kurzer Zeit das aufgeschrieben, was der berühmte rote Faden seiner Laudatio werden sollte.
Jemand hatte einen Berg Sandwiches und Getränke besorgt. Zwei Holzböcke und eine Spanplatte dienten als Tisch. Es war wieder so ein Moment, der ihn an ihre Akademiezeit in Mannheim erinnerte.
Chick hatte sich mit einem Sandwich und einem Mineralwasser bewaffnet neben ihn gesetzt. Ihn in-

teressierte brennend, wie er mit der Laudatio vorankam. Phillip Amsel holte aus dem Nebenraum seinen Schreibblock und versuchte anhand von Stichwörtern seine Idee zu erklären. Sein Vortrag würde sich mehr auf den Menschen, also auf die Person des Künstlers beziehen, als auf dessen Werk. Deshalb las er ihm seinen letzten Satz vor, den er vor wenigen Minuten notiert hatte: *„Nur wer eine tiefe Erd- und Naturverbundenheit fühlt, kann solche Werke hervorbringen."*

Chick bestätigte ihm, dass seine Idee absolut richtig war. Da Percy Trezy, Paul Harris und Nelson Yakama mitgehört hatten, bekam er auch von deren Seite absolute Zustimmung. Nelson Yakama meinte sogar, dass seine Werke ohne das alte Wissen seiner Vorfahren über die Natur nie entstanden wären.

Paul Harris, der selbst noch immer keinen Laudator hatte, wollte ihm unbedingt sagen, dass er sich genau auf dem richtigen Weg befand.

Phillip Amsel meinte, man sollte die Menschen nicht ständig bevormunden oder belehren wollen. Wer durch seine Kunst den Betrachter zum träumen oder überlegen anrege, habe eine ganze Menge erreicht.

Das war alles mehr, als er zu hoffen gewagt hätte. Es gab immer noch eine Menge zu tun, sodass nach kurzer Zeit jeder Einzelne von ihnen seiner Arbeit nachging und auch Phillip Amsel wie ein einsamer Mönch in seinem Kämmerchen mit dem Rest seines Sandwiches und einer halbvollen Mineralwasserflasche verschwand.

Der Raum, in dem er sich befand, stand auf der Rückseite voller Wechselrahmen. Auf der rechten Seite stand ein teurer Papier- und Kartonschrank mit unglaublich vielen Schiebefächern. Auf der linken Seite stand eine alte, verstaubte Couch. Er verspürte beim Anschauen der bequemen Liege große Lust auf einen kurzen Mittagsschlaf. Allein der Gedanke daran machte ihn noch eine Spur schläfriger. Beim Hinlegen bemerkte Phillip Amsel, dass dem alten Teil ein sehr eigenartiger Geruch innewohnte. Doch irgendwo musste er ja, wenn er schlafen wollte, seinen Kopf auflegen. Die plötzliche Müdigkeit war stark und lies keine langen Überlegungen zu.

Der Schlaf und die Träume kamen rasend schnell. Er hatte das Gefühl, auf einem bequemen Sessel hinauf in den Himmel zu fliegen. Über den Wolken war der höchste Punkt erreicht. Hier pendelte der Sessel für eine Sekunde unschlüssig hin und her, bis er sich ruckartig nach Norden ausrichtete und sofort eine rasende Fluggeschwindigkeit aufnahm. Phillip Amsel kannte die Strecke unter sich. Seine Haare, sein Hemd und seine Hose flatterten in dem starken Gegenwind und beim Hinunterschauen erinnerte er sich an *Happy Red Car* und wie er damals mit Barry und Dan über die staubige, rote Piste des Stuart Highway fuhr.

Als er das Northern Territory überflog, wusste er automatisch, wohin ihn seine Traumreise bringen würde. Hier lebte Tschanka Baroula mit seinem Stamm, den Alwarra.

Aus den Wolken sahen der Tanzplatz und die vielen einfachen Unterschlupfe der Aborigines sehr klein und unscheinbar aus. Doch zusammen mit der Musik aus den Didgeridoos – mit ihren tiefen, sonoren, langgezogenen, schwingenden Tönen und den Schwirrhölzern, die brausten wie der Wind und bei Initiationsfeiern die Stimmen der Geister versinnbildlichten – und den Rhythmushölzern

wurde der Platz zu dieser Stunde zu einem unglaublich mystischen Ort. Sein Sessel landete erstaunlich sanft, ohne die geringste Staubwolke zu verursachen. Dieses Mal schien Tschanka Baroula erstaunt darüber, ihn zu sehen.
Er hatte ihn nicht bei seinem Aborigine-Namen gerufen. Er hatte ihn überhaupt nicht gerufen. Die Aborigines feierten eine Einweihungszeremonie, das konnte er an den mit Wollfäden bespannten Stabkreuzen sehen.
Aus Erzählungen wusste er, dass diese Fadenkreuze zur Akzentuierung ganz bestimmter Handlungen bei den Beschneidungen dienten.
Hinter Tschanka war ein zweiter Aborigine aufgetaucht. Dem weißhaarigen Alten schien aufgrund seines Auftretens eine wichtige Funktion bei den Sippenoberhäuptern zu obliegen. Phillip Amsel überlegte, wo er den Fremden schon einmal gesehen hatte. Tschanka stellte ihn als seinen Bruder Tschonkottu Jabara und gleichzeitig als einen ihrer höchsten Ngangkaris vor. Als Ngangkaris, so erklärte er ihm danach, bezeichneten sie ihre Schamanen.
Tschankas Bruder meinte, er könne ihn einfach Jaba nennen. Das würden alle seine Freunde so machen. Phillip Amsel nannte ihm seinen Aborigine-Namen, Coloboo, und schaute sich dabei sein Gegenüber etwas genauer an.
Der alte Mann erschauerte und fühlte sich im nächsten Moment verunsichert, denn Jaba war zu einhundert Prozent die gleiche Person, die ihm am Morgen vor dem Sydney Day Hospital an die Stirn getippt hatte. Der Aborigine, der sich Jaba nannte, besänftigte ihn, denn er sah ihm seinen Schreck sofort an.

Tschankas Bruder Jaba

Ruhig erklärte er ihm, dass heute der Tag sei, an dem die jungen Burschen ihrer Sippe beschnitten werden würden. Jaba und sein Bruder hatten beschlossen, dass er nicht dabei zusehen sollte. Ganz zum Schluss erklärte ihm Jaba, dass er ihn gerufen habe und nicht, wie üblich, Tschanka. Sie hätten sich ernsthaft gesorgt um ihn, weil sie spürten, dass er dringend Hilfe benötigte. Phillip Amsel fühlte sich überfordert, doch bevor er seine Verwunderung aussprechen konnte, fuhr der Ngangkari mit seiner Rede fort.

Jaba glaubte, dass Phillip Amsels Herz in den letzten Wochen sehr unruhig und schwach geworden sei. Außerdem hätte sich in seinem Ohr etwas sehr Kleines gelöst und würde sich an manchen Tagen wie verrückt um die eigene Achse drehen – in etwa wie ein liebestoller Dingorüde vor dem Paarungsakt.
Nicht weit von ihnen auf dem Versammlungsplatz waren die Einweihungszeremonie und die Beschneidungsvorbereitungen in vollem Gange. Jaba hatte ihm seinen rechten Arm freundschaftlich um die Schulter gelegt und führte ihn die wenigen Schritte zu einem nahen Felsüberhang hinauf.
Beim Näherkommen erkannte er, dass es eine geräumige Höhle sein musste, in deren Mitte ein kleines Lagerfeuer brannte.
Überall standen die typischen, einfachen, handgemachten Körbe der Frauen herum: Sie waren randvoll aufgefüllt mit irgendwelchen duftenden Kräutern, fingerdicken Wurzeln und glänzendem Blattwerk. Aus unzähligen flachen Tonschalen und Tellern stieg grauer Rauch empor, der vermutlich die lästigen Fliegen fernhalten sollte.

Jaba lud ihn ein, auf dem Boden Platz zu nehmen. Die Gesänge der Aborigines, das Gestampfe der Tänzer und die monotonen Klänge der Didgeridoos drangen vom Versammlungsplatz immer heftiger zu ihnen herüber.
Er hatte sich im Schneidersitz auf den roten Lehmboden gesetzt und wartete gespannt darauf, was geschehen würde.
Phillip Amsel war vollkommen ruhig geworden. Der höhlenartige Raum und der seltsame Geruch, den die Glut der glimmenden Blätter und Kräuter in den Schalen verursachten, übten eine gewisse mystische Magie auf ihn aus, die ihn leicht benebelte und gleichzeitig in einen tranceartigen Zustand versetzte.
Trotz alledem konnte er seine Umgebung klar und deutlich wahrnehmen. Jaba arbeitete an einem mit Wasser gefüllten, rußgeschwärzten Topf, der über dem Lagerfeuer hing. Während er verschiedene Blätter und Kräuter aus den Körben einsammelte und danach einzeln in das sprudelnde Wasser warf, murmelte er eine melodische Formel vor sich hin, die ihn abermals an die abgehackte Rhythmik eines modernen Raps erinnerte. Ab und zu schob sich der Schamane einige ausgesuchte Blätter in rohem Zustand in den Mund, um sie genüsslich durchzukauen.
Irgendwann hatte das Gebräu in dem Topf eine Farbe angenommen, die dem Schamanen zusagte. Aus einer der hintersten Ecken holte er eine leere Plastikflasche und ein glänzendes, frisches Blatt, aus dem er einen Trichter faltete.
Langsam, ganz langsam, ohne etwas von der wertvollen Medizin zu verschütten, kippte er die grüngraue Flüssigkeit in den Trichter, bis an den Fla-

schenrand. Jaba hatte die ganze Zeit sehr konzentriert und ernst gearbeitet.
Es dauerte noch einige Minuten, bis der Tee, wie er ihn nannte, abgekühlt war.

Der Heiler verspürte den dringenden Wunsch, Philip Amsel von seiner Sippe zu erzählen. Etwas traurig begann er zu schildern, dass nur noch sehr wenige und kleinere Gruppen, wie die Alwarra im Sinne der ältesten Kultur der Menschheit im trockenen Herzen des Outbacks lebten.
„Leider zählt unser Stamm zu den letzten Überlebenden, die aus freiem Willen und möglichst unbeeinflusst von der Außenwelt, nur untereinander unser altes Wissen zwischen Mensch und Natur und zwischen Diesseits und Jenseits bewahren möchten. Wir nennen es die Traumzeit", erklärte Jaba. „Jeder von uns hat eine wichtige Rolle auf dieser Erde zu erfüllen. Unser Tun wurde uns von Eingana - auch Almudj oder Iguana genannt - dem höchsten aller Schöpferwesen zugeordnet. Mir stellte Eingana die Aufgabe ein Ngangkari, ein Heiler zu werden."
Ruhig fuhr Jaba mit seiner Erzählung fort: „Doch das Wissen um die Geheimnisse des Lebens musste ich von unseren Vätern und Vorvätern lernen. Damals, als du noch sehr jung warst und zum ersten Mal zu uns kamst, um meinen Bruder Tschanka zu fotografieren, waren wir unschlüssig, was für unseren Stamm das Beste wäre. Wir haben uns mit den Jahren immer mehr ins rote Herz des Outbacks zurückgezogen. Vielleicht war es mir nur so möglich, unser ursprüngliches Heilsystem zu erhalten. Als wir damals, viel zu nah bei den weißen Australiern in der Nähe von Alice Springs siedelten, kam ziemlich oft einer der Flying Doktors vorbei, um mit mir

zu reden. Er arbeitet heute übrigens im Sydney Day Hospital".
Phillip Amsel konnte es nicht glauben, was er gerade hörte. Doch bevor er etwas fragen konnte, redete Jaba schon weiter.
„Der junge Doktor war überzeugt davon, dass wir beide voneinander lernen könnten." Zu Jabas Erstaunen berichtete ihm der studierte Mensch zuerst davon, dass seine Heilkunst, der Schamanismus, einst die ursprüngliche Heilkunst der gesamten Menschheit war. Schamaninnen und Schamanen gehörten, lange bevor es Ärzte gab, zu den Heilern in allen Kulturen dieser Welt. Bis sie bei den Religionsgelehrten und dem Priestertum in Ungnade fielen und später gänzlich durch die Pharmazie und die Wissenschaft verdrängt wurden.
Dr. Paul McRyn, der ehemalige Flying Doktor, war felsenfest davon überzeugt, dass durch das Christentum Jahrtausende altes Wissen schändlich ausgemerzt und verschüttet wurde.

Mittlerweile war die Flasche in seiner Hand abgekühlt und Jaba zeigte ihm an, er möge langsam Schluck für Schluck des Inhaltes austrinken
Aus der Ferne hörte er, wie der stampfende Rhythmus der Tänzer immer leiser wurde. Für die jungen Burschen kam der Ernst der Stunde beängstigend näher. Die schmerzhafte Beschneidung würde in wenigen Minuten für sie beginnen. Die kräftigen, dumpfen, wogenden Blasgeräusche der Didgeridoos und das harte Klappern der Takthölzer passte sich harmonisch den ruhigen, wiegenden Schritten der Tanzgruppe an, bis es ganz still wurde.
Er hielt seine Augen fest geschlossen. Durch die bittere Medizin war er in der Höhle, auf dem sandigen

Boden tief und fest eingeschlafen. Kurz bevor er das Bewusstsein verlor, richtete er eine letzte Frage an Jaba, nämlich, was das für ein ekeliges Zeug sei, dass er für ihn zusammengebraut habe.
Jaba versicherte ihm, dass er sich nicht sorgen müsse. Die Schamanen der Aborigines verwendeten schon seit Jahrtausenden die Öle des Teebaums als ihr ältestes und vielseitigstes Heilmittel. Dazu hatte er noch einige Wurzelsäfte zur Herzstärkung ausgekocht. Phillip Amsel hörte, bevor er einschlief, wie Jaba der Heiler zu rappen anfing.

Über uns're Träume hinaus
blicken wir zum Morgen,
blicken in das Dunkel.
Der alte Mann sitzt auf einem Felsen
und beobachtet die Morgendämmerung.

Sie erscheint über dem Ozean
in kurzer Zeit,
er sieht einen goldenen Lichtstrahl,
wie er die Wolken streift,
dies ist eine der schönsten Zeiten am Morgen.

Wenn wir genau hinblicken was wir sehen,
ist es die großartige spirituelle Kultur
der Traumzeit der Aborigines.

Chick und seine Künstlerkollegen hatten über viele Stunden mit den Fotografen des Kunstmagazins die besten Aufnahmen für den Ausstellungskatalog ausgesucht.
Sie waren sich einig darüber, dass ein Creative Director das endgültige Okay für die Anordnung geben müsste, damit der Katalog schnellstens in den

Druck gehen konnte. Chick wollte ihn für seine endgültige Fotoauswahl gern dabeihaben. Als er in Phillip Amsels kleinen Atelierraum kam, fand er diesen schlafend auf einer ziemlich vergammelten Biedermeiercouch vor.

Der Freund hielt auch noch während er schlief eine leere Mineralwasserflasche fest in der rechten Hand.

Durch ein Räuspern konnte er ihn leicht aufwecken. Phillip Amsel wirkte im ersten Moment völlig verstört. Zuerst bedankte er sich bei Chick für die gute Medizin in der Flasche und nannte ihn ständig Jaba. Als Chick einen seiner blöden Witze machte und sagte: „Ich Tarzan, du Jane", war ihm die Situation mehr als peinlich.

Nebenan, im großen Atelierraum hörte man ungewöhnlich laute Stimmen durcheinanderreden. Tatsächlich hatte *Art & Gallery* einen neuen Creative Director – oder besser gesagt, eine Creative Direktorin, vorbeigeschickt.

Als Chick und er den Raum betraten, stand eine äußerst attraktive, junge Frau vor ihnen.

Da alle vier Künstler und die Fotografen des Verlages anwesend waren, ergriff die neue Creative Direktorin forsch das Wort und stellte sich als Wendy Moore vor.

Wie sie berichtete, war sie bei *A & G* schon seit zwei Jahren für Billy Norton als Assistentin tätig. Nach dem Eclat musste der Vorstand eine schnelle Entscheidung treffen und hatte ihr die Chance gegeben.

Nelson Yakama war der Erste, der die Initiative ergriff und kräftig applaudierte. Es war nicht zur ihm, sondern jedem, der mit Bill Norton zu tun hatte, klar, dass die eigentliche Arbeit in Wahrheit von

seiner Assistentin erledigt wurde.
Percy Trezy meinte, der Vorstand hätte sich nicht besser entscheiden können. Das war wie Balsam für die Seele der hübschen Wendy. Strahlend schaute sie in die Runde, machte dann noch die Andeutung eines Dieners und eilte beschwingt, sich noch zweimal verbeugend dem Ausgang entgegen.
Chick fragte in den Raum, wer denn nun für die Freigabe des Ausstellungskataloges zuständig wäre. Paul Harris antwortete etwas lakonisch: „Zuerst hatten wir den geölten Bill, nun haben wir es mit einem geölten Blitz zu tun."
Wendy Moore hatte für einen atemberaubenden Aha-Auftritt gesorgt, aber vier vollkommen ratlose Künstler zurückgelassen.
Nelson Yakama klopfte Phillip Amsel brüderlich auf die Schulter und flüsterte ihm leise in sein Ohr, sodass es kein anderer hören sollte: „Wenn du das alles siehst Phillip, wärst du besser bei meinem Stamm, den Alwarra, geblieben und hättest dich von Jaba richtig gesund machen lassen."
Phillip Amsel stand mit offenem Mund mitten im großen Atelierraum und wusste nicht, wie ihm gerade geschah. Woher wusste Nelson etwas von seiner Heilung bei dem Schamanen?
Aber bevor er ihm die für ihn wichtige Frage stellen konnte, war Nelson wie vom Erdboden verschwunden.

Zwei Minuten später fiel ihm ein, dass er dringend Cat anrufen musste, um nachzufragen, zu welcher Uhrzeit sie sich im *Roma* verabredet hatten. Das klang ziemlich blöd, aber er hatte tatsächlich den Zeitpunkt vergessen.
Als Cat abhob und seine Stimme hörte, musste sie

lachen. Auch sie war sich nicht sicher, ob sie überhaupt eine Uhrzeit ausgemacht hatten. Cats gute Laune und ihr frisches Lachen konnten Berge versetzen. Am liebsten hätte er sich sofort mit ihr getroffen.

Als er auf seine Uhr schaute, musste er feststellen, dass es fast schon achtzehn Uhr war. Eigentlich eine gute Zeit für ein romantisches Candle-Light-Dinner.

Sie wollte wissen, ob er noch viel zu tun hätte. Phillip Amsel machte einfach den Vorschlag, sich in einer halben Stunde im *Roma* zu treffen.

Mittlerweile hatte einer der Fotografen in der Redaktion von *A & G* angerufen, um zu erfahren, wer der Verantwortliche für den Ausstellungskatalog sei. Das aufwendige, teure Hochglanzteil musste dringend in der Druckerei abgeliefert werden, um rechtzeitig zur Ausstellungseröffnung fertig zu werden.

Wenn alles reibungslos ablief, würde er auch Chicks Laudatio spätestens in zwei Tagen abgeben müssen. Er war tatsächlich der Letzte der Schreiber. Sogar Frau Dr. Rubinstein, die Direktorin des *A&D*, hatte schon ihre Laudatio abgeliefert und würde, wie versprochen, für Paul Harris die Ansprache halten. Auch Nelson Yakama konnte sein Manuskript vorlegen. Ob es tatsächlich der Parlamentsabgeordnete Janik Jakamarra selbst verfasst hatte, sei dahingestellt. Eigentlich müssen Politiker gar nicht selbst schreiben, sondern nur überzeugend reden.

Phillip Amsel nahm sich vor, bei Rosario Ricioppo im *Roma* mit Cat über seine Ideen zu Chicks Laudatio zu reden. Vielleicht hatte sie Lust, mit ihm zu-

sammen an der endgültigen Version zu arbeiten.
Sie hatte einen Tisch für zwei Personen reserviert. Er musste sich also keine Sorgen um einen guten Sitzplatz machen.
Rosario war, genau wie sein Vater, ein Meister der alten Schule: Natürlich behauptete er den besten Tisch für sie reserviert zu haben. Er war ihm schon am Eingang zur Hafenterrasse die wenigen Stufen entgegengekommen und hatte ihm schmunzelnd berichtet, die Signora sei schon da.
Phillip Amsel war wahnsinnig gespannt, wie Cat heute aussehen würde. Immerhin waren seit ihrer Trennung fast fünfzig Jahre vergangen.
Ihm wäre allerdings lieber gewesen, Rosario hätte ihn allein zu Cat an den Tisch gehen lassen und keinen Wert daraufgelegt, ihn zu begleiten. Aber der Vollblutitaliener wich ihm nicht von der Seite.
Natürlich hatte sich auch Cat verändert. Durch die vielen Fotografien zu Hause bei Rose in Reepsholt an der Wand war er nicht ganz unvorbereitet.
Sie sah wahnsinnig gut aus. Rosario musste der gleichen Meinung sein, denn er klopfte ihm wie zur Bestätigung unentwegt auf den Rücken.
Es fiel ihm äußerst schwer, etwas Nettes zu Cat zu sagen, denn der anhängliche Kerl an seiner Seite ging ihm in diesem Moment tierisch auf die Nerven.
Sie bemerkte zweifellos sofort die groteske Situation und hatte mit einem charmanten Lächeln und einem „Vielen Dank, Rosario“, mit Leichtigkeit das kleine Problem gelöst. Dann standen sie sich nach fünf Jahrzehnten endlich gegenüber und Phillip Amsel spürte, wie die alte Vertrautheit zurückkommen wollte und ihn dazu drängte, Cat zu umarmen.
Beide gingen aufeinander zu und jeder sprach den abgedroschenen Satz aus: „Du hast dich gar nicht

verändert", der in Wahrheit eine höfliche Lüge war. Cat flüchtete sich in ihr freches Mädchenlachen, dass er auch bei Rose so gern hörte. *Sie hat blaue Augen,* dachte er. Einen Moment wollte er tatsächlich fragen, ob sie schon immer blaue Augen hatte.

Eine innere Stimme sagte ihm, es besser zu lassen. Doch als er gar nichts sagte, wollte Cat unbedingt wissen, an was er gerade dachte.

Das Gespräch konnte nicht blöder laufen … Er gab sich einen inneren Ruck und sagte tatsächlich: „An deine Augen."

Wenn ihn vorher jemand gefragt hätte, ob man mit fast siebzig Jahren bei einem Date immer noch Schmetterlinge im Bauch verspüren würde, wäre seine Antwort bestimmt ein Nein gewesen.

Mittlerweile hatten sie beide Platz genommen und Cat wollte total neugierig wissen, was er in all den Jahren gemacht hätte und ob er verheiratet sei.

Phillip Amsel fing mit seinem ersten Offroad Fotoauftrag, damals in den Siebzigern an, als er für *Happy Red Car* mit Barry und Dan quer durch Australien unterwegs war. Später folgten Aufträge in Neuseeland, Neuguinea, Fiji, Südafrika und Namibia.

Namibia war allerdings im Gegensatz zu all seinen weiteren Stationen anders. Namibia war so etwas wie Australien, berichtete er ihr. Es wurde zu seiner zweiten großen Liebe. Aus diesem Grund hatte er auch das Gefühl, ihr darüber mehr erzählen zu müssen. Wenn er von Namibia sprach, bekam er immer noch glänzende Augen und vermutlich schlug in solchen Momenten sogar sein Herz schneller.

Er sprach von Geparden, seinen Lieblingstieren. Auf Okonjima durfte er sogar eine Fotoserie über

das schnellste Tier der Welt machen. Danach folgte eine Reportage über die Haikom-Buschmänner am Rande der Etosha-Pfanne.
Phillip Amsel war so tief in seine Erinnerungen an Afrika eingetaucht, dass er den jungen Ricioppo nicht bemerkte, der wohl schon länger an ihrem Tisch stand und gebannt zuhörte.
Sie hatten beide völlig vergessen, in die Karte zu schauen. Cat wollte spontan wissen, was er von einer gemischten Fischplatte halte. Das war natürlich eine super Idee. Zusammen mit etwas Weißbrot und einem leichten australischen Chardonnay konnte der Abend nicht schiefgehen.
Bevor das Essen kam, musste er ihr unbedingt mehr von den kleinen Jägern erzählen, die meist nur eine Körpergröße von 1,48 m erreichten und wie die Aborigines zu den ältesten Menschengruppen der Welt zählten.
Als Rosario die Fischplatte mit gegrillten King Prawns, Sepia in Knoblauch, gegrilltem Schwertfisch und einer Handvoll Vongole brachte, bemerkte er viel zu spät, dass bisher nur er geredet hatte.
Aus diesem Grund meinte er, nun würde es Zeit, dass sie etwas aus ihrem Leben berichtete. Cat schaute ihn etwas traurig an, bevor sie sagte: „Das traurigste Kapitel in meinem Leben war ehrlich gesagt Harry!“
Auf ihn wirkte dieser einzige Satz wie ein Hammerschlag.
Deshalb entgegnete er auch ohne lange zu überlegen: „Ich habe mich mein ganzes Leben lang gefragt, weshalb du mit ihm in einer Nacht- und Nebelaktion verschwunden bist.“
Nach einer kleinen Pause, in der sie eingehend die

Unterseite einer Sepia studierte, gestand sie, viel zu leichtgläubig auf Harrys teuflische Lügengeschichten hereingefallen zu sein. „Er machte mich glauben, du und Chick wärt ein Paar. Harry versicherte mir, er wüsste alles über euch. Durch Zufall hätte er ein Gespräch im Sun Room zwischen dir und Chick belauscht, als du sagtest, es wäre einfach nur so ein Abenteuer von dir, eine Frau zu verführen."

Sie zögerte. „Nachdem du mich dann in Bondi Beach der Clique als deine neue Braut präsentiert hattest", sagte sie dann, „wäre kein Tag vergangen, an dem ihr euch nicht in irgendeiner Ecke heimlich befummelt hättet".

Phillip Amsel konnte nicht an sich halten und nannte Harry ein Schwein.

Er musste ihr erklären, dass er die ganze fiese Geschichte erst vor ein paar Tagen von Anna Martini, Georgs Schwester, von Martini's Lawn Services erfahren hatte.

Beide mussten hörbar schnaufen, wobei Cat zuerst ihre Fassung zurückgewann und voller Überzeugung feststellte: „Heute bin ich mir sicher, Harry hat uns die besten Jahre gestohlen. Weil ich dich nirgendwo mehr finden konnte, hatte ich nie die Chance, dich zu fragen, ob unsere Liebe für eine große Beziehung, für eine Familie mit Kind reicht oder ob du nur mit mir gespielt hast."

Als sie weitersprach, wurde ihr Gesicht noch ernster. „Es gibt keine Zufälle, Phillip", sagte sie. „Irgendwie kommen im Leben selbst die verrücktesten Geschichten ans Tageslicht."

Phillip Amsel hatte bisher keine Chance, Cats Redeschwall zu unterbrechen. Cat begann ohne Punkt und Komma, ihm seine eigene Geschichte auf einem Silbertablett zu servieren: „Stell dir vor, ein alter Mann sitzt in Holtrop in Ostfriesland bei seiner Hausärztin im Wartezimmer und denkt an nichts Böses. Plötzlich sieht er in der hintersten Ecke einen kleinen Jungen, der ihn mit seinem Lockenkopf an sich selbst im Alter von fünf Jahren erinnert. Der kleine Kerl spielt auf zwei Kochlöffeln Luftgeige, genau wie er es in diesem Alter liebend gern getan hatte und bildet sich dabei ein, ein großer Geiger zu sein. Als er mit der Mutter des Kleinen ins Gespräch kommt, stellt sich auch noch heraus, dass sie beide aus Sydney kamen."

Rose hatte ihr noch am gleichen Tag von der herrlich verrückten Geschichte von dem alten Mann, der Phillip Amsel hieß erzählt. Als sie seinen Namen hörte, wusste sie sofort, dass er es sein musste.

Cat musste an dieser Stelle wieder heftig durchatmen, bevor sie weiterredete und dann stellte sie ihm eine Gewissensfrage: „Kann es sein, Phillip Amsel, dass du immer noch auf der Leitung stehst?"

Er schaute sie wahrscheinlich genauso ungläubig an, wie den Vortänzer der Alwarra in seinem Traum, als ihm dieser seinen langen Holzspeer mitten in sein Herz rammte.

Als er nichts sagte, gab ihm Cat die Antwort: „Rose ist deine Tochter und der kleine Luftgeiger ist logischerweise dein Enkel."

Ihm gingen tausend Gedanken durch den Kopf und keiner schien für eine vernünftige Antwort der richtige zu sein.

Cat bemerkte seine Hilflosigkeit und versuchte irgendwie die Stimmung zu retten, indem sie ihr Glas erhob und ihm lächelnd zuprostete. „Es wird für dich, mit deinen siebzig Jahren, langsam Zeit, mit mir auf unsere gemein-same Tochter anzustoßen und einen ordentlichen Schluck zu nehmen."

Er war mit seinem Weinglas in der Hand sofort feierlich aufgestanden, als Cat ihr Glas erhob und sah sich noch immer nicht in der Lage, ein vernünftiges Wort herauszubringen.
Cat sah die ganze Geschichte viel lockerer. Er glaubte fast, sie sei etwas beschwipst von dem herrlichen Chardonnay, als sie lachend um den kleinen Tisch lief, um ihn zu umarmen. Als sie ihm dabei ihn die Augen schaute, konnte sie sich den Satz nicht verkneifen, „Herr Phillip Amsel, Sie sind gerade Vater geworden. Gratulation, es ist eine Tochter."
Ihm blieb gar nichts anderes übrig, als mitzulachen. Rosario Ricioppo, der junge Wirt, hatte die beiden schon eine ganze Weile beobachtet und fand es an der Zeit, nachzufragen ob die Herrschaften mit allem zufrieden seien oder noch einen Wunsch hätten. Sie verspürten keine Lust, den neugierigen Kerl in ihre Geheimnisse einzuweihen. Nein, stattdessen hatte Cat nun mit einem Mal richtig Lust, zur Feier des Tages noch eine Flasche Wein zu bestellen.

Phillip Amsel wird Vater

Auch Phillip Amsel gewann langsam seine Fassung wieder zurück. Ihm brannte die Frage auf der Zunge, ob Cat mittlerweile auch mit Rose über das schwierige Thema reden konnte. Ein stummes Kopfschütteln war ihre Antwort.

Wie oft hatte sie versucht, Harry die Wahrheit zu sagen. Als sie ihn nach fünf unglaublich schweren Jahren voller Lügen und Betrügen aus ihrer gemeinsamen Wohnung warf, war sie nahe dran gewesen.

Harry war drogenabhängig. Am Anfang hatte er noch versucht, seine Sucht vor ihr zu verheimlichen. Als Rose auf die Welt kam, versprach er ihr hoch und heilig, ein vorbildlicher Vater zu sein. Leider blieb er als Junkie unberechenbar.

Sie wurde sich mit der Zeit immer bewusster darüber, dass sie Harry niemals die Wahrheit über Rose sagen könnte. Das Risiko, dass er ihr und ihrem Kind etwas antun würde, war mehr als realistisch. Phillip Amsel war schockiert über alles das, was sich Cat gerade von der Seele redete. Sein verzweifelter Blick sprach Bände über sein Bedauern, dass sie so viele gemeinsame Jahre verpasst hatten.

Cat konnte ihn zumindest in einer Sache beruhigen. Deshalb sagte sie auch: „Was deine Tochter angeht, musst du dir keine Vorwürfe machen, Phillip Amsel. Rose hat Harry geliebt. Sie liebt ihn noch immer. Er war ihr, auch wenn das verrückt klingen mag, ein vorbildlicher, liebevoller Vater. Harry konnte schauspielern wie ein Hollywood-Star. Nur wenn die Szene abgedreht war, fiel er sofort wieder in eine tiefe Depression und musste schleunigst sehen, dass er irgendwie zu Geld kam, um an neue Drogen zu gelangen. Es war die Hölle auf Erden."

Sie konnte mit niemandem darüber reden. Ihre Eltern waren von Anfang an gegen ihn. Als herauskam, dass sie schwanger war, gab es einen endgültigen, grausamen Bruch zwischen ihnen. Gerade damals hätte sie ihre Familie am Nötigsten gebraucht. Sie lebte von der Hand in den Mund und ihr wurde immer klarer, dass sie anfangen musste, ihre Zukunft allein zu meistern. Während der Schwangerschaft gab es in den letzten Monaten keine Möglichkeit mehr, als Model zu arbeiten.

Irgendjemand aus der Modelagentur gab ihr die goldene Chance, im Office die Organisation für große Modeschauen mitzugestalten. Das war ihre Rettung.

Hier arbeitete sie so lange, bis Rose in das Tagesinternat der German International School am Centennial Park gehen konnte. Danach startete sie noch einmal so richtig durch und wurde eins der beliebtesten Topmodels in Australien.

Cat hatte die letzte halbe Stunde geredet ohne Punkt und Komma.

Auf den Tischen ringsum auf der Terrasse brannten mittlerweile überall dicke Kerzen in hohen Gläsern, damit ihnen der milde Seewind nichts anhaben konnte.

Cat wollte von ihm wissen, ob er noch Lust hätte auf

einen kleinen Spaziergang bei ihr vor der Haustür, an dem Clovelly Beach. Vorher konnten sie sich noch ein kleines Eis bei Silvano im *Italia* auf der Promenade kaufen.
Was sollte er sagen? Das war alles mehr, als er je erhofft hatte. Natürlich musste er Chick Bescheid sagen. Der saß, wie an jedem Abend, mit seinen Künstlerkollegen im *Basement* bei gutem Jazz und ebenso guten Gesprächen. Wahrscheinlich verband die vier Maler auch nach der Ausstellung noch eine ewige Freundschaft.

Cat hatte in der Nähe der Rocks geparkt und er war gespannt, was sie für einen Wagen fuhr.
Seine Überraschung konnte er wenig verbergen, als sie eine dunkelblaue Jaguar XJ6 Limousine aufschloss. Es war die Century Ausführung mit serienmäßig weißer Lederausstattung und traditioneller Walnusswurzelholz-Innenverkleidung.
Das Auto ließ natürlich sein Oldtimerherz schneller schlagen. Cat konnte in seinem Gesicht wie in einem offenen Buch lesen. Als sie beide im Fond saßen, fragte sie ihn, ob er immer noch Jaguarfan sei oder mittlerweile selbst einen fuhr. Das hatte sich bis heute bei ihm nicht geändert. Er hatte natürlich längst vergessen, dass er es einmal besonders romantisch gefunden hatte, im Yachthafen von Point Piper mit einem jungen Mädchen stundenlang über alle möglichen Jaguartypen zu reden.
Sein damaliger Favorit war der Mark X/420 G.
Phillip Amsel konnte nicht glauben, dass sie sich die ganzen Bezeichnungen bis heute gemerkt hatte. Außerdem war es genauso verrückt, dass sie tatsächlich selbst Jaguar fuhr. Hatte er sie damals so sehr beeindruckt mit seinem Geschwätz? Als er sie

danach fragte, war die Antwort zuerst wieder nur ihr Mädchenlachen. Danach folgte ein kurzes Nicken. Sie meinte tatsächlich, die Zeit mit ihm hätte sie sehr geprägt. Auch wenn sie inzwischen längst gemerkt hatte, dass die Reparatur ihres Jaguars meist keine Kleinigkeit war. Trotz alledem fuhr sie ihren Wagen bereits siebzehn Jahre lang.
Sie parkte vor dem Seasalt Clovelly. Das *Italia* von Silvano lag direkt nebenan, hatte aber keinen eigenen Parkplatz. Cat kaufte zwei Hütchen Mandel-Nuss. Das waren genau seine Lieblingssorten. Er fand es besser, nicht danach zu fragen, woher sie das wusste. Es musste einfach Zufall sein.
Die alten englischen, schwarzen Gusslaternen spendeten genügend Licht auf der Fußgängerpromenade, bis hinüber zu dem Miniatur-Sandstrand von Clovelly Beach.
Neben all den berühmten Namen wie Bondi, Tamarama, Bronte und Coogee, wirkte Clovelly wie der kleine Privatstrand eines Millionärs.
Sie hatten längst ihre Schuhe ausgezogen und liefen über den noch warmen Sand hinweg ganz nach vorne zum Meer hin, wo die flachen Wellen ihre weißen Schaumkronen zurückließen und der goldene Sand bretthart wurde.
Cat erinnerte ihn daran, dass er ihr im *Roma* keine Antwort auf ihre Frage, ob er schon einmal verheiratet gewesen war oder Kinder habe, gegeben hatte. Phillip Amsel konnte nur verneinen. Seine vielen beruflichen Reisen machten eine dauerhafte Bindung beinahe unmöglich. Außerdem konnte Reisen auch süchtig machen.
Er hatte seinen Beruf geliebt. Da er auf der Werkkunstschule in Darmstadt zwei Semester Fotografik studiert hatte, konnte er ganz gut mit einer Spiegel-

reflexkamera umgehen. Sein erster Auftrag in Australien, der ihn bis hinauf nach Darwin ins Northern Territory gebracht hatte, hatte bei ihm eine unstillbare Sehnsucht ausgelöst. Obwohl sein erster Auftrag vermutlich auf einem komischen Zufall beruhte, war er infiziert.

Phillip Amsel erzählte Cat seine Geschichte, wie er bei *Happy Red Car* mit zwei Testfahrern und drei knallroten Land Rovern für eine Werbebroschüre halb Australien bereisen durfte. Für ihn war es der Anfang einer Karriere als Fotograf.

Er konnte einige seiner Australien-Fotografien an eine große Agentur verkaufen und genau diese Agentur schickte ihn danach in die ganze Welt.

Cat hatte, ohne ihn auch nur ein einziges Mal zu unterbrechen, zugehört. Auf der gegenüberliegenden Seite der Bucht luden zwei, drei vom Meer rund gewaschene Felsen zum Sitzen ein.

„Du wirst es nicht wissen, Phillip Amsel, aber ich habe eine sehr lange Zeit nach dir gesucht. Jetzt, wo du mir von deinen wahnsinnig vielen Reisen in die ganze Welt erzählt hast, weiß ich, warum es so unmöglich war, dich zu finden."

Die WG in der Francis Street hatte sich schon wenige Wochen nach ihrem Auszug aufgelöst. Die meisten von ihnen kannte sie tatsächlich auch nur mit ihren Vornamen. Bei Chick wusste sie blöderweise sogar nur seinen Spitznamen. Es war wie verhext.

Phillip Amsel konnte Cat nur zustimmen. Er musste gestehen, dass es für ihn kein richtiges Nachforschen gab. Wo in aller Welt hätte er in der Millionenstadt Sydney nach ihr suchen sollen? Die Konstellation Cat und Harry ging für ihn und alle anderen, die sie kannten, nicht in ihre Köpfe. Rose und

der kleine Phillip hatten ihn erst wieder die alten Geschichten und seine alten Fotos auskramen lassen.
Im Nachhinein wunderten sie sich, wie sie all die Jahre ohne Kontakt zueinander gemeistert hatten.

Cat erhob sich von dem runden Felsen und nahm gleichzeitig ihren leichten roten Wollpullover von der Schulter, um ihn anzuziehen. Es wurde kalt und somit Zeit, den Heimweg anzutreten. Auf dem Weg zu ihrem Auto fragte sie ihn, ob er bei ihr übernachten wollte oder in Ballmain bei Chick.
Phillip Amsel war sich sicher, dass die lange Autofahrt durch die komplette City und die anschließende Schnellstraße über die Anzac Bridge hinüber nach Ballmain East eine Menge Zeit erfordern würde. Deshalb nahm er gern ihre Einladung an.
Cat wirkte erleichtert. Deshalb sagte sie auch: „Warum solltest du auch unnötig über eine Stunde durch die Nacht fahren, wenn wir in fünf Minuten zu Hause sein und gemütlich noch ein paar Worte über Chicks Laudatio reden können?“
Die Laudatio hatte er tatsächlich total vergessen. Er trug sie ständig mit sich herum, aber es hatte bisher noch keine Gelegenheit gegeben, über die Kunstwerke und das Leben von Dieter Mittermaier zu reden.
Cat lachte laut auf, als er Chicks richtigen Namen erwähnte. Sie standen tatsächlich in weniger als fünf Minuten vor ihrem Haus.
Die Eastbourne Avenue lag genau auf der anderen Seite der Bucht.
Als sie von der Straße in eine schmale Kiesauffahrt abbog, löste ein Bewegungsmelder einige starke Scheinwerfer aus, die ihr Haus in ein wahnsinniges

Licht setzten. Ihm stockte im ersten Moment der Atem: Er stand vor einer weißen Villa, die vermutlich um die Jahrhundertwende im viktorianischen Stil erbaut worden war.
Phillip Amsel hatte solche bürgerlichen Prachtbauten zum ersten Mal gesehen, als er mit Georg Martini als Rasenmäherunternehmer in den Nobelvierteln rund um die Double Bay unterwegs war.
Cat musste als Model sehr erfolgreich gewesen sein. Sie überging geflissentlich sein Staunen und öffnete, ohne auf ihn zu warten, die schwere Eingangstür.

Die nächste halbe Stunde kam er aus dem Staunen nicht mehr heraus.
Es würde auch zu lange dauern, wollte man jeden Raum in allen Details beschreiben, doch so viel sei gesagt: Cat verfügte über einen ausgesprochen edlen Geschmack.
Sie landeten nach der atemberaubenden Hausbesichtigung im Kaminzimmer.
Er machte es sich in einem schweinsledernen, naturfarbenen englischen Ohrensessel bequem, als ihn wieder einmal eine schwere Müdigkeit und ein heftiger Drehschwindel überfielen.
Cat war mit der Situation überfordert. Sie hatte ihn in diesem Zustand noch nicht erlebt. Wie sollte sie auch. Er war kaum ansprechbar.
Es waren nur seltsame Urlaute, die er von sich gab. Phillip Amsel hatte sich fast schon wie ein Embryo in dem schweren Sessel zusammengerollt, als könnte er in dieser Haltung die Schmerzen am besten aushalten.
Alles, was sie tun konnte war, mit ihrem Handy den Notruf anzuwählen.

Als sie die letzte Null getippt hatte, klingelte es schon. Das konnte unmöglich sein. Sie eilte in ihrer Hilflosigkeit an die Haustür, um nachzusehen, wer es war.
Die vielen Scheinwerfer hatten den kompletten Bereich vor dem Haus in helles Tageslicht getaucht. Die Kamera vor der Eingangstür übertrug ihr auf den kleinen Monitor vor der Garderobe einen weißhaarigen, alten Aborigine, der eine Mineralwasserflasche aus Plastik in seiner Hand hielt und in ihre Richtung winkte.
Was sollte sie sich für einen Reim darauf machen?
Irgendetwas in ihr ließ sie die Tür öffnen. Der Alte stellte sich als Jaba von den Alwarra vor. Er gab ihr die Flasche und bat sie darum, Phillip Amsel schnellstens seine Medizin zu geben.
Cat wusste nicht, was sie sagen sollte und starrte deshalb ungläubig auf die Plastikflasche mit dem trüben, grau-grünen Inhalt.
Als sie wieder hoch sah, war der Mann, der sich Jaba nannte, verschwunden. Er hatte sich in Luft aufgelöst.
Vom Kaminzimmer her wurden die Klagelaute immer heftiger. Eilig verschloss sie die Haustür und rannte mit der Wasserflasche in der Hand nach hinten.
Phillip Amsel bot ihr einen jämmerlichen Anblick. Von der Straße her war noch weit und breit kein Martinshorn zu hören. Impulsiv schraubte sie den Verschluss der Flasche auf und hielt dem zitternden Kranken die Flaschenöffnung an die Lippen.
Obwohl er die Augen geschlossen hielt, fing er sofort zu trinken an. Phillip Amsel trank gierig die ganze Medizin aus, ohne abzusetzen.
Cat konnte gleichzeitig etwas Seltsames beobach-

ten. Mit jedem Schluck bekam sein Gesicht mehr Farbe. Sein Körper entkrampfte, sein Atmen wurde ruhiger und aus seinem Blick wich die Angst.
Nach fünf Minuten war der Spuk vorbei.
Sie kniete noch immer an seiner Seite. Neugierig roch sie an der Flasche und schaute ihn dabei fragend an. Ihr war nicht klar, von was sie gerade Zeugin geworden war. Deshalb fragte sie ihn mehr als verunsichert nach einer Erklärung. Wie war es möglich, dass die Medizin genau im richtigen Moment von einem alten Aborigine für ihn abgegeben wurde? Es roch nach nichts anderem als nach Teebaumöl und trotzdem schien er zu genesen. Phillip Amsel nickte nur. Als er merkte, dass sie nicht lockerlassen würde, sagte er nur, als wäre es das normalste der Welt: „Es war bestimmt Jaba, der Schamane der Alwarra."
Cat baute sich in ihrer ganzen Größe vor ihm auf, sodass er ihr in die Augen schauen musste. Danach wollte sie von ihm ganz genau wissen, was er mit den Alwarra zu tun hätte.
Phillip Amsel suchte nach einer Erklärung. Zu guter Letzt wählte er, um etwas Zeit zu gewinnen, den diplomatischen Weg und versicherte ihr hoch und heilig, am nächsten Tag über alles reden zu wollen. Sie musste sich damit zufriedengeben. Ein erneutes Klingeln an der Haustür ließ die Situation entspannen. Durch eine Fensterscheibe konnten sie das grelle Blinken eines Blaulichts erkennen. Sie hatten beide total den Notarzt vergessen. Cat eilte nach draußen, um alles richtig zu stellen. Leider hatte ihr erster gemeinsamer Tag zu seinem Ende hin eine anstrengende Wende genommen.
Als sie zurückkam, schaute sie ihn etwas besorgt von der Seite an und dachte für sich, dass der alte

Mann keinen besonders gesunden Eindruck machte. Vielleicht hätte doch der Notarzt vorsichtshalber nach ihm schauen sollen.
Phillip Amsel schloss für einen Moment die Augen, um einmal ganz tief durchzuatmen. Es wurde Zeit für ihn zu Bett zu gehen. Er wollte gerade etwas sagen, als Cat ihn fragte, ob es recht sei, wenn sie ihm das Gästezimmer herrichtete.
Natürlich war er damit einverstanden.

Am nächsten Morgen sah die Welt schon wieder ganz anders aus. Von seinem Schwächeanfall war nichts mehr zu spüren. Draußen machten die Vögel schon in aller Frühe einen Heidenlärm und er fragte sich, wie Cat wohl ihren Garten gestaltet hätte. Er war neugierig.
Als er die Tür seines Gästezimmers hinter sich zuzog, wehte ihm schon der Duft von frischem Kaffee und Brötchen entgegen. Cat war anscheinend Frühaufsteherin. Komischerweise war sie nirgendwo zu sehen.
Von der Küche aus führte eine Flügeltür nach draußen. Sie stand offen.
Phillip Amsel schritt hindurch und stand staunend in einer parkähnlichen Anlage.
Der Garten war so geschickt bepflanzt, dass man ihn von außen nicht einsehen konnte. An der hinteren Hausfront kletterten prächtige, hellblau und rosa blühende Hortensien bis unter die Dachspitze. Hibiskus, Burgonville, Rhododendren, Mandelsträucher, Rosenbäumchen und einiges mehr an blühendem Buschwerk verströmten ein außergewöhnliches Duftgemisch in die frische Morgenluft. Aus der Ferne war das Rauschen der Wellen an den Clovelly Beach zu hören.

Etwas im Schatten der Sträucher, dort wo die Rasenfläche vor einer Pergola einen leichten Bogen machte, stand eine weiße, englische Parkbank.
Phillip Amsel setzte sich, staunend über die Schönheit des Gartens und dachte einen Moment, dass sich Cat ein wahres Paradies geschaffen hatte.
Vielleicht hätte er damals bleiben müssen. Vielleicht hätte er nach Cat richtig suchen müssen. Vielleicht war er nach zwei Jahren viel zu früh aus Australien abgereist. So viel *vielleicht* und so viel *hätte*.
Doch das Vergangene war nicht mehr zu ändern.
Seit gestern wusste er, dass er eine Tochter und einen kleinen Enkel hatte. Für ihn wurde es Zeit, seine Zukunft neu zu gestalten. Cat kam durch den Hausflur geeilt und rief nach ihm. An ihren nassen Haaren und ihrem Outfit konnte er sehen, dass sie vom Schwimmen vom Clovelly Beach kam.
Sie schien bester Laune zu sein und sprühte vor Energie. Deshalb wollte sie von ihm bei ihrem gemeinsamen Frühstück wissen, wie er geschlafen hätte und was er mit dem herrlichen Tag anfangen wollte.
Geschlafen hatte er wie ein Fels.
Zum Tag fiel ihm nichts Besseres ein, als dass er unbedingt die Laudatio für Chick fertig schreiben und abliefern musste. Dies hatte Priorität.
Cat hingegen schwebte ein Ausflug nach Bondi Beach vor. Besonders spannend fände sie eine Klippenwanderung, über die ganze Steilküste entlang, bis hinüber zum Bondi Icebergs Club, wo der schmale Pfad direkt oberhalb des Strandes endet.
Phillip Amsel gab zu bedenken, dass sie mit der Kletterei zu viele Stunden verlieren würden. Er konnte Chick nicht enttäuschen.

Sie fuhren mit dem Jaguar nach Bondi. Cat kannte ein kleines Café auf der Beach-Promenade. Hier gab es den richtigen, windgeschützten Platz zum Schreiben. Allein der Postkartenblick auf den Strand, den pazifischen Ozean und die Surfer war ein Erlebnis der besonderen Art und tat der Seele gut. Cat stieg sofort voll mit ein in die Geschichte über Chick und sein Leben als Künstler und Naturbursche. Sie erkannte sofort, welche Botschaft Phillip Amsel mit der Laudatio vermitteln wollte. Die Tatsache, dass die Besucher zu den ausgestellten Werken ihre eigenen Fantasie bemühen mussten und nicht durch hochtrabendes Kunstgeschwafel verwirrt und verunsichert wurden, fand sie toll.
Je länger sie zusammen waren, bemerkte er immer stärker eine ganz besondere Seelenverwandtschaft. Gegen Mittag konnte er den Stift zur Seite legen. Es war geschafft. Er wollte keinen einzigen Satz mehr verändern. Das Ringbuch konnte geschlossen werden.

Beide grinsten sich an und Cat meinte, es sei die richtige Zeit hinunter zum Surfen zu gehen. Phillip Amsel hatte keine Badehose mit. Allerdings konnte man bei den heutigen Unterhosen keinen richtigen Unterschied feststellen, so Cats Meinung.
Als sie die Betontreppe an der Brandungsmauer hinunterstiegen, schaute er automatisch nach links, dorthin, wo sich vor fast fünfzig Jahren ihre Clique traf. Sie hatten einen festen Platz. Jeden Tag, immer den gleichen. Die Surfbretter standen zum Trocknen und Angeben hinter ihnen an der Mauer.
Überrascht stellte er fest, dass es eine neue Clique gab. Was hatte er denn gedacht. Die Neuen waren genauso albern, genauso laut und genauso verliebt,

wie sie es damals gewesen waren.
Sie konnte erahnen, was er dachte. Cat hatte zum ersten Mal wie früher ihren Arm um seine Schulter gelegt. Es fühlte sich gut an.
In der Nähe der Surfer-Clique legten sie ihre zwei mitgebrachten Badetücher auf den heißen Sand. Als Unterhose trug er schwarz-blau gestreifte Boxershorts.

Es hätte schlimmer sein können. Mit einer weißen Ripp-Unterhose hätte ihn vermutlich die Baywatch vom Strand geholt. Cat lachte Tränen über seine Vermutung. Sie hatte immer noch eine Bikinifigur.
Die Wellen wurden höher und länger, ideal zum Bodysurfen. Beide sprangen zusammen über die flachen Wellen und tauchten unter den höheren hindurch, bis sie den Punkt erreicht hatten, wo sie nur noch mit einer guten Welle zurücksurfen konnten. Er hatte Bodysurfen schon seit Jahrzehnten nicht mehr versucht. Cat hingegen surfte wie ein Profi. Erst als sie beide mit ihrer Kondition am Ende waren, kehrten sie ausgepowert aber glücklich an ihren Liegeplatz zurück.
Sie schaute ihn herausfordernd an und wollte von ihm wissen, ob er es sich vorstellen konnte, für immer in Australien zu bleiben.
Was für eine Frage … natürlich konnte er es sich vorstellen. Ihre nächste Frage war etwas heikler. Sie wollte wissen, ob er es sich auch vorstellen konnte, mit ihr zu leben. Das kam sehr direkt.
Phillip Amsel musste etwas überlegen, um zu sagen: „Wir haben alle Zeit der Welt, um es auszuprobieren."
Ihr nachfolgender Kuss fiel etwas zu heftig aus, was durch den lautstarken Applaus der Surfer-Clique

von nebenan zum Ausdruck kam.
In der Zwischenzeit war es später Nachmittag geworden. Um das Manuskript noch rechtzeitig im *A&D* abzugeben, mussten sie sich beeilen. Bei dem regen Verkehr brauchten sie fast eine dreiviertel Stunde. Als sie endlich ankamen, war von den Künstlern keiner mehr in den Ateliers. Sie mussten hinüber in das Verwaltungsgebäude zu Frau Dr. Rubinstein. Die Direktorin wollte gerade selbst gehen, als sie beide durch ihr Vorzimmer stürmten.
Phillip Amsel konnte ihr etwas atemlos, aber stolz seine Laudatio auf seinen Freund Chick überreichen.
Frau Dr. Rubinstein bat sie beide in ihr Büro und zeigte mit einer kleinen Geste an, Platz zu nehmen. Es lag so etwas, wie eine knisternde Spannung in der Luft.
Als sie zu lesen anfing drückte Cat verstohlen seine Hand. Es dauerte eine halbe Ewigkeit, bis die Direktorin zu ihnen herüberschaute. Aus ihrem Gesichtsausdruck konnte man keine Schlüsse ziehen, bis sie letztendlich doch noch zu einem kleinen Lächeln bereit war. Bevor sie seinen Schreibblock in ihrer Schreibtischschublade verschwinden ließ, sagte sie nur noch: „Sehr außergewöhnlich, aber auch sehr gut."
Damit war für Phillip Amsel sein Dienst an der Kunst in der zeitlichen Frist abgeschlossen. Das klang etwas bescheuert, doch von nun an fühlte er sich merklich befreiter. Jetzt musste er nur noch bei der Eröffnungsfeier einmalig als Redner in Erscheinung zu treten.
Da Cat auf dem Parkplatz von *A&D* geparkt hatte, fiel ihnen nichts Besseres ein, als hinüber zu den Rocks zu gehen und bei Rosario im *Roma* einzukeh-

ren. *Der Mensch ist ein Gewohnheitstier,* dachte er. Nach dem langen Tag am Strand hatten sie beide mächtig Hunger auf Pasta.
Ihr Tisch vom Vortag war natürlich frei. Als sie die Treppe zur Hafenterrasse hinaufschritten und dabei ins Blickfeld von Rosario Ricioppo gerieten, entfernte der junge Wirt schnell das *Reserviert*-Schild, ohne dass sie es bemerken sollten. Er winkte ihnen so euphorisch zu, als wollte er ihnen ihren sehnlichst erwarteten Neuwagen präsentieren. Rosario war unschlagbar.
Sie bestellten ohne große Diskussion Spaghetti Bolognese und einen italienischen Salat à la Papa Giovanni, dazu eine Flasche Chardonnay.

Cats Haare waren noch feucht vom Strand und Phillip Amsels Unterhose war längst noch nicht trocken.
Morgen würde er sich gleich eine neue Badehose kaufen.
Cat schien glücklich zu sein. Als sie saßen, wollte sie von ihm wissen, wie sein Gefühl sei, so vollkommen aus heiterem Himmel Vater geworden zu sein. Zuerst sagte er nur, es sei sehr gut. Danach versuchte er aber ernsthaft seine Gefühle zu ergründen und in Worte zu fassen. Er nannte es schlicht und ergreifend ein großes Glück. Da er Rose als Fremder völlig unbedarft in Ostfriesland kennengelernt habe, konnte er sich schon vor Wochen, vollkommen frei und ohne Vorurteile über sie und den kleinen Phillip ein Bild machen.
Vielleicht hatte es jemand doch noch gut mit ihm gemeint und ihm eine Familie geschenkt, in seinem hohen Alter. Cat drückte ihm wiederholt an diesem Tag seine Hand. Ihr war aber unklar, wen er mit *je-*

mand meinte.
Phillip Amsel fand die Frage gar nicht so leicht zu beantworten.
Er musste tatsächlich etwas darüber nachdenken, wie er sich ausdrücken sollte, bis er meinte: „Vielleicht eine höhere Macht?“
Da er nicht an Gott glaubte, schien das für ihn die unverfänglichste Erklärung zu sein.

Die Mythologie der Aborigines

Mittlerweile hatte Rosario den Wein gebracht und dabei festgestellt, dass die Herrschaften auch heute an keiner Konversation mit ihm interessiert waren. Cat war überzeugt davon, dass jeder Mensch an irgendetwas glaubte.

Es schien verrückt, aber Phillip Amsel spürte, dass er mit ihr über alles reden konnte. Aus diesem Grund fiel es ihm auch nicht schwer, von seinen nächtlichen Ausflügen oder Träumen zu den Alwarra und seiner ersten Begegnung mit Tschanka Baroula zu erzählen. Heute war er sich ziemlich sicher, dass damals etwas mit ihm geschehen sein musste. Vielleicht war er als junger Bursche zu neugierig und wollte zu viel über die Sitten und Gebräuche der Aborigines wissen?

Vielleicht hatte Tschanka auch zu viel verraten und sich im Nachhinein vor dem Ältestenrat verantworten müssen. Vielleicht hatte er seinen Fehler nur wieder gut machen können, indem er ihn, Phillip Amsel, zu einem Alwarra machte und ihm den Aborigine-Namen Coloboo gab. Als er in die älteste Kultur der Menschheit eingeweiht wurde, lernte er ihr inniges Verhältnis zur Natur und ihre bildgewaltigen Mythen kennen.

Dabei fiel ihm auf, dass in der Mythologie der Aborigines der Berg *Uluru* – Kolonisten gaben ihm

den englischen Namen *Ayers Rock* – eine sehr wichtige Rolle spielte.
Sein Freund Tschanka Baroula hatte ihm erzählt, dass in der Traumzeit vor dem heiligen Berg einst schwere kriegerische Auseinandersetzung stattfanden. Gleichzeitig war der Uluru auch die Heimat der wichtigsten Schöpfungsgestalt, der Regenbogenschlange.
Die Aborigines nannten sie Eingana. Wie der asiatische Drache, war sie eine schlangenförmige Gottheit, die mit dem Wasser in Verbindung gebracht wurde. Das Wasser zählte zu den vier wichtigsten Elementen auf der Erde und alles Leben entstand einst aus dem Wasser.

Cat hatte es sich auf ihrem Stuhl bequem gemacht und hörte ihm interessiert zu.
Als er geendet hatte, kam von ihr lange keine Antwort. Nach einer halben Ewigkeit beugte sie sich wieder nach vorne und behauptet voller Überzeugung: „Du solltest dich allen Ernstes aufraffen und mit einem Bildband über deine Alwarra beschäftigen. Wenn du von den Aborigines sprichst, dozierst du wie ein Ethnologielehrer über die Kultur und Mythologie der Ureinwohner Australiens."
Phillip Amsel musste über ihre verrückte Feststellung herzlich lachen. Cat war aber mit seiner ausschweifenden Aussage noch lange nicht zufrieden.
Ihr fehlte eine zusammenfassende oder abschließende Erklärung zu seiner Rede. Sie erinnerte ihn daran, dass er von einer höheren Macht gesprochen habe. Danach kam lediglich seine Geschichte von der Regenbogenschlange und Uluru, dem heiligen Berg, im roten Zentrum Australiens.
Er musste nicht lange überlegen, um ihr zu antwor-

ten. Deshalb sagte er auch: „Die Mythologie der Aborigines ist viel ehrlicher als unsere Geschichten aus der Bibel. Sie sprechen von Eingana, der Regenbogenschlange, als Mutter der Schöpfung. Die Mutter ist gleichzeitig die Erde, das Wasser und die Luft. Aus ihr sind alle Lebewesen, alle Pflanzen und das Gestein entstanden. Alles zusammen ist es die Natur."

Wieder entstand eine kleine Pause, die Rosario Ricioppo auszunutzen wusste, um die Pasta zu servieren und „Buon Appetito" zu wünschen.

Cat griff wieder zu ihm herüber, um seine Hand fest zu drücken, ehe sie ihm beipflichtete und sagte: „Ich kann deine Meinung voll akzeptieren, aber nach all deinen langen Erklärungen hast du noch immer kein einziges Wort über den Begriff einer höheren Macht verloren."

Sein Gesicht nahm einen gequälten Ausdruck an. Er begriff, dass sie nicht lockerlassen würde. Deshalb erinnerte er sie an den Aborigine, der ihm die wichtige Medizin, bei ihr zu Hause in Clovelly genau im richtigen Moment vorbeigebracht hatte. Doch ehe sie etwas erwidern konnte, sprach er weiter.

„Hast du dich nicht gefragt, wie so etwas funktioniert? Wenn wir es uns einfach machen würden, könnten wir sagen: *Aborigines können so etwas.*" Eine etwas bessere Erklärung konnte sein: *Sie beherrschen die Fähigkeit der Telepathie.* Sie konnten sehen, dass mein Herz Sperenzien machte – oder stehen sie womöglich mit höheren Mächten auf Du und Du? Es wird für uns immer ein Rätsel bleiben."

Um ihr endgültig eine Antwort zu geben, musste er letztendlich zugeben, durch die Begegnung mit seinen Freunden an die Kraft und den Einfluss höherer Mächte zu glauben.

Tschanka und Jaba

Cat schien jetzt mit seiner Antwort zufrieden zu sein.
Als sie ihre Spaghetti auf die Gabel rollten, mussten sie feststellen, dass die dünnen Nudeln nur noch lauwarm waren.
Nach seiner langen Rede herrschte nun angenehmes Schweigen. Jeder hing seinen eigenen Gedanken nach. Phillip Amsel verspürte den Wunsch, seinen alten Freund Chick anzurufen, um ihm zu berichten, dass seine Laudatio rechtzeitig fertig geworden war. Der alte Hund würde sich bestimmt mächtig freuen.
Sie teilten sich den Salat à la Papa Giovanni und aßen ihn gemeinsam aus der Schüssel.

An einem der langen Tische gegenüber tagte fröhlich eine Geburtstagsgesellschaft.
Sie hatten gerade *Happy Birthday* zu Ende gesungen. Dem Familienoberhaupt am Stirnende der Tafel traten Freudentränen in die Augen.
Phillip Amsel musste daran denken, wie viele Geburtstage er in der Vergangenheit irgendwo auf der Welt einsam, ohne Feier und ohne Familie und Freunde verbracht hatte.
Es war für ihn nie eine große Sache gewesen. Wenn er ehrlich war, fand er Geburtstage genauso schrecklich wie Weihnachten und Ostern zusammen.

Jetzt wo er fast siebzig war, sollte man am besten damit aufhören weiterzuzählen.
Cat hatte ihn bei seiner Grübelei beobachtet. Als Rosario um die Ecke kam, riefen sie beide nach der Rechnung. Heute würden sie keine zweite Flasche Wein mehr vertragen. Ihnen steckte das Spiel mit

den Wellen in Bondi Beach noch mächtig in den Knochen. Beide schien gleichzeitig eine bleierne Müdigkeit zu befallen. Cat war der Meinung, dass sie nicht mehr allzu lange ihre Augen aufhalten könnte. Es wurde dringend Zeit, den Weg nach Hause anzutreten.
Der Tag am Meer forderte seinen Tribut und sie waren froh, als der Jaguar über die Anzac Parade schwebte und Cat vor Kensington, am Centennial Park nach links abbog in Richtung Clovelly.
Erst in der Eastbourne Avenue, kurz vor ihrem Haus, fragte sie ihn, ob er noch einen Sherry oder ein Glas Wein mit ihr trinken wollte.
Sie hatten in Bondi vor dem Beach Pavillon geduscht. Das einzige, was er noch machen wollte, war Zähne putzen, seine feuchte, juckende Unterhose wechseln und danach in sein Gästebett fallen.

In der Nacht hörte er von ganz weit her seinen Namen, Coloboo.
Es war Tschankas Stimme, ganz deutlich und unverkennbar. Er überlegte, ob die Alwarra weitergezogen waren. Das Rufen kam nur noch ganz schwach bis zu ihm. *Ich werde mich bei Jaba bedanken,* dachte er, *für seine Medizin.* Vielleicht wäre es mit seinem Herzen sehr eng geworden, wenn der Schamane nicht gekommen wäre. Die Rufe wurden immer weniger und blieben schließlich ganz aus. Dann spürte er auch schon die Wellen, wie sie auf ihn zurollten. Er war in Bondi Beach und es waren richtig gute Wellen zum Surfen. Sie bäumten sich hoch auf und rollten danach ganz lange ab.
Er hatte die siebte zu spät bemerkt. Vielleicht hatte er sich auch verzählt. Sie klappte regelrecht über ihm zusammen und drückte ihn schon im nächsten

Moment mit einer unglaublichen Macht bis auf den Grund der See. Durch den aufgewirbelten Sand verlor er die Orientierung. Er konnte durch das trübe Wasser den Himmel, das Sonnenlicht nicht mehr erkennen. Phillip Amsel rang regelrecht nach Luft, als es um ihn herum stockdunkel wurde.

Als Cat ihn am Morgen fand, waren sein Gesicht und besonders seine Lippen blau angelaufen. Sie wusste sofort, dass sie viel zu spät kam. Sie saß noch eine lange Zeit still an seinem Bett im Gästezimmer, als plötzlich die Haustürklingel schellte und sie brutal aus ihrer Trauer riss.

Als Cat öffnete, stand Jaba, der weißhaarige Schamane, vor ihr. Der Heiler hatte eine Wasserflasche in der Hand, gefüllt mit einer grau-grünen trüben Flüssigkeit. Als er in ihr Gesicht sah, war er sich nicht sicher, ob er nicht zu spät kam. Er spürte, dass es längst höchste Zeit war, wenn er Phillip Amsel helfen wollte. Tschanka und er hatten die ganze Nacht nach Coloboo gerufen. Die Alwarra waren in den vergangenen Tagen immer weiter Richtung Norden gezogen. Es kamen in letzter Zeit immer mehr Touristen vorbei, um sie zu sehen. Das war nicht gut für den Stamm.
Phillip Amsel hatte die Rufe seiner beiden Freunde über die Entfernung nicht mehr gehört. Jaba fragte Cat, ob er wenigstens für ihn singen dürfe. Sie nickte nur und bat den Heiler in ihr Haus.
Jaba blieb am Fußende des Bettes von Phillip Amsel stehen und murmelte einige unverständliche Worte, dann begann er mit seinem Gesang:

Über uns're Träume hinaus
blicken wir zum Morgen,
blicken in das Dunkel.
Der alte Mann sitzt auf einem Felsen
und beobachtet die Morgendämmerung.

Sie erscheint über dem Ozean
in kurzer Zeit,
er sieht einen goldenen Lichtstrahl,
wie er die Wolken streift,
dies ist eine der schönsten Zeiten am Morgen.

Wenn wir genau hinblicken was wir sehen,
ist es die großartige spirituelle Kultur
der Traumzeit der Aborigines.

Als er die letzte Zeile gesungen hatte, nickte er Cat nur kurz zu und sie brachte ihn wortlos bis zur Haustür. Ihre Einfahrt war immer noch durch die scheinwerferartigen Strahler taghell erleuchtet. Jaba ging ohne Gruß an ihr vorbei und hatte seinen Blick Richtung Eastbourne Avenue gerichtet, als plötzlich, wie von Geisterhand, das grelle Licht der Außenbeleuchtung erlosch und den Innenhof in dem Dunkel der Nacht versinken ließ.
Aus der Ferne war das beruhigende Rauschen der Wellen zu hören, das Cat veranlasste nur kurz hinüber zur Clovelly Bay zu schauen. In der Dunkelheit kostete es sie etwas Mühe, die sich entfernende Gestalt von Jaba mit ihrem Blick zu verfolgen. Erst als er den Lichtkreis der Straßenbeleuchtung erreicht hatte, glaubte sie eine zweite männliche Person zu sehen, die Jaba spontan, wie bei einem guten Freund, ihren rechten Arm auf die Schulter legte. Für Cat war dieser Moment unfassbar, denn sie er-

kannte in der zweiten Person ohne Zweifel die Gestalt von Phillip Amsel. Als beide die Straße überquerten, musste sie an die Geschichten der Aborigines aus der Traumzeit denken und ihr war, als wäre sie Zeuge davon, wie Jaba seinen alten Freund Coloboo mit in eine andere Welt hinübernahm.

Nachwort

Die Kunstausstellung von Percy Trezy, Nelson Yakama, Paul Harris und Dieter Mittermeier - genannt Chick - im *Museum of Contemporary Art and Design* in Sydney wurde ein voller Erfolg. Das Hochglanzmagazin *Art & Gallery* berichtete in vier Wochenausgaben über etliche Seiten hinweg und mit fantastischem Bildmaterial ausführlich über jeden einzelnen Künstler und den überragenden Verlauf der Ausstellung. Zur Eröffnung, bei der fast lückenlos die ganze Prominenz Sydneys und New South Wales' aus Politik, Wirtschaft, Film und Fernsehen anwesend war, glänzte Cat mit Phillip Amsels Laudatio auf Chick als Mensch und sein künstlerisches Schaffen. Rose und der kleine Phillip waren natürlich auch anwesend. Chick war sichtlich gerührt, als er den beiden von Cat vorgestellt wurde. Mit Rose verstand er sich auf Anhieb. Sie hatte in den letzten Tagen versucht, sich einen gewissen Überblick über das umfassende Fotomaterial, die massenweise vorhandenen Zeitungsberichte über Aborigines und das angefangene Manuskript zu Phillip Amsels Australien-Buch zu bekommen. Ihre Hoffnung war es, dass Chick ihr dabei helfen würde. Rose hatte ernsthaft vor, die begonnene Arbeit ihres leiblichen Vaters zu Ende zu bringen.

Impressum:

Der kleine Luftgeiger
von Rudi-Philipp Opper

Adlerstein Verlag Wiesmoor
Herstellung: Books on Demand GmbH, Norderstedt
ISBN 9783945462072

2. Auflage vom 11. Oktober 2020

(Hrsg.) V.i.S.P: Hans-Jürgen Sträter, Wiesmoor

Covergestaltung und Illustration: Rudi-Philipp Opper